한국 현대시와 문화전통

이 도서의 국립중앙도서관 출판예정도서목록(CIP)은 서지정보유통지원시스템 홈페이지(http://seoji.nl.go.kr)와
국가자료공동목록시스템(http://www.nl.go.kr/kolisnet)에서 이용하실 수 있습니다.(CIP제어번호: CIP2016016591)

이론과
비평 총서

19

김용직

한국 현대시와
문화전통

*Korean Mordern Poetry and
Cultural Traditions*

푸른사상
PRUNSASANG

책머리에

여기 수록된 몇 편의 글들은 저지난해에 출간된 『시각과 해석』, 『문학사의 섶자락』 이후에 내가 쓴 것들이다. 그러니까 이 책에는 내가 쓴 최근작들이 담긴 셈이다.

이 책의 제목에 나오는 문화전통의 개념에는 내 나름의 의도가 내포되어 있다. 20대 초에 한국문학 연구를 지향하면서 나는 연구의 시각을 거의 모두 서구 쪽의 것에 의거했다. 그러나 한 차례의 연구가 이루어지고 난 다음 나에게는 일종의 의문이 생겼다. 적어도 2천여 년의 전통을 가진 우리 문화전통을 망각한 채 해외 사조를 일방적으로 추수하고 있는 연구가 과연 제대로 된 것인가 하는 회의가 생긴 것이다. 그 후 내 공부 방향에는 내 나름의 수정이 있었다. 그 나머지 나는 우리 문학의 해석, 평가에 우리 문화전통의 감각을 수반시키기로 한 것이다. 표제에 문화전통의 한마디가 첨가된 것은 그런 사연에 의한 것이다.

제1부는 내가 이 얼마 동안 시도해온 한국 현대시의 역사 쓰기에서 생긴 부산물 같은 것이다. 그동안 우리 주변에서는 우리 근대시의 형성, 전개가 해외 근대시의 추수 형태로 이루어진 것이라는 생각이 지배적이었다. 그에 반해서 나는 우리 근대시의 한 갈래 속에 한국 한문시의 줄기가 어엿한 물줄기를 이루고 흘러내린 것이라고 생각한다. 그 보기의 하나로 만해 한용운의 시집 『님의 침묵』이 있다고 본 것이다.

2부는 본격 연구들이라기보다는 비평적인 에세이들이다. 이상(李箱)의 시를 기능적으로 이해하기 위해 서정시의 속성을 검토해본 것과, 문예사회학에 속하는 과제에 문학, 예술의 존재의의를 접합시키고자 한 것 등이 그렇다.

3부는 내가 전공하는 현대문학 분야가 아니라 한국 고전문학 분야에 대한 내 나름대로의 의견들이다. 이제는 세상이 다 아는 바와 같이 내 전공은 한국 현대문학이며 그 가운데도 한국 현대시의 역사 쓰기일 뿐이다. 그런 내가 여기 담긴 몇 편의 글을 쓴 것은 넉넉하게 셈쳐도 분에 넘치는 월경 행위다. 그런 사실을 잘 알고 있으면서도 나는 분명하게 격에 맞지 않게 월경 행위에 속하는 일을 서슴지 않았다. 그것으로 우리 문학과 문화의 기능적 인식에 작게나마 기여하는 바가 생기지 않을까 생각했기 때문이다.

4부의 경우에도 내 나름대로의 변명이 있어야 할 것 같다. 본래 이 글은 공동 연구의 한 부분으로 이루어진 것이다. 이런 작업이 제대로 이루어지기 위해서는 지금 우리 주변에서 이루어지는 비평적 작업의 총량이 두루 수집, 분석, 검토될 필요가 있었다. 그런데 내 작업에는 자료 수집 단계에서부터 한계가 있었다. 솔직히 나는 지금 연구자의 기본 전제가 되는 컴퓨터 활용 능력부터가 최저급에 속한다. 그로 하여 그동안 우리 주변에서 이루어진 방대한 양의 비평적 성과를 두루 수용, 검토하지 못했다. 이 자리에서 그런 점을 명백히 밝히면서 새 세대들의 연구 성과가 제대로 언급되지 못한 점을 크게 부끄러워한다.

　끝으로 이번에도 내 원고를 깁고 다듬어 한 권의 책으로 만들어준 도서출판 푸른사상에 고마움을 표한다. 거듭된 편집부 측의 노고에 고개를 숙이며 관계자 일동의 건강과 행복을 빈다.

2016년 한여름
관악산 기슭 서울대학교 명예교수 연구동 일각에서
김 용 직

차례

제1부   초창기 한국 근대시와 문화전통

제2부   비평과 분석

제3부   현대문학자의 고전문학 읽기

초창기 한국 근대시와 문화전통

초창기 한국 근대시의 양식적 전개와
문화전통의 관련 양상

이 작업의 기본 목표는 형태, 양식상의 변천, 교체 양상을 가늠자로 하여 우리 근대시의 형성, 전개 과정을 살피려는 데 있다. 흔히 우리가 문학의 통시적 고찰, 또는 문학사라고 부르는 시각이 이 작업의 기본 전제가 되는 셈이다. 우리가 문학사의 방법에 의거하는 경우 우리 시가는 크게 두 개의 단락으로 구분이 가능하다. 그 하나가 고전문학기의 경우이며 그와는 다른 또 하나의 단락이 근대문학기의 시가다. 여기서 고전문학기의 시가란 원시종합체 예술에서 시작하여 서사무가(敍事巫歌)와 향가, 별곡체 시가를 거쳐 고려가요와 오언(五言), 칠언(七言) 등을 주조로 한 한시(漢詩) 작품들과, 가사, 시조 양식에 속하는 작품들을 두루 포괄하는 개념이다. 그에 대해서 근대시란 내용과 주제 면에서 전근대의 허울을 벗어던진 작품들을 가리키며 형태, 기법 양면에서 아울러 새 시대의 감각과 호흡, 맥박을 담은 작품들을 뜻한다.

1. 근대시의 기점 문제

문학사의 방법에 의거하는 것이므로 이 논의의 첫째 화두로 떠오르는 것이 한국 근대문학의 상한선을 어디서부터로 잡을 것인가 하는 문제다. 이에 대해서 그동안 우리 주변에서는 서로 입각점을 달리한 두 견해가 있어왔다. 그 하나가 개항기 기점설이며 다른 하나가 조선왕조 후기인 영정시대(英正時代)로 그 상한선을 이끌어올릴 수 있다고 본 일종의 소급설(遡及說)이다. 먼저 개항기 기점설은 한국 근대문학과 시가의 형성, 전개를 19세기 말에 이루어진 문호 개방과 때를 같이한 것으로 보려는 견해다.[1] 이 시기에 우리 사회는 영, 미, 러시아, 독일, 프랑스와 당시 이미 아서구화(亞西歐化)한 일본 등의 매우 강력하며 위혁적(威嚇的)이기까지 한 문명과 문화의 충격(衝擊)을 받았다. 그 결과 우리 사회에는 정치, 경제, 문화, 교육 등 거의 모든 영역에 걸쳐서 지각변동 현상이 일어났다. 그 나머지 우리 민족은 미증유(未曾有)라고 할 정도로 강한 외래문화와 사조의 세례를 받은 것이다. 개항기 기점설은 이때의 상황을 바탕으로 삼고 이루어진 것이다.

1) 소급설과 영정시대 시가의 상황, 여건

영정시대 기점설은 개항기 기점설을 해외추수주의로 잡아 비판, 극복

---

1 이 갈래에 드는 견해를 최초로 보인 것은 카프 출신의 비평가 임화(林和)였다. 「개설신문학사」, 『조선일보』, 1938. 11. 19. 여기서 그는 신문학의 기점을 개항과 함께 이루어진 정치, 사회, 교육, 문화제도의 개혁과 그를 통해 형성된 개화사상의 전파, 형성기로 보고 그 시기를 1870년 전후라고 했다.

하려는 의도와 함께 제기되었다. 그에 따르면 우리 사회의 근대화 노력
은 18세기 말인 영정시대에 이미 전경화(前景化)되기 시작했다는 것이다.[2]
소급설은 그 증후군의 하나로 그 무렵까지 조선왕조를 지배한 통치이념
의 동요 현상을 든다. 그 구체적 보기가 된 것이 영조(英祖)에 의한 사도세
자(思悼世子)의 유폐, 치사 사건이다. 조선왕조는 건국과 함께 국시(國是)를
유학에 의거했다. 유교의 행동강목에서 기본을 이루는 것이 부자유친(父
子有親)과 군신유의(君臣有義)로 시작하는 삼강오륜(三綱五倫)임은 새삼스럽
게 밝힐 필요가 없는 일이다. 그런 유교국가에서 그것도 성학(聖學), 지치
주의(至治主義)를 지향한 영조가 다른 사람도 아닌 세자를 뒤주에 유폐시
킨 나머지 질식사시켰다. 이것은 명백하게 조선왕조가 지향한 예속(禮俗)
중심의 왕도정치(王道政治)에 어긋나는 것이며 그 통치이념의 바탕인 주자
학적(朱子學的) 이데올로기의 균열, 붕괴 현상이다. 소급론자들은 이런 사
실을 들어 영정시대에 이르러 조선왕조의 정치적 기조가 흔들리기 시작
했다고 보며 그것이 우리 사회의 근대화를 촉진시킨 촉매체 구실을 한 것
으로 잡는다.

　소급론자들이 또 하나 주목한 것이 영정시대에 나타난 신분계층 이동
양상이다. 이 시기에 이르면 지식인들 가운데서도 제도권 진출의 기회가
박탈된 계층이 상당수가 되었다. 그들이 곧 중인(中人), 서얼 출신과 일부
남인(南人)에 속하는 사람들이다. 이들은 이기논쟁(理氣論爭)에 역점을 둔
도학(道學)에 염증을 느끼고 일반 백성들의 생활에 도움을 줄 수 있는 경

2　김윤식 · 김현, 『한국문학사』, 민음사, 1973. 제2장 근대의식의 성장, 제5절 「한듕
　　록」과 가족제도의 분리.

세치용(經世致用)의 학문을 지향하지 않을 수 없었다. 그것이 집단화하여 그들 나름의 행동철학을 내어걸게 된 것이 실학파(實學派)다. 이들 신진사류(新進士流)들은 영정시대에 이르자 몇 개의 갈래를 이루며 기성 체제의 한계를 지적하고 그 혁파와 새로운 사회 건설의 방책을 모색했다. 그들의 행동철학은 조선왕조 후기에 이르자 농·상·공 등 생업에 종사하는 서민계층에 유입, 전파되었다. 그 결과 일부 서민계층의 생활양태와 의식에 변화 양상이 나타난다. 소급론자들은 이것을 서구의 근대화 운동에서 중심 세력이 된 시민계층의 대두 현상에 대비, 파악하고 있는 것이다.[3]

영정시대 이전의 우리 문화의 주도 세력을 이룬 것은 한문 사용 능력을 보유한 양반, 선비 계층이었다. 그것이 영정시대에 이르자 미술, 음악, 시와 소설 등 여러 분야에 걸쳐서 양반 지배계층의 것이 아닌 일반 서민에 의한 문화가 형성되었다.

영정시대 이전의 화가들은 산수화와 함께 매란국죽(梅蘭菊竹)을 제재로 한 사군자(四君子)를 즐겨 그렸다. 그들 그림에서 인간은 현실적인 공간을 지배하는 것이 아니라 선인(仙人), 고사도(高士圖)의 일부가 되어 물외한인(物外閒人), 탈속과 선경(仙境)을 소요하는 존재였다. 이런 화풍이 단원(檀園)이나 혜원(蕙園)의 일부 작품에 이르러 일변하게 되었다. 조선 후기의 화단

---

3   김윤식·김현, 앞의 책, 제2장 제2절 이념과 현실의 대결, 제3절 서민계급의 대두. 여기서는 朴趾源의 『열하일기』가 북학파를 대표하는 것으로 손꼽혀 있으며 朴齊家의 『北學議』가 서얼계층 진출 현상의 상징으로 지적되어 있다. 또한 金容燮의 『朝鮮後期農業史研究』에 의거하여 농업 생산 방식의 변화를 통해서 농·상·공에 종사하는 기층 민중이 영정시대 사회의 새 세력으로 대두할 수 있었다고 밝히고 있다.

을 대표하는 이들 두 화가는 그들의 작품에서 거침없이 엿장수와 대장장이, 씨름꾼 등을 등장시켰다. 그 선과 빛깔 또한 조선왕조 중기까지에 걸치는 수묵, 담채의 풍물도와는 근본적으로 다른 역동성을 띠고 나타났다.

이 시기 음악, 공연예술 분야를 대표하는 것이 판소리 양식의 등장이다. 판소리의 바탕이 된 가락은 시나위, 산조 등으로 조선왕조의 궁정음악인 정악의 그것에서 크게 일탈된 것이다.[4] 그 가창자(歌唱者)도 소리꾼, 광대들로 그들은 『춘향전』, 『심청전』, 『흥부전』, 『가루지기타령』 등을 불렀다. 판소리의 대본이 된 서민소설의 주인공들은 거의 모두가 양반 지배계층이 아닌 서민들이었고 그 줄거리 역시 소외계층이 겪는 빈궁 체험으로 점철되었다.

영정시대 문학이 그 이전의 문학에 대비되는 경우 가장 뚜렷한 선을 긋고 나타나는 것이 시가 양식 가운데 가사가 양산된 일이며 새로운 양식으로 엇시조와 사설시조가 나타난 점이다. 영정시대 이전 시조는 그 태반이 양반 사림 계층이 즐겨 쓴 평시조들이었다. 그 형식은 3장 6구로 되었으며, 초장, 중장의 자수는 3 · 4 · 3 · 4를 기조로 한 것이었고 종장이 3 · 5 · 4 · 3으로 되어 있었다. 영정시대에 양산된 엇시조와 사설시조는 그 작자들 거의 모두가 무명의 서민들이었다. 그 형식 또한 엇시조가 초장, 중장 등 하나를 파격시켰고 사설시조는 초장 초구인 3 · 5만이 일정한 채 다른 부분 모두가 자수의 제한을 받지 않았다. 그 말씨 또한 파격적이어서 여기저기에 속어와 비어가 섞여 들었다.[5]

---

4 張師勛, 『國樂總論』, 정음사, 1976, 323~326쪽.
5 이에 대한 자세한 것은 김용직, 『시각과 해석』, 세창출판사, 2014. 제1장 6. 영정

시가가 아닌 산문문학에도 영정시대의 이전과 그 후 작품 사이에는 변별적 특징이 뚜렷하게 드러난다. 영정시대 이전에도 『사씨남정기(謝氏南征記)』와 『구운몽(九雲夢)』, 『창선감의록(彰善感義錄)』 등의 국문소설이 나오기는 했다. 그러나 그 주인공들은 예외 없이 양반, 지배계층 출신이었다. 그에 대비되는 영정시대의 작품에 나오는 주인공들은 소외계층에 속하는 기녀이거나, 세궁민에 속했다. 영정시대에 나온 『춘향전』, 『심청전』, 『흥부전』과 그 이전 소설들은 주제 내용이나 문장, 문체에도 적지 않은 차이점을 가진다. 『사씨남정기』나 『구운몽』의 주제는 현실적이라기보다 다분히 탈세속적이었다. 그 내용도 서민들의 생활상을 반영한 것이라기보다는 봉건왕조의 예속(禮俗), 곧 인륜, 도덕을 충실하게 지키는 유형에 속했다.

그에 비해서 『심청전』이나 『흥부전』의 기조가 되고 있는 것은 세궁민의 궁핍한 생활상이다. 뿐만 아니라 전자와 후자는 그 말씨와 문장으로 보아도 상당한 거리를 느끼게 한다. 『사씨남정기』나 『창선감의록』의 주인공은 일상생활에서 기초가 되는 행동거지에 있어서도 일정한 품격을 가진다. 그런 단면은 작품의 지문과 대화를 통해서도 드러난다. 거기서 등장인문들이 잡속에 속하는 언행을 하는 예는 거의 없다. 그에 반해서 『흥부전』에는 세궁민의 생활상이 적나라하게 묘사되어 있으며 『가루지기타령』에 이르러서는 여기저기에 음담패설까지가 거침없이 사용되었다.[6]

여기에 이르기까지 우리는 소급설의 시각에 따라 영정시대 문학과 그

시대의 시가 양식 참조.
6   이에 대한 자세한 것은 김용직, 앞의 책, 30~31쪽 참조.

전 단계 문학 사이에 나타나는 차이점을 짚어보았다. 그러나 이것이 곧 영정시대 기점설을 전면적 진실로 수긍케 만드는 논거가 되는 것은 아니다. 그 이유는 간단한 데 있다. 어느 시기의 문학이 형태, 양식 면에서 그 이전의 것과 크게 달라진 예는 세계문학사에서 드물지 않게 나타나는 현상이다. 이미 드러난 바 일찍 우리 문학사에서 고전시가 양식으로는 절구(絕句)와 율시(律詩)를 주류로 한 한시(漢詩)가 있었고 별곡체와 민간전승의 속요가 있었다. 그것이 고려 후기에 이르자 서정단곡을 주조로 한 시조와 장가의 일종인 가사로 대체되었다. 그렇다고 우리가 한국 시가사에서 근대를 고려 후기까지로 소급시킬 수는 없다. 이것은 소급설이 앞세운 문체, 형태, 양식론에 극복되어야 할 논리의 빈터가 있음을 뜻한다. 그렇다면 소급설의 또 다른 논리적 근거가 된 정치사상, 경제적 여건, 사회계층의 이동 현상론에 대해서는 어떤 평가가 가능한 것인가.

2) 내재론(內在論)과 외재적(外在的) 연구

일찍 르네 웰렉은 A. 워런과의 공저인 『문학의 이론』을 통해서 문학 연구를 크게 두 갈래로 나누었다. 그 하나가 전기 연구, 시대 상황, 정치 경제적 여건 등을 문제 삼은 경우이며 문학과 기타 예술과의 상관관계를 감안하면서 이루어지는 비교예술론이다. 이것을 웰렉은 외재적(外在的) 연구라고 했다.[7] 그에 반해서 운문에서 성조와 율격을 문제 삼고 작품의 표현 기법, 문장 형태와 문체를 따지며 비유와 심상, 상징을 검토한다든가 시

---

7 Austin Warren and René Wellek, *Theory of Literàture*, London, 1955. pp.65~66.

와 소설에 어떤 형태, 양식적 차이가 있는가를 살피는 문학 연구를 웰렉은 내재적(內在的) 연구라고 하였다.[8]

여기서 우리가 주의해야 할 것은 웰렉이 문학 연구를 두 갈래로 나누었다는 사실 자체가 아니다. 대륙 출신의 비평가로서 그는 드물게 관념론적 입장에 치우치지 않고 작품을 작품 자체로 읽으려는 입장도 취한 비평가다. 그러면서 그는 초기 신비평가들이 취한 작품 일체주의와 그에 따른 사회 여건, 역사 배제 경향에 대해 의문부를 달았다. 그에 따르면 작품 일체주의 경향을 지닌 신비평이 시를 언어 조건으로 문제 삼는 시각에는 일리가 있는 것이다. 그런데 신비평이 끝내 그런 입장을 고수한다면 결국 그들은 작품의 의장을 문제 삼아야 하며 문체, 양식만을 다루어야 한다. 그것이 작품을 언어 조건으로 문제 삼는 비평의 전제 요건이기 때문이다. 그런데 이 경우 작품을 이루는 언어 자체가 우리 자신의 일상과 단절되어 있는 것이 아니다. 언제나 그것은 관습과 전통, 나아가서는 역사와 시대 상황과의 상관관계 속에서 형성되며, 변화한다. 여기에 바로 초기 신비평이 지향한 외재적 여건, 배제론의 모순점이 내포되어 있는 것이다.[9]

한마디로 웰렉이 지향한 것은 내재론이나 배경, 여건론에 치우치지 않는 문학 연구다. 그런데 이것을 평면적으로 받아들이면 상당한 부작용이 생긴다. 웰렉이 작품의 구조 분석을 뒷전에 돌린 채 외재적 여건 중심론을 편 것인가 의혹을 일으킬 가능성이 생기는 것이 그것이다. 이에 대해

---

8   *Ibid.*, pp.137~139.

9   René Wellek, "Literary Theory, Criticism, and History", *Concept of Criticism*, Yale Univ. Press, 1973, p.7.

서는 웰렉 자신의 다음과 같은 말이 반드시 참고되어야 한다.

> 물질(matter)의 근본은 말할 것도 없이 본질이 지닌 바 영겁(永劫)
> 의 비시간적(non-temporal) 질서에 대한 현상학적 가정 속에 있다.
> 이 본질에 대해서 경험적인 개성화는 그다음에 첨가될 뿐이다. 절대
> 적인 가치 척도를 가정함으로써 우리는 필연적으로 개인적 판단의
> 상대성으로부터 일탈해버린다. 냉엄한 절대적 가치가 개인적 판단
> 이라고 하는 무가치와 부딪치면서 유실되고 마는 것이다.
> 　절대주의라고 하는 건전하지 못한 테제와 그와 꼭 같을 정도로 건
> 전하지 못한 상대주의라는 테제는 가치 척도 그 자체를 역학적으로
> 만들기는 하나 가치 척도로서 그것을 포기하지 않는 가운데 새로운
> 종합 지양 극복 형태(Synthesis) 속에 폐기되고 또한 조화가 이루어
> 지지 않으면 안 된다. 이런 견해를 우리는 투시주의(Perspectivism)라
> 고 부르는 것인데 그 개념은 가치의 무질서, 개인의 자의(恣意)를 기
> 리는 쪽에 있는 것이 아니라 대상(object)을 여러 다른 관점을 통해
> 알고자하는 과정을 의미한다.[10]

여기서 우리는 명백하게 하나의 사실을 파악할 수 있다. 문학 연구에
서 절대주의 분석 비평의 입장은 그 나름의 논거를 가지지만 다른 한편으
로 보면 일방적인 것이다. 그와 대척되는 입장의 작가와 그가 속한 집단
중심론이나 시대, 상황론 역시 단선적으로 원용되는 경우 건전한 것이 못
된다. 그 지양 극복책으로 르네 웰렉은 양자의 상호작용을 통한 제3의 문
학 인식이 이루어지는 차원, 곧 투시주의를 제창하고 있는 것이다. 이 단

10　René Wellek, *Theory of Literature*, pp.157~158.

계에서 우리가 소급설의 지배 이데올로기론이나 사회계층 문제, 경제적 여건 등을 다시 검토하면 이야기가 어떻게 되는가. 상당히 범박한 입장을 취해도 소급설에는 외재적 여건론의 일방통행 논리가 빚어내는 논리상의 한계가 생긴다. 이런 이유 때문에 우리는 소급설의 영정시대 기점설에 흔쾌하게 동조할 수 없다.

3) 문학사에 있어서의 근대

배경, 여건론과 비슷하게 소급설은 내재론의 시각을 통해서 보아도 논리적 한계를 일으키는 부분이 있다. 영정시대 기점론자들은 그들이 주장하는 소급설의 근거 가운데 하나로 영정시대의 소설이 그 이전의 소설과 다르게 근대소설의 단면을 뚜렷하게 지닌 것으로 보고 있다. 여기서 우리는 세계문학사의 시각을 빌려 근대소설과 그 이전의 소설을 구별할 필요가 있다. 헤겔식 삼분법에 따르면 근대소설의 원천이 된 양식은 그리스의 『일리아드』와 『오디세이』로 대표되는 영웅서사시다. 영웅서사시에서 신민 계층의 현실 의식이 전경화가 되고 그 문체가 산문으로 대체되면서 이루어진 것이 근대소설이다.

그런데 근대소설은 근대 시민사회의 대표 양식이 되면서 그 이전의 서사 양식과는 뚜렷하게 다른 세 가지 특징적 요소를 갖게 되었다. 등장인물의 개성적 단면을 부각시킬 것을 전제로 한 성격 창조 원칙과 함께 이야기의 기본 단위인 사건과 사건을 인과관계로 엮어내기를 요구한 플롯이론과 배경, 환경을 관념적이거나 몽환 상태가 아닌 현실적인 것이 되게할 것 등을 요구한 것이 그것이다. 이들을 우리가 근대소설의 3대 요소라고 일컫는 것은 널리 알려진 바와 같다. 그런데 무슨 이유로 영웅서사시의 전통을 이어받은 근대소설이 새삼스럽게 그 창작 원칙으로 이들 세 요소를 창작의 제1원칙으로 내세우게 된 것인가.

고대 서사시의 주인공들은 거의 모두가 신이거나 초능력을 가진 영웅들이었다. 그들의 파란만장한 삶을 읊조린 양식이 영웅서사시가 된 것이다. 그러나 시민계급이 전면 포진하게 된 근대사회에 이르자 그런 등장인물과 줄거리는 황당무계한 것으로 외면, 배제되지 않을 수 없었다. 여기서 바로 근대소설의 특징과 함께 그 문제점이 생긴다. 등장인물이 초능력의 소유자가 아니며 그들이 벌이는 행동이 일상적인 차원에 그치는 경우 소설을 읽는 독자는 그런 작품에 대해 따분하다고 생각할 가능성이 생긴다. 이렇게 제기되는 문제를 해결하기 위해서 근대소설은 등장인물의 개성을 전제로 한 성격 창작 방법을 제창한 것이며 소설의 사건에 탄력감을 주기 위한 장치로 플롯의 개념을 정착시키게 된 것이다. 작품의 무대배경을 탈세속, 몽환 상태에서 현실적인 것으로 바꾸게 한 기본 동기도 여기에 그 근거가 생긴 것이다.

소설론에서 구조를 문제 삼는 사람들이 특히 주목하게 된 것이 플롯의 이론이다. 이 경우 플롯은 고대소설의 이야기(story)에 대비되는데 전자와 후자의 경계를 짓는 것이 인과감이 포착되는가 아닌가에 있다. E. M. 포스터는 플롯의 개념을 스토리와 대비시키는 가운데 '왕의 죽음'과 '왕비의 죽음'이라는 두 사건을 보기로 들었다. 그에 따르면 '왕이 죽자 왕비가 죽었다'식 이야기 줄거리 엮기는 사건의 단순 나열에 그친다. 시간적 순서가 평면적인 채 사건과 사건 사이에 인과감이 개입하지 않기 때문이다. 그러나 '왕이 죽자 그 죽음을 비통해한 나머지 왕비도 죽게 되었다'는 플롯이다. 이때에도 사건과 사건의 시간적 순서는 그대로이다. 그러나 여기에는 사건과 사건 사이에 인과의 감각이 그림자를 드리우고 있는 것이다.[11]

영정시대의 소설문학을 대표하는 『춘향전』, 『심청전』, 『장화홍련전』, 『흥부전』 등을 이상 근대소설의 이론에 비추어보면 소급설의 논리적 타당성 여부가 어떻게 되는가. 앞에서 이미 지적된 바와 같이 『춘향전』의 춘향이나 『심청전』의 심청은 왕후장상(王侯將相), 양반 지배계층에 속하지 않는다. 그러나 춘향은 기생의 몸에서 태어났음에도 열여불경이부(烈女不更二夫)의 생활신조를 고수하여 변학도의 수청 요구를 거부한다. 이것은 그가 봉건사회의 여성이 지켜야 하는 정절(貞節)로 일관된 삶을 사는 여자임을 뜻한다. 『심청전』의 심청은 아버지가 장님이며 가세가 빈궁하여 어려서는 젖동냥으로 자랐다. 그러나 이것을 서민소설의 자격, 요건 가운데 으뜸으로 잡고 심청이 기층민중에 속하는 여성으로 단정할 수는 없다. 아버지의 눈을 뜨게 하기 위해 심청은 공양미 300석에 그의 몸을 판다. 그것으로 그는 임금의 부름을 받게 되고 일약 최하층 천민 신분에서 왕비의 자리에 오른다. 이것은 이 작품이 현실에 바탕을 둔 가운데 개성을 저버리지 말 것이라는 등장인물 형상 원칙에서 크게 빗나가 있음을 뜻한다.

이와 아울러 우리가 지나쳐볼 수 없는 것이 영정시대 서민소설이 거의 모두가 해피엔딩으로 끝난 점이다. 이 경우의 좋은 보기가 되는 것이 『흥부전』이다. 이 소설에서 흥부는 다리가 부러진 제비를 돌보아서 강남으로 돌아가게 만든다. 다음 해 봄 그 제비가 박씨를 물고 오자 흥부는 그것을

---

11   E. M. Foster, *Aspects of the Novel*, Penguin Books, 1957, pp.82~83.

심어 가을에 그들을 추수한다. 흥부가 박을 타자 그 속에서 금은보화가 쏟아져 나와 그것으로 그는 큰 부자가 된다. 이런 줄거리로 이루어진 「흥부전」을 우리가 단서 없이 근대의 사실주의계 소설이라 할 수 있을까. 다시 한 번 되풀이하면 근대소설에서 플롯의 개념은 인과율의 원칙과 함께 있다. 현실적으로 제비가 물고 온 박씨에서 금은보화가 나올 리가 없다. 이것으로 우리는 이 작품이 구조 면에서 근대소설이 아닌 그 이전의 단면을 짙게 띤 것임을 알 수 있다.

이제 우리는 화제의 초점을 시가 쪽으로 이동시킬 차례다. 소급설이 지적한 바와 같이 이 시기의 시가에서 가장 특징적 단면으로 나타나는 것이 시조 양식이다. 그들 작품에는 형태의 파격 현상이 나타날 뿐 아니라 그 말씨 또한 평시조의 온건하며 율격 중심 어법 대신 잡다한 사실들을 나열하는 서술 방식이 채택되어 있다. 본래 평시조는 초장·중장·종장이 일정한 자수율에 의거하며 그 문체에 있어도 부질없이 일탈을 일삼지 않는 경향이 있다. 거기에 사용된 어휘들도 말법을 의식한 가운데 쓰인 것이므로 그 문장이 통사적(統辭的)이다. 그에 반해 엇시조와 사설시조는 곳곳에 말들을 파격적으로 썼다. 그 나머지 문체가 평시조와 반대로 해사적(解辭的)인 것이 되었다.

나무도 돌도 바히 업슨 뫼에
믜게 쫏긴 가토리 안과
大川바다 한가온대 一千石 시른 大中舡이 노도
일코 닷도 일코 뇽총도 끊고 키도 빠지고 바람부러 물결치고
四面이 거어머득 天地寂寞 가치노을 떠난대
水賊 만난 都沙工의 안과

엇그제 님 여흰 안이야 엇다가 가흘하리오

여기에 나타나는 사설시조의 율격 일탈과 파격성을 소급설은 그 이전까지 조선왕조를 지배한 양반문화에 대한 반대 · 배제 현상으로 평가했다. 소급설은 평시조의 특징인 그와 아울러 엇시조, 사설시조에 나타나는 산문화 경향을 서구 근대시에 나타난 율격 배제와 그 연장선상에서 이루어진 자유시의 시도로 잡았다. 이들 단면에 주목한 나머지 우리 시가사상의 근대를 영정시대로 잡은 소급설이 이루어진 것이다.[12] 세계문학사에서 근대시와 소설은 그 이전 문학의 틀을 배제하면서 나타난 양식이다. 그런 시각으로 보면 엇시조와 사설시조가 평시조의 정형성에서 일탈하여 파격적이 된 것을 전근대적인 것의 지양, 극복 시도로 본 소급설의 생각에는 일리가 있다. 그러나 그 파격과 해사적 단면이 곧 근대시의 강한 속성인 자유시를 향한 발걸음 자체와 동일시될 수는 없다.

일찍부터 시는 다른 양식의 문학작품과는 다른 변별적 특징을 가진 양식이다. 그것이 주제 내용과 함께 그 구조에서 말들의 운용을 통한 음악성을 가져야 하는 점이다. 전자를 우리는 시의 의미구조(meaning structure)라고 하며 음악성에 관계되는 시의 단면을 음성구조(sound structure)라고 한다. 다른 양식과는 다른 시의 구조적 특성이 바로 여기에 있다.[13]

서사시의 단계를 벗어나면서 근대소설이 산문 양식으로 탈바꿈한 사실은 이미 지적된 바와 같다. 다음 극시 역시 비슷한 과정을 거쳐 근대 희

---

12   김윤식 · 김현, 앞의 책, 61~63쪽.
13   J. C. Ransom, *The New Criticism*, Norfolk, 1949, pp.297~299.

곡이 되었다. 그런데 소설이나 희곡과 달리 근대시는 끝내 그럴 수가 없었다. 다 같은 시라도 해도 서정시의 전통을 이어 내린 근대시는 끝내 운문(韻文)의 속성을 저버리지 못한 양식일 수밖에 없었다. 서정시의 전통을 이어 내린 근대시가 다른 양식과 달리 전면적으로 산문화의 길을 걷지 않은 가운데 그 나름의 생명력을 확보하는 방법은 달리 없었다. 우선 시는 소설이나 희곡과 달리 단형(短形) 양식을 유지할 수밖에 없었다. 길이가 짧을 수밖에 없었으므로 근대시는 소설이나 희곡에 비해 내용이 빈약한 양식으로 일반 독자에게 비칠 수 있었다. 이와 아울러 그 양식적 특성으로 하여 근대시는 그 자체로 반드시 확보하고 있어야 할 특성을 내포하고 있어야 했다. 이미 앞에서 지적된 바와 같이 그것이 음악성이었다.

이 두 가지 문제점을 해소하기 위해 근대시는 그 나름대로 독특한 전략을 세우지 않을 수 없었다. 그 하나가 산문문학과 다른 차원에 속하는 말로 작품을 쓰는 일이었고 다른 하나가 시의 음악성을 새롭게 해석하여 각운이나 율격 등 외형률(外形律)에 의거하지 않는 가운데 시의 가락을 살리는 길이었다. 근대시는 첫 번째로 제기된 문제에 대한 해결의 실마리를 산문의 속성 파악으로 시작했다. 운문과 달리 산문은 어휘 사용의 수량에서 비교적 자유로웠다. 그 나머지 그들은 말을 풀어서 쓰는 서술형 문장을 선호했다. 근대시는 그 반대 입장을 택하여 말들을 가능한 한 집약적으로 쓰는 길을 택했다. 이에 대해 H. 리드는 산문이 그 언어를 건축적으로 쓰는 데 반해 시가 농축적 언어를 쓴다고 말했다.[14] 여기서 건축적이란 산문이 말들을 질적 변화를 일으키지 않은 채 쓸 수 있음을 뜻한다. 그

---

14   Hebert Read, *English Prose Style*, Boston, 1957, p.7.

에 반해서는 시는 같은 말을 쓰면서 그들을 제3의 실체가 되게 써야 하는 것, 곧 화학적 변화를 일으키도록 말들을 써야 했던 것이다.

다음 근대 서정시와 운율의 상관관계에 대해서는 위의 경우와 다소간 다른 이야기가 가능하다. 흔히 근대 서정시의 자유시화를 근대문학 전반에 걸친 산문적 경향에 시가 편승, 또는 추수의 길을 택한 결과라고 해석한다. 그러나 이런 생각은 근대시의 위상을 필요 이상으로 격하시키는 결과를 낳게 한다. 이미 드러난 바 부르주아 계급의 대두와 함께 근대문학은 전방위에 걸쳐 낡은 장막을 걷어내어야 했다. 소설과 희곡은 그것을 문체에서 산문의 이용으로 실현시킬 수 있었다. 그러나 숙명적으로 운문의 자리를 고수할 것이 요구된 근대시는 그럴 수가 없었다. 그렇다면 운율과 운문의 전통을 저버리지 않은 가운데 근대시가 낡은 운문이 가지는 제약 조건을 극복하는 길은 어디에 있었을까.

여기서 우리는 시의 운율이 외형률과 내재율(內在律)로 구별될 수 있음을 기억해야 한다. 새삼 밝힐 것도 없이 외형률은 자수율이나 평측(平仄), 음보, 율격 등의 장치를 이용함으로써 이루어진다. 그것이 고전문학기의 시인들 모두가 지켜야 할 작시의 틀이었던 것이다. 자아의 각성과 함께 이런 기성의 틀 허물기를 기한 근대시의 제작자는 그와는 다른 길을 택해 시의 음악성을 확보할 필요가 있었다. 이때 주목된 것이 언어의 의미구조를 통한 음악성 확보였다. 말의 맛과 결, 양감, 질감을 통해 가락을 빚어내는 방법이 모색되었다. 그것으로 근대 시인들은 딱딱한 주형의 상태가 아닌 시의 음악, 곧 의미의 음악을 만들어내기를 기한 것이다.[15]

---

15 이 단계에서 우리가 유의할 것이 있다. 여기서 문제되는 내재율이 근대에 이르러

이제 우리는 근대시 형성의 원리에 따라서 영정시대 시가에 나타난 엇시조와 사설시조를 평가, 판단할 차례다. 한마디로 엇시조와 사설시조가 평시조에 비해 대담하다고 할 정도로 문체, 형태 면에서 변화 양상을 띠고 나타난 것은 사실이다. 그러나 그 자체가 곧 근대시의 차원 구축으로 해석될 수 있는 가에 대해서는 의문부호가 찍힌다. 근대소설의 경우와 꼭 같이 근대 서정시도 시민계층의 대두와 함께 형성된 양식임은 이미 살핀 바와 같다. 그런데 시의 경우 시민계층이 가진 근대적 자아는 1 : 1의 상태에서 작품의 제작에 작용한 것이 아니다. 시를 읽고 수용할 능력으로 치면 일반 시민은 소설이나 희곡의 경우와 꼭 같은 단순 독자 계층이었다. 그들이 시 양식에 유의성을 가진 수용 주체가 되기 위해서는 작품의 제재들을 그들 나름대로 여과, 재생산하는 과정을 거쳐 정서로 바꾸어내는 또 하나의 자아를 확립할 필요가 있었다. 여기서는 이런 차원에 이른 자아를 일반 소설이나 희곡의 그것과 구별짓기 위해 서정적 자아라고 부르기로 한다.

서정적 자아는 정치나 사상사에서 문제되는 지성이나 주체성과도 다른 개념이다. 여기서 그것은 서정시 양식의 바탕이 되는 의식인 동시에 창작의 전제가 되는 개성을 가리키면서 그에 그치지 않고 작품을 빚어내는 데 필요한 표현 능력까지를 아우르는 개념이다. 이런 논리적 전제로 하여 우리는 한국의 근대시가 그 전단계의 시에서 단순 변화 형태여서는 안 된다

비로소 인식된 것은 아니다. 고전문학기에 속하는 작품 가운데도 명품, 가작으로 평가된 것들에는 그 나름의 기법으로 시에서 말의 결과 맛을 살려 씀으로써 내재율, 의미의 음악을 만든 시는 적지 않게 있었다. 다만 그것이 시 창작의 한 기법으로 인식된 자취가 뚜렷이 나타나는 것이 근대 서정시부터라는 생각이다.

고 생각한다. 적어도 거기에는 기법, 형태 면에서 전근대성을 지양한 면이 검출되어야 하며 초보적인 것이라고 하더라도 근대시의 기본 전제가 되는 서정적 자아가 확보되어야 한다. 그런데 엇시조와 사설시조에 나타나는 파격과 해사적(解辭的) 단면은 그런 전제조건에 단서 없이 부합되지 않는다. 이것은 소급설이 시가의 형태와 양식 해석에 있어서도 논리상 한계를 가졌음을 뜻한다.

2. 개항기 기점설 : 외재적 상황

소급론이 제출되기 전 우리 문학사의 근대는 개항기로 잡히는 것이 통례가 되었다. 말할 것도 없이 이것은 우리 민족문화의 중요 시기인 근대가 우리 민족이 주동적 역할을 하지 못하고 외세에 의해 이루어진 것이라는 논리를 전제로 한다. 소급설은 이것을 해외추수주의로 보고 우리 민족의 주체성을 뒷전에 돌린 것이라고 하여 배제, 극복의 과제로 삼은 것이다.[16]

여기서 우리는 한 가지 질문을 던져보기로 한다. 과연 소급설이 지적한 것처럼 개항기 기점설은 해외추수주의에 그치는 것이며 민족적 자아를 망각한 것인가. 이에 대한 답이 그렇다고 나올 수밖에 없다면 우리는 개항기 기점설을 재검토해야 한다. 그러나 우리가 알고 있는 한 소급설의 논리가 반드시 전면적 진실은 아니다. 거듭 지적된 바와 같이 개항과 함께 우리 주변에 가해진 서구적 충격은 우리 역사상 미증유의 것이었다. 그 후 우리 민족은 일제의 침략으로 주권을 침탈당했다. 한일 합방과 함

---

16   이에 대해서는 김윤식 · 김현, 앞의 책, 18~20쪽 참조.

께 한반도에 식민지 체제를 구축한 일제는 곧 우리 민족의 노예화를 기도했으며 그 실천 정책으로 언론, 집회, 결사의 자유를 봉쇄하고 나아가 우리 문화와 역사를 부정, 말살하는 폭거를 자행했다. 그것으로 우리 문화와 문학 분야의 활동 여건은 최악의 상태로 굴러 떨어진 것이다. 그런데 이런 극악의 상황, 여건으로 하여 우리 문학과 시가가 그 후 고스란히 국적 불명의 상태로 변질되고 그것으로 민족문학의 궤도에서 일탈해버렸는가. 이렇게 제기되는 질문에 대해 우리의 답은 '아니다'이다. 주권 상실과 식민지 체제하의 불리한 여건 속에서도 우리 문학과 문단은 제 나름의 역사, 전통을 지켜낸 가운데 일정한 보폭을 유지하면서 근대화 과정을 거쳐 오늘에 이르고 있다. 이것은 개항기라는 특수 상황을 거치면서도 우리 문학과 시가가 자아 망실 상태에 떨어지지 않고 주체성을 지켜왔음을 말하는 명백한 증좌다. 이런 이유로 하여 우리는 소급설의 논리에 전면 동조하는 것을 유보하며 한국 근대문학의 기점을 개항기로 잡고자 한다.

1) 개항기 문학의 상황, 여건

개화기 문학은 그 외재적 여건부터가 영정시대의 경우와 사뭇 달랐다. 영정시대에도 실학파로 대표되는 신진사류들의 개혁시도가 있기는 했다. 그러나 그들은 처음부터 위로 보수사림(保守士林)들의 견제를 받았고 또한 아래로는 기층민중(基層民衆)에 해당되는 서민 대중의 호응도 넉넉하게 얻지 못했다. 문호 개방과 함께 우리 문화와 시가의 상황, 여건은 그와 적지 않게 차별화될 수 있었다. 갑신정변과 갑오경장을 거치는 과정에서 우리 사회에는 서구의 선진문명을 수용한 가운데 우리 사회의 개혁을 기도하는 지식분자들이 잇달아 나타났다. 그들은 정부나 집권당의 견제를 받으면서도 조직을 만들고 그것을 토대로 우리 민족의 주권 수호와 함께 반봉건, 근대화 운동을 펼쳤다. 그 좋은 보기가 서재필(徐載弼), 이승만(李承晩) 등이 주축이 되어 이루어진 독립협회다.[17]

독립협회는 발족과 동시에 민중의 개화계몽을 선도하기 위한 기관지 『독립신문』을 발간했으며 만민공동회를 열어 시민계층의 결집을 통한 자주독립 정신의 고취와 민족자강운동(民族自强運動)을 펼쳤다. 때마침 우리 주변에는 노어학교, 영어학교 등 관립과 민간단체가 설립한 교육기관이 우후죽순(雨後竹筍)처럼 생겼다. 그와 아울러 동학(東學)을 필두로 한 종교단체의 사회개혁 움직임도 급물살을 탔다. 본래 한 사회와 민족의 반봉건, 근대화 운동은 두 가지 선행조건을 필요로 한다. 그 하나가 시대의 선각자에 해당되는 진보적 지식인의 세력화와 그들이 선두주자로 시도하는 사회개혁 노력이다. 그리고 다른 하나가 그런 선각자들의 자발적 호응과 참여다. 그런데 독립협회와 동학으로 표상되는 바와 같이 문호 개방이 이루어진 후 얼마 지난 다음 우리 주변에는 그 나름대로 그런 분위기가 이루어져갔다. 이때의 동원 체제를 독립협회 단계—지성동원, 동학농민봉기의 단계—종교동원으로 본 예가 있다.[18]

---

17 이에 대한 자세한 것은 愼庸廈, 『獨立協會研究』, 일조각, 1976 참조.
18 G. Henderson, *Korea: Politics of Vortex*, Havard Univ. Press, 1968, pp.63~67. 여기에는 한국의 근대사에서 민중의 동원이 이루어진 단계를 세 개로 구분하여 독립협회 단계를 지성 동원(Intellectual Mobilization)으로 보고 동학을 종교동원(Religious Mobilization)으로, 그리고 3 · 1운동을 거족적 동원(National Mobilization)으로 보고 있다.

여기서 또 하나 주목되어야 할 것이 개항과 함께 우리 사회에 인쇄기술이 도입되고 그에 힘입어 우리 주변에 근대적인 출판 문화가 형성된 점이다. 역사 연표를 보면 1883년 내각 부속의 한 기관으로 박문국(博文局)이 설치되었다. 박문국에서는 우리나라 최초의 근대적 정기간행물인『한성순보(漢城旬報)』가 발행되었다. 이를 도화선으로 삼고『독립신문』,『대한매일신보(大韓每日申報)』등 민간 신문이 잇달아 발간되었으며 그와 병행 상태로『조양보(朝陽報)』,『태극학보(太極學報)』,『대한유학생회보(大韓留學生會報)』등 잡지가 차례로 나왔다.[19] 이들 간행물 가운데 잡지들은 거의 모두가 문원(文苑), 또는 사조(詞藻)란을 두어 문예물을 실었다. 그것으로 이들 잡지는 개화기 문예작품 발표의 공기 구실을 했으며 근대 문단 형성을 위해서도 적지 않은 힘이 되어준 것이다. 이 경우의 한 보기가 되는 것이 이승만(李承晚)의「고목가(枯木歌)」다.

슬프다 뎌 나무 다 늙엇네
병들고 썩어서 반만 셧네
사악흔 비바람 이리 져리 급히 쳐
몃 빅년 큰 남기 오늘 위틱

원수에 쌋작시 밋흘 쏫네
미욱흔 뎌 식야 쏫지 마라
네 쳐자 네 몸은 어듸 의지

버틔세 버틔세 뎌 고목을

---

19   金根洙,「한말의 잡지」,『한국잡지사』, 청록출판사, 1980, 33~36쪽.

쑤리만 굿박여 반근되면
새가지 새입히 다시 영화 봄되면
강근이 자란 후 풍우 불외

쏘하라 뎌 포수 샷작시를
원수에 뎌 미물 남글 쏘아
비바람을 도아 위망을 지쵹ㅎ야
너머지게 ㅎ니 엇지ㅎ고

— 이승만(李承晩), 「고목가(枯木歌)」 전문

이 작품은 1898년 3월 발간 『협성회회보(協成會會報)』 10호에 게재된 것
이다.[20] 그 발표 시기로 보아 우리가 신체시의 효시로 잡는 육당(六堂)의
「해(海)에게서 소년(少年)에게」보다 10년 앞서 활자화되었다. 이제까지 우
리 주변에서는 신체시의 기점을 이 시에서 잡아야 할 것이라는 생각이 지
배적이었다. 당시에 발행된 활자매체와 우리 시가의 상관관계가 이것으
로 미루어 짐작될 수 있을 것이다.

2) 사회개혁과 국어국자운동—국문연구소

거듭 지적된 바와 같이 개항과 함께 우리 사회에서 최우선 과제가 된
것이 두 가지 있었다. 당시 우리 사회는 아직 낡은 시대의 꿈에서 깨어나
지 못한 상태였다. 그런 전근대, 또는 봉건의 장막을 벗고 새 시대를 열

---

20 최덕교,『한국잡지백년』1, 현암사, 2004, 57~58쪽.

기 위해서는 어떤 형태로든 반체제, 근대화 운동이 기능적으로 전개될 필요가 있었다. 그를 통한 우리 사회의 새 지평(地平) 타개가 차질 없이 이루어지려면 우리 사회 구성원 각자의 자아 각성이 선행되어야 했다. 개항기의 상황, 여건은 민족적 자아 각성 없이 서구의 근대문화를 수용하는 경우 방향감각을 상실한 외래문화 추종자를 양산시킬 공산이 컸다. 이에 대한 안전장치로 생각될 수 있었던 것이 민족문화 전통의 수호였으며 그 집약 형태가 민족 어문 정책, 곧 국어국자운동이었다.

많은 경우 한 민족국가의 흥망성쇠는 그 민족의 언어문자에 대한 인식과 보호, 신장 노력으로 결정된다. 민족국가의 형성 자체가 그런 노력을 발판으로 삼고 이루어졌다. 서구에서 이태리, 스페인, 프랑스, 독일, 영국 등이 로마 교황청의 지배 체제를 벗어나기까지 그 공식 언어는 라틴어였다. 그 무렵 이태리어, 스페인어, 영어, 독어, 불어 등은 지역 방언에 그쳐 전혀 공식 언어 구실을 하지 못했다. 서구의 여러 나라가 로마 교황청 체제에서 벗어나 민족국가로서 체제를 갖추고 독립을 선언하게 된 것은 그들 나름대로 민족어의 정비 체계화가 이루어지고 나서부터다. 이와 아울러 한 민족의 성쇠 자체가 그 언어 사용의 정도로 결정되기도 한다. 이 경우 우리에게 하나의 각명한 보기가 되는 것이 만주민족이 세운 청(淸)나라다. 이 나라가 명(明)에 이어 중원(中原)을 차지하고 300여 년에 걸쳐 동북아시아에 군림하고 전 세계에 가장 넓은 판도를 차지한 사실은 우리 모두가 잘 알고 있는 바와 같다. 그런데 지금 세계 지도상에서 청나라의 이름은 어디에도 없다. 그 이유는 다른 데 있지 않다. 대제국의 주인이 된 만주민족이 민족적 자아를 보호, 신장시키지 못하고 문화적으로 한족(漢族)에게 흡수 침몰, 동화되면서 그들의 언어를 잃고, 그 표기 체계를 개발,

정비, 보호, 육성하는 일을 게을리하였기 때문이다.

국어사 연구의 가르침에 따르면 개항기의 국어국자 연구는 기독교의 성서 번역을 위한 부수 형태이거나 정부의 공문서 작성을 위한 방편, 또는 일반 시민을 상대로 한 실용 서적, 기행문 쓰기에 따른 필요에 의해 시작되었다.[21] 이런 과도기적 상황에 종지부가 찍힌 것이 광무(光武) 11년(1907) 설립된 국문연구소를 통해서였다.

국문연구소는 처음부터 민간인에 의한 임의단체 형태를 지양하고 내각의 직속기구 가운데 하나로 발족했다. 그 설립을 주재한 것은 학부대신 이재곤(李載崐)이었고 그 밑에 전문위원 격으로 학무국장 윤병오(尹致昨)를 비롯하여 장헌식(張憲植), 이능화(李能和), 주시경(周時經), 어윤적(魚允迪), 지석영(池錫永) 등이 참여했다. 그 설립 목적은 동 연구소 규칙 제1조에 "본소(本所)는 국문(國文)의 원리(原理)와 연혁(沿革)과 현행(現行) 소용(所用)과 장래(將來) 발전(發展) 등(等)을 연구(硏究) 홈"이라고 명시되어 있다.[22]

국문연구소는 1907년 개설되어 1909년 12월 마지막 회의를 열기까지 전후 열 차례 연구 토의 모임을 가졌다. 후에 공문서화되어 남긴 그 보고서에 따르면 국문연구소는 10여 회의 회의를 가지는 가운데 초성자 ㄲ, ㄸ, ㅃ, ㅆ 등의 표기 문제를 비롯하여 중성자 아래 ㅇ자의 존폐 여부, ㄱ, ㄴ, ㄷ 등 자음자와 ㅏ, ㅑ, ㅓ, ㅕ 등 중성자 명칭과 자모 순서를 결정하고 당시에 이미 훈민정음과는 상당한 거리가 생긴 한글 철자법을 훈

---

21 金敏洙, 「韓國語學史」, 『韓國文化史大系』 V(言語文學史), 고려대학교 출판부, 1967, 576~579쪽.

22 李基文, 『開化期의 國文研究』, 일조각, 1970, 17~18쪽.

민정음의 예의(例義)에 따라 쓸 것을 결정했다.[23] 또한 그 위원 가운데 주시경 등이 있어 그들의 체계적인 어문연구 노력이 시도되면서 국어국문자 연구가 본격화되는 기반이 구축되기도 했다.

여기서 또 하나 검토되어야 할 것이 개화기의 우리 사회에서 국어국자 운동이 반드시 환영 일색으로 받아들여지지 않은 점이다. 두루 알려진 바와 같이 문호 개방이 되기까지 우리 사회의 문자 생활은 양반, 사림 계층의 전유물 구실을 한 한자(漢字)와 한문이 중심이었다. 그런 상황 속에서 별도로 사전 예고 과정도 거치지 않고 국어국자 사용을 공식화하려는 움직임이 일어났다. 이에 대한 당연한 사태로 보수사림(保守士林)들의 반발이 야기되었다.

이때부터(갑오경장을 가리킴－필자주) 경성의 관보와 지방 관청의 문건들이 모두 진서와 언문을 섞어 쓰니 그 말법들은 대개 일본 글투를 흉내 낸 것이었다. 우리나라 말은 일찍이 중국 글을 진서라고 하고 훈민정음을 언문이라고 하여 그들을 아울러 진언(眞諺)이라고 하였는데 갑오경장(甲午更張, 고종 31년)에 이르자 행정을 맡은 사람들이 언문을 크게 앞세워 국문이라고 하고 그와 달리 진서를 배제하여 한문이라고 한 것이다. 이로부터 국한문(國漢文) 세 자가 우리말이 되어 진서와 언문이라는 일컬음이 자취를 감추었으며 그 가운데 얼이 빠진 자들은 마땅히 한문을 폐지해야 할 것이라고 외치게 되어 그 극성스러움이 끝간 데를 모를 정도가 되었다.

是時京中官報 外道文移 皆眞諺相錯, 以綴字句 盖效日本文法也 我國方言 古稱華文曰眞書 稱訓民正音曰諺文 故統稱眞諺 及甲午後

---

23 위의 책, 영인보고서 부분.

초창기 한국 근대시의 양식적 전개와 문화전통의 관련 양상 | 39

(高宗三十一年) 時務者盛推諺文曰 國文, 別眞書以外之曰 漢文 於是國
漢文三字遂成方言 而眞諺之稱泯焉 其狂侻者倡漢文當廢之論 然勢格
而止[24]

이것은 경술국치(庚戌國恥)를 당하여 절명시(絕命詩) 세 수를 남기고 순국
한 황현(黃玹)이 남긴 일록(日錄) 가운데 한 부분으로 갑오경장 직후의 사
태를 적은 부분이다. 얼핏 보아도 나타나는 바와 같이 여기에는 한문 전
용 체제에서 한글 중심 체제로 이행이 시작된 당시 우리 사회의 어문 생
활에 대한 강한 불만이 내포되어 있다. 이때의 국어국자운동이 문호 개방
과 함께 우리 민족의 현안이 된 반제(反帝), 자주독립, 주권 의식의 발로임
은 의문을 삽입할 여지가 없을 것이다. 그러나 이와 함께 당시 우리는 반
봉건, 근대화를 통한 민족의 역량 확충 노력과 그를 통한 국력 신장도 차
질 없이 수행해나가야 했다. 이런 상황으로 제기된 갈등 요인을 무릅쓰면
서 시도된 것이 개화기의 우리 주변에서 펼쳐진 국어국자운동이었다.

3. 개화기 시가의 양식 문제

근대시의 기점을 영정시대가 아닌 개항기부터로 잡는 경우 그 양식 명
칭은 개화기 시가가 된다. 이때의 개화기 시가 가운데 첫 단계를 차지하
고 나타난 양식이 개화가사다. 개화가사가 고전문학기 시가, 곧 시조나
가사, 한문시인 절구(絕句), 율시(律詩) 등을 주류로 한 한시 작품들의 다음

---

24 黃梅泉, 『梅泉野錄』, 국사편찬위원회, 1955, 168쪽. 단 한글 의역은 필자에 의한
것임.

단계를 잇고 나타났다.[25] 그에 이어 나타난 것이 창가(唱歌)와 신체시(新體詩) 등의 개화기 시가의 전개 양식들이다.

1) 개화기 시가의 테두리

1970년대에 이르기까지 우리 문학사 기술에서 개화기 시가의 양식적 전개에 대해서는 일종의 난시 현상이 나타났다. 임화(林和)는 우리 문단에서 최초로 종합판 한국 현대문학사를 쓰고자 한 비평가다. 신문 연재로 시작한 『개설신문학사』가 그것인데 거기서 그는 3·4조와 4·4조로 이루어진 '신문가'를 창가라고 정의했다. 다음에서 자세히 언급될 예정이지만 창가는 가사의 자수율에서 벗어나 7·5조, 8·6조 등의 자수율을 가진 양식이다.[26] 이런 사실에 맹목인 채 고전문학기 기사의 자수율을 그대로 가진 개화가사를 문제 삼지 않고 창가로 개화기 가사의 선두 양식이라고 보았으니 임화의 신문학사는 시가의 형식에 대한 최저한의 인식도 없이 이루어져 있는 것이다.

임화의 뒤를 이어 종합 한국 현대문학의 역사 쓰기를 시도하여 완성시킨 분이 백철(白鐵) 교수다. 상·하 두 권으로 나온 『조선신문학사조사(朝

---

25 이에 대한 자세한 것은 김용직, 『韓國近代詩史』 1, 새문사, 1983(개정판, 학연사, 1988), 48~50쪽 참조.

26 『조선일보』, 1939년 11월 2일부터 연재. 『한국문학사연구총서』, 산문사, 1982, 493쪽, 김교익의 「신문가」를 이중원의 「동심가」와 함께 창가로 본 예로 임화(林和) 이전에 조윤제(趙潤濟)였다. 『韓國詩歌史綱』, 을유문화사, 1954, 445~448쪽. 『한국시가사강』 초판이 1973년에 나온 점을 감안하면 임화의 견해는 그것을 복사한 결과로 생각된다.

鮮新文學思潮史)』가 그것인데 이 저서의 첫 권 1장과 2장이 개화기 문학사다. 백철 교수는 여기서 개화기 시가를 하위 장르로 구분하지 않은 채 그들을 모두 동류항으로 묶어 신시로 처리했다. 그 결과 창가인 「신대한소년(新大韓少年)」이 신체시의 효시인 「해(海)에게서 소년(少年)에게」와 같은 양식으로 묶여 있는 것이다.[27]

8·15와 6·25 동란을 거치는 과정에서 우리 주변의 개화기 시가 연구는 별로 떨치지 못했다. 우리 학계의 이런 과도기 현상이 제 나름대로 지양, 극복된 것이 1970년대 후반기부터였다. 이 무렵부터 각 대학 문과 교실이 제자리를 잡게 되었고, 그에 힘입어 개별 문학사 형태로 한국 근대시사가 나오기에 이르렀다. 그런데 그 갈피에서 이루어진 개화기 시가 양식 해석은 연구 보고자의 시각에 따라 상당한 개인차를 나타낸다. 이제 그들을 항목화시켜보면 다음과 같다.

① 개화기 시가의 출발 시기를 19세기 말로 보고 그 최초의 작품을 『독립신문』에 실린 「신문가」로 본 경우—개화 초기의 작품들을 애국가류 또는 개화시라고 한 다음 곧 그것을 개화 시가에 습합된 양식으로 보았다.[28] 여기서는 개화가사 다음을 이은 것이 창가이며 그다음 단계의 양식을 신시(新詩) 또는 신체시(新體詩)로 보고 있다(송민호, '창가(唱歌) 신시(新詩)', 「韓國詩歌文學史」(하), 『韓國文化史大系』, 고려대학교 민족문화연구소, 1967).

---

27 白鐵, 『朝鮮新文學思潮史』, 수선사, 1947, 89쪽.

28 송민호, '唱歌, 新詩', 『한국문화사대계』 V, 921~923쪽.

② 북한 문학사의 경우—우리 문학사에서 근대의 기점을 19세기 말로 파악했다. 그 후 20세기 초까지를 근대문학기로 잡고 있는데 이 시기의 시가 양식에 출처가 확실하지 않은 구전 반외세의 노래와 함께 유인석(柳寅錫), 김택영(金澤榮), 황매천(黃梅泉) 등의 우국한시(憂國漢詩)가 아무런 설명도 없이 근대시로 처리되었다(이들 한시들은 원문의 제시 없이 역문만 실려 있다).[29] 그에 이어 「동심가」의 율격이 4·4조, 3·4조라고 지적되었으며 「학도가」와 같이 3·3·5조 또는 6·5조의 노래를 그와 같은 창가로 묶었다.[30] 주제 의식만을 기준으로 양식론을 편 매우 일방적인 시각을 느끼게 하는 문학사다(『조선문학사』(19세기 말~1925), 과학백화사전출판사, 1980).

③ 영정시대 소급설의 경우 : 이미 거론된 바가 있는『한국문학사』의 경우다. 해외추수주의의 단서를 붙인 상태에서 개화기 시가의 상한선을 19세기 후반으로 잡았다. 근대시의 외연을 확대시켜 그 테두리를 한시와 판소리 양식까지로 확대시켰다.[31] 창가와 신체시의 하위 양식 구분이 불분명한 채 그것을 그다음에 나타난『창조(創造)』,『폐허(廢墟)』의 시가에 연결된 것으로 보았다(김윤식·김현,『한국문학사』, 민음사, 1973).

④ ①과 같이 우리 근대문학과 시의 기점을 19세기 말로 잡고 있는 경

---

29 『조선문학사』, 과학백화사전출판사, 1980, 45~46쪽.
30 위의 책, 79~81쪽.
31 김윤식·김현,『한국문학사』, 50~52쪽, 63쪽.

우—그러나 여기서 개화기 시가의 상한선은 개화가사, 창가에 앞서 나온 동학가사 의병가들이다. 우국경세(憂國警世)를 내용으로 한 한시와 반제의식을 노래한 민요 등도 창가, 신체시 작품들과 동류항에 묶어 이 시기 시가로 보았다. 개화기 시가의 단계적 변화에 대해서는 별도의 언급이 없다(조동일, 『국문학통사』, 지식산업사, 2005).

⑤ ①, ④와 같이 근대시의 기점을 개항기로 잡았으면서도 양식의 하위개념 파악에서 다른 입장을 취한 경우—여기서는 동학가사나 의병가사, 반제의식이 담긴 민요 등이 창가, 신체시와 함께 다 같은 개화기 시가로 파악되었다. 개화가사에 해당되는 『대한매일신보』와 『경향신문』 수록 작품들이 자세히 검토되어 있다. 그 결과 『대한매일신보』에 개화 시조로 명명될 시조가 400여 수 수록되어 있다고 파악되었다.[32] 개화기 시가의 양식적 전개에 대해서는 개화가 → 창가 → 신체시의 개념이 적용되어 있다. 다만 그 첫 단계를 이룬 개화가사의 초기 단계를 『독립신문』 게재의 애국, 독립가로 잡았다.[33] 또한 개화기 시가의 하위개념에 속하는 신체시의 연장 형태를 최승구(崔承九), 김억(金億) 등의 자유시와 같은 맥락으로 파악한 점[34]이 주목된다(김학동, 『한국개화기 시가연구』, 시문학사, 1981).

---

32 김학동, 『한국개화기 시가연구』, 시문학사, 1981, 183~185쪽.
33 위의 책, 203~205쪽.
34 위의 책, 최승구에 대한 언급 153~158쪽, 김억 관계 168~169쪽.

우리가 문학사, 또는 시사(詩史)의 시각에서 개화기 시가라고 할 때 그것은 일단 고전문학기를 벗어난 단계의 시가를 가리킨다. 고전시가가 지닌 전근대성을 탈피한 가운데 의식, 내용과 형태, 기법에서 근대적 단면이 검출되는 작품들을 개화기 시가라고 부르는 것이다. 이런 논리를 전제로 이제까지 우리 주변에서 이루어진 관계 업적을 살펴보면 그들이 크게 두 가지로 대별될 수 있다. 그 하나가 개별 양식사가 아닌 통사적 성격을 띤 것들이다. 위의 보기에서 ②, ③, ④ 등이 그에 해당된다. 그들과 달리 ①과 ⑤는 애초부터 개별 문학사의 한 부분으로 개화기 시가를 검토, 분석한 연구서들이다.

2) 시가 양식의 정리 체계화

다 같이 개화기 시가를 검토, 논의의 대상으로 삼았음에도 두 유형의 연구서 사이에는 개화기 시가 양식의 해석에 있어서 상당한 거리가 느껴진다. 첫째 유형(②, ③, ④를 가리킴)에 이름이 올라 있는 구전민요와 한시 작품들이 둘째 유형(①, ⑤를 가리킴)에는 나타나지 않는다. 또한 시조의 경우에는 다른 네 문학사가 다 같이 개화기 시가로 다루지 않았으며 오직 ⑤에서만 그 검토, 분석이 이루어져 있다. 이런 사실을 그대로 받아들이기로 할 때 우리가 가질 수 있는 개화기 시가의 양식적 전개를 기능적으로 파악하는 길은 어디에 있는가. 이렇게 제기되는 의문에 대해 답을 마련하기 위해 우리는 양식의 개념을 성립시키는 한 평면을 가정하고 그 위에 상호작용하는 두 개의 축을 그어보고자 한다. 이때 x축은 시인, 각자가 지닌 시대의식이며 세계 인식 능력인 동시에 행동 양태를 결정짓는 사상 관념 등을 알맹이로 한 축이다.

이에 반해서 작품들을 그 언어 조직, 곧 압운이나 율격, 비유, 심상, 기타 음성 상징, 문체, 형태 등에 비추어 고찰함으로써 그 하위 장르(sub-genre)를 결정짓게 하는 또 하나의 축이 그어질 수 있다.[35] 전자와 대비시키는 의미에서 이것을 y축이라고 보고자 한다. 여기서 우리는 개화기 시가의 양식 결정에서 가늠자가 되는 시각을 외재적 여건이 중심이 되는 경우와 내재적 요소에 의거한 경우 등 두 가지로 잡을 수 있게 된다. 개화기 시가의 양식 결정이 올바른 좌표 위에서 이루어지기 위해서는 x나 y축 그 어느 하나가 강조되고 다른 하나가 소외되어서는 안 된다. 그럴 경우 우리가 문제 삼는 양식의 개념이 왜곡되어 개화기 시가의 기능적 이해에 차질이 일어날 수 있기 때문이다.

이제 우리가 위와 같은 기준에 따라 개화기 시가의 양식적 전개를 살피기로 하면 우선 북한 문학사로 대표되는 개화기 시가=구비전승민요 내포설에는 감출 길이 없을 정도의 논리적 한계가 생긴다. 『조선문학사』의 한 갈피에는 동학농민봉기의 주동자 전봉준을 제재로 한 「파랑새」가 있다. "새야 새야 파랑새야/녹두 남게 안지마라/녹두 꽃이 떨어지면/녹두장사 울고 가고/천표장사 웃고 간다."[36]

---

35 Alastair Fowler, *Kind of Literature*, Havard Univ. Press, 1982, pp.55~56, p.106. 여기에는 문학장르가 kind, mode, subgenre 등 세 유형으로 구분되어 있다. 이 논문에서 하위장르는 Flowler의 분류법에 의거한 것이다.

36 『조선문학사』(19세기 말~1925), 25쪽. 단, 북한 문학사에서는 4행으로 이루어져야 할 개화기 민요의 이 부분의 끝자리 2행 중 1행인 "청포장사 웃고 간다"가 탈락되어 나타나지 않는다. 그 이유로 추정되는 것이 6·25 때 지원군을 보낸 대륙 정권에 대한 배려가 아니었나 생각된다.

새삼스럽게 밝힐 필요도 없이 이 작품은 일찍 활자매체를 통해 발표된 것이 아니라 서민 대중의 입에서 입으로 전해진 구비전승민요다. 북한 문학사는 아무런 단서도 달지 않은 채 이 작품을 개화기 시가로 분류해놓았다. 본래 문자로 정착되기 전의 구비전승민요는 민요 무용 다음 단계에 나타난 양식이다. 고전문학기와 근대문학기의 양식을 구분한 연구서에서는 문자로 정착되기 전의 양식을 그 일부가 사멸한 것으로 보았다. 그와 아울러 이 양식을 고정문학(Fixed Literature : 문자로 정착된 문학을 가리킴 – 필자주)의 참고자료가 되거나 화석시(化石詩, Fossil Poetry)가 되어 보전되는 양식으로 평가된다.[37] 사정이 이처럼 명백함에도 이 양식을 북한 문학사가 개화기 시가로 다룬 것은 내재론의 시각을 전혀 돌보지 않은 채 시대 상황의 축으로만 작품을 읽었기 때문이다.

한시를 개화기 시가의 하위 장르로 잡은 경우에 대해서도 민간 전승 민요의 경우와 거의 같은 평가가 되풀이될 수 있다. 북한 문학사에서는 근대문학기를 뜻하는 '19세기 후반기~20세기 초의 문학'편 제3장 제1절이 '반일의병투쟁을 반영한 문학'이며 제2절이 '반일의 병장들과 애국적 시인들의 시가문학'이다. (이 2절에 원문이 제시되지 않은 채 유인석(柳麟錫), 최익현(崔益鉉), 전해산(全海山) 등 의병장 출신의 작품과 기타 안중근(安重根), 김택영(金澤榮), 황매천(黃梅泉) 등의 한시가 번역으로 실려 있다. 그 가운데 안중근의 「만세가(萬歲歌)」는 다음과 같이 되어 있다.[38]

37   R. G. Moulton, *The Modern Study of Literature*, The Univ. of Chicago Press, 1915, p.21.

38   『조선문학사』(19세기 말~1925), 43~44쪽, 한시 원문은 필자에 의한 것임.

사나이 세상에 타어나
큰 뜻 기르며 살아왔도다
시대가 영웅을 낳고
시대가 영웅을 만드나니
시대를 지켜선 영웅들이
어찌 나라 싸움에 나서지 않으리오
동쪽 바람 서늘하게 불어와도
나의 피는 끓고 있어라
비장한 결심 품고
우리 떠나가면
쥐같은 원쑤놈을
기어이 처단하리
나라의 독립을 이룩할 때는
이제 바로 왔구나
사랑하는 동포들이어
나라 위한 위업을 잊지 말아라
만세 만세 조선 독립만세!
만세 만세 조선 독립만세!

丈夫處世兮 蓄志當奇
時造英雄兮 英雄造時
其風其冷兮 我血則熱
慷慨一去兮 必屠鼠賊
凡我同胞兮 毋忘功業
萬歲萬歲兮 大韓獨立

안중근의 이 작품은 그가 이토 히로부미(伊藤博文)를 하얼빈 역두에서
격살하기 전날 밤에 쓴 것이라고 전한다. 북한 문학사는 이 작품에 대해

"서정적 주인공―반일 애국렬사의 높은 애국적 기개와 원쑤격멸의 투지는 나라의 독립에 대한 간절한 염원 속에서 적극적이며 영웅적인 성격을 띠고 힘 있게 표현되고 있다"라는 평설을 붙여놓고 있다.[39] 이런 발언에서 유추되는 바는 명백하다. 이것은 북한 문학사가 이 시를 외재적 여건론을 독주시킨 가운데 근대시라고 보고 있는 단적인 예가 된다. 북한 문학사는 이 시가 갖는 양식적 성격파악에서부터 한계를 드러낸다. 이 작품의 문체, 형태는 한고조(漢高祖)의 「대풍가(大風歌)」의 흐름을 느끼게 하는 잡언고시(雜言古詩)다. 한문시사에서 잡언(雜言)과 칠언(七言), 오언(五言) 등의 고시(古詩)는 절구(絕句)와 율시(律詩) 등 금체시(今體詩)가 나오기 이전의 양식으로 한시사 자체로 보아도 고형 중의 고형이다. 이것은 이 작품이 근대시가 되기에는 이중, 삼중의 한계를 가진 시임을 뜻한다. 이런 이유로 우리는 북한 문학사에 나타난 우국한시=근대시의 등식적 해석을 그대로 받아들일 수가 없다.

3) 시조 양식의 문제

개화기 시가사의 좌표 위에서 시조는 일단 주목되어야 할 양식이다. 이내 드러난 바와 같이 이 양식에 속하는 작품들은 가사와 어깨를 겨룰 정도로 많은 양이 제작, 발표되었다. 한 조사 보고에 따르면 문호 개방 직후부터 한일 합방이 있기까지 우리 주변에서 발표된 양식별 작품 수는 1910년 이전의 것으로 신문에 오른 것이 가사 791편, 시조 562편, 민요 4편,

39 『조선문학사』, 44쪽.

창가 35편이며 잡지에 발표된 것이 가사 41편, 시조 27편, 민요 7편, 창가 31편이다.[40]

여기서 신문매체란 이미 제시된 바와 같이 『대한매일신보』를 비롯하여 『독립신문』, 『제국신문』, 『경향신문』 등을 가리키며 잡지는 『협성회회보(協成會會報)』를 필두로 『태극학보(太極學報)』, 『서우(西友)』, 『사북회월보(西北學會月報)』, 『대한유학생회보(大韓留學生會報)』, 『대한자강회회보(大韓自强會會報)』, 『대한학회회보(大韓學會會報)』와 『기호흥학회월보(畿湖興學會月報)』, 『소년(少年)』 등이다. 이와 함께 참고되어야 할 것이 1910년 이후의 작품 발표 상황이다. 위의 조사 보고 다음 자리를 보면 1910년 후에 발표된 양식별 작품 수는 가사가 52편임에 반해 시조가 73편으로 나타난다.[41] 이런 조사 보고가 가리키는 바는 명백하다. 발표 작품의 편수만을 문제 삼는 경우 시조는 한때 개화기 시가 가운데서 가장 활발하게 발표된 양식 가운데 하나였다. 이런 시조가 1910년도를 분수령으로 퇴조 상태가 된다. 대체 그 빌미가 된 것은 무엇이었던가.

물론 문학사에서 한 양식의 비중을 가늠하는 데 눈금 구실을 하는 것은 해당 작품들의 수량 문제에 국한되지는 않는다. 그렇다면 개화기 시가사에서 시조의 퇴조 현상을 결정짓도록 만든 중요 요인은 어디에 있었는가. 19세기 말의 문호 개방과 우리 사회의 당면 과제 가운데 하나가 탈봉건, 근대화에 있었음은 이미 거듭 지적된 바와 같다. 문학, 특히 시가 분야에서 그것을 달성하는 길은 달리 없었다. 형식면에서 우리 시가는 구태의연

---

40   김영철, 『한국개화기 시가연구』, 새문사, 2004, 62~65쪽.
41   위의 책, 66쪽.

한 말씨와 낡은 틀을 기능적으로 벗어나야 했다. 특히 고전문학기 시가의 문주언종체(文主言從體)를 극복하고 우리말의 맛과 결을 살리는 문체, 형태가 도입될 필요가 있었다. 이와 아울러 고전문학기의 우리 시가, 곧 가사와 시조 가운데 많은 작품들은 서정시의 절대 요건인 서정적 자아를 기능적으로 확보하지 못한 채 상투적 감정을 노래한 것이 많았다. 시는 말할 것도 없이 문학의 하위 양식이며 예술의 한 갈래에 속한다. 일찍부터 예술이 기본 덕목으로 삼은 것은 발랄한 개성을 전제로 한 창조적 차원 구축이었다. 특히 인간의 자아 각성을 전제로 하고 형성, 전개가 이루어진 근대문학과 시에서는 거기서 도출된 창조적 개성 발휘가 어느 양식의 경우보다도 강조되지 않을 수 없었다. 그런데 고전시조들에는 그런 창작의 기본 요소들이 다른 시가 양식의 경우보다 두드러진다고 할 정도로 많이 간직되어 있었다. 이 경우 우리에게 한 보기가 되는 것이 황진이(黃眞伊)의 작품이다.

> 어저 내일이야 그릴 줄을 모르다냐
> 이시라 하드면 가랴마는 제 구타야
> 보내고 그리는 정은 나도 몰라 하노라

　얼핏 보아도 나타나는바 이 작품의 주제 내용은 이성 간의 사랑이다. 이성 간의 사랑은 고전문학기, 특히 유교적 도덕률로 지배된 조선왕조의 전 기간을 통해서 부부유별(夫婦有別), 열녀불경이부(烈女不更二夫) 등 행동 강목과 그 이해가 일치하는 것이 아니었다. 그런데 이 작품의 화자가 지닌 감정은 그런 유학적 덕목으로 보아 상반된다. 여기서는 황진이 자신이 그의 정인(情人)을 두고 품은 감정이 직정적인 상태에서 표출되어 있다.

이것은 이 시조가 상투화된 세계를 노래하고 있는 것이 아니라 화자만의 몫에 속하는 애정의 세계를 노래한 것이다. 이런 의미에서 이 작품은 서정적 자아의 성립 요건을 지니고 있는 것이다.

여기서 또 하나 지나쳐버릴 수 없는 것이 이 시조가 독특한 어휘 사용을 통해 부드러운 가운데 휘돌아 감기는 듯한 가락을 지니고 있는 점이다. 이 시조가 아닌 다른 많은 시조는 거의 모두가 초장 첫 구를 감탄사가 아니라 명사나, 동사, 형용사로 시작한다. 그런데 이 작품은 허두가 감탄사인 '어져'로 되어 있다. 그에 이어 나오는 "그릴 줄을 모르다냐", "이시랴 하드면 가랴마는 제 구타야" 등에 나오는 말씨도 매우 독특하다. 본래 우리말의 한 특징 가운데 하나가 형태부에 속하는 격조사와 어미의 양이 많은 점이다. 다른 나라 말에는 전혀 나타나지 않거나 하나만인 주격 표시가 우리말에는 절대격과 주격으로 나누어진다. 그 종류도 '은', '은', '는', '는', '는', 'ㄴ' 등과 'ㅣ', 이, 가, 영의 격' 등으로 나타난다. 우리말의 곡용 어미는 이보다 더욱 그 숫자가 많다. 가령 종결어미 '-다'는 '-이다'를 기본으로 하는 경우 '이고, 이며, 이니, 이요, 인데, 이어서, 일진대, 인가, 인고' 등 그 숫자가 20여 종에 이른다. 이와 같은 곡용어미와 활용어미를 효과적으로 쓰면 우리 시가는 다른 말들과 비교가 되지 않을 정도로 다양한 말의 맛과 멋을 낼 수 있다.[42]

황진이의 시조는 그런 우리말의 독특한 양감과 질감을 살려 쓴 작품이다. 이와 아울러 고전시조의 또다른 특징적 단면이 되는 것이 의태어와 의성어의 기능적 사용이다. 정인보(鄭寅普)는 송강(松江)의 「훈민가(訓民歌)」

---

42   이에 대해서 자세한 것은 김용직, 『현대시론』, 221~222쪽 참조.

에 나오는 '종귀, 밭귀', '흘깃, 할깃' 등 어휘 사용을 높이 평가했다. 그것으로 개념어인 반목질시(反目嫉視)가 눈에 보일 수 있도록 되었다는 것이다.[43] 이것은 시조양식의 전통 속에 근대 서정시 창작의 기본원리가 듬직한 부피를 이루면서 저장되어 있음을 뜻한다.

시조에 비해 가사는 근대시가 갖추어야 할 자격, 요건 면에서 적지 않게 불리한 양식이었다. 이미 지적된 바와 같이 서구의 근대시는 장형이 아니라 서정시의 짧은 형식을 물려받았다. 가사의 문장 형태도 말을 집약 제시하는 쪽이 아니라 서술형에 기울어 있는 것이다. 그럼에도 문호 개방과 함께 이루어진 개화기 시가의 형성, 전개에서 주류의 자리에서 밀려 종속 양식이 된 것은 가사가 아니라 시조였다. 대체 그 빌미로 작용한 요인은 어디에 있었던 것인가. 이렇게 제기되는 의문을 풀어보기 위해 우리는 개화기 시가에 내포된 외재적 여건과 작품 자체에 내포된 문제점을 되짚어보지 않을 수 없다.

문호 개방과 함께 우리 민족의 급선무로 떠오른 과제가 반제, 주권 확보와 함께 반봉건, 근대화 운동이었음은 이미 되풀이 언급된 일이다. 이런 시대 상황에 영향을 받아 개화기의 우리 문학과 시가도 열병처럼 애국, 독립, 문명개화와 진보 개혁을 노래하지 않을 수 없었다. 그런 내용을 시조 양식과 같은 단형시에 집약 제시할 능력을 개화기의 작품 제작자들은 가지지 못한 편이었다. 바로 여기에 시조가 장시형인 가사에 개화기 시가의 주류에서 밀려나 부수 양식이 되어버린 까닭이 있는 것이다.

---

43 정인보, 「정송강과 국문학」, 『薝園 國文學散稿』, 문교사, 1955, 69쪽.

4. 개화기 시가의 전개 : 개화가사, 창가, 신체시

개화기 시가의 양식적 형성, 전개 양상은 그 궤적이 소설에 대비되는 경우 선명한 선을 긋고 나타난다. 우선 개화기 시가의 상한선은 『독립신문』 3호(1986. 11. 4)에 수록된 최돈성의 작품으로 잡혀진다. 그런데 개화기 소설의 경우 그로부터 한 연대가 넘어간 1906년에 이르러서야 이인직(李人稙)의 『혈(血)의 누(淚)』, 『귀(鬼)의 성(聲)』이 발표되었으며 그에 이은 다음 해에 이해조(李海朝)의 『고목화(枯木花)』와 『빈상설(鬢上雪)』 등이 나왔다. 이런 데 빌미가 있었던 것인지 소설 분야에서 개화기 양식의 명칭은 신소설 하나에 그쳤다. 그에 반해서 개화기 시가는 작품의 제작 의식과 형태, 기법을 아울러 고려에 넣을 때 적어도 개화가사, 창가, 신체시 등의 3단계에 걸친 양식적 변모 양상을 드러낸다. 이것은 개화기 시가의 자체 개혁 시도가 소설 양식에 비하여 상대적으로 강한 상태에 있었음을 뜻한다.

1) 개화가사

개화기 시가에서 주류를 이룬 양식을 어느 것으로 잡을 것인가 하는 문제에 대해서는 그동안 우리 주변에서 약간의 혼선이 빚어졌다. 어떤 경우에는 개화가사와 창가가 동류항에 묶여 처리되었으며, 또 다른 예로는 창가와 신체시를 같은 갈래로 본 경우가 있다. 이런 견해들은 갈래 구분의 기본 전제가 되는 문체와 형태 인식에서 미숙성을 드러낸 것으로 마땅히 지양, 극복될 필요가 있다. 우선 자수율로 보아 개화가사는 3·4조나 4·4조가 기본이 되는 장가(長歌)들이다. 이에 반해서 창가의 외형률은 그와 다르게 7·5조나 8·5조, 6·5조 등 몇 개의 종류로 나뉘어진다. 한 편 신체시는 이들과 또 다른 형태를 이루어 전편에 동일한 자수율이 적용되지 않았다. 신체시는 몇 개의 장, 절 또는 연으로 이루어지는 시인데 그 외형의 틀은 각 연의 대응되는 행 단위가 일정할 뿐이다. 따라서 전편의 각 행 음절수가 모두 일정한 개화가사와는 근본적으로 그 율격을 달리하는 것이다.

(1) 양면성, 양산(量産) 현상과 시사성

개화기의 다른 시가 양식에 비해 한 연도를 빠르게 나타난 개화가사는 그 철 이른 출발과 함께 이례적이라고 할 정도로 많은 양의 작품들이 제작, 발표되었다. 이 유형에 속하는 작품은 1910년 이전의 것으로 『대한매일신보』에 실린 것만이 791수다. 여기에 1910년 이후의 것을 합하면 실로 그 숫자가 830여 수에 오른다.[44] 이와 같은 개화가사의 양산 현상에 대해서 우리가 그 추동력으로 손꼽아야 할 것은 두 가지다. 그 하나가 개화가사가 지닌 그 개방성(開放性)이며 다른 하나가 시사성(時事性)이다. 참고로 『독립신문』에 실린 일부 작품 제목과 작자를 들어보면 다음과 같다(괄호 안의 숫자는 신문 호수 표시).

> 대조션 주쥬독립 이국ᄒᄂᆫ 노ᄅᆡ……학부쥬ᄉᆞ, 리필균(15)
> 이국가……인천 졔물포, 뎐경튁(19)
> 동심가……양쥬, 리즁원(22)
> 쵸당가……김교익(25)

---

44 김영철, 앞의 책, 62~63쪽.

익국가……누동, 한병원(39)

익국가……묘통, 리용우(40)

독립문가……양성, 김석하(44)

익국가……북셔슌검, 윤태성(45)

익국가……대죠선 달셩회당 예수교인(47)

이민가……숑천 스립학교 학원들(58)

주쥬독립가……정동 비지학당 학원 문경호(59)

익국가……최병희(64)

익국가……평양학당 김종성(66)

익국가……농상공부 기스 김철영(70)

대군쥬 폐하 탄신 경축가……인항 용동 예수교 교당 김긔범(71)

여기 나타나는 바와 같이 대부분 개화가사는 신소설의 이인직이나 이 해조에 필적할 수준의 전문 제작자를 갖기 못한 상태에서 제작, 발표되었 다. 그 무렵 다소간의 문장 구사 능력이 있는 사람이라면 아무나 이 양식 에 속하는 작품을 써서 신문에 투고하지 않았나 생각된다. 결국 이 유형 에 속하는 작품 발표는 전문 제작자가 아닌 일반인들에게 널리 개방되어 있었던 셈이다.

다음 개화가사가 양산된 또 다른 이유로 우리는 시사성을 들 수 있다. 『독립신문』, 『황성신문(皇城新聞)』, 『대한매일신보』 등 당시의 발표 매체를 살펴보면 거기에는 거의 대부분의 개화가사가 '잡보'란에 실려 있다. 일간 지에서 '잡보'란 대사회적인 성격을 띤 신문기사를 가리킨다. 이로 미루어 보아서 개화가사는 대체로 독립된 창작으로 인식되기 전 단계에 속하는 글로 취급된 것이다. 우리가 갖는 이와 같은 생각은 개화가사의 내용을 통해도 확인된다. 지금 우리가 구해서 읽을 수 있는 개화가사 가운데는 크게 우국경세의 내용을 담은 것이 있다. 그런가 하면 비근하게는 개교기념, 운동회, 농사에 관계되는 것 등이 있고 그와 함께 일반 서민의 신변잡기에 해당되는 제재를 다룬 것도 있다.[45] 이와 같은 사실로 미루어보면 개화가사는 일반인들이 일상생활에서 보고, 듣고, 느낀 것을 율문 형식에 담아 적어낸 것들이다. 그 내용은 당시 우리 사회의 관심사이거나 또는 정치, 경제, 사회 문제로 쟁점이 되는 일들 등 광범위에 걸쳐 있었다. 이것은 물론 신문 편집자의 의도적인 유도 탓일 수도 있었다. 그러나 그 결과 개화가사의 내용이 짙게 시사적인 쪽으로 기운 셈이다.

(2) 진보적 단면과 그 의의

개화가사의 형성에 중요 배경, 여건이 된 것 가운데 하나가 당시 우리 주변에 형성된 민족적 자아 각성을 통한 자주적, 또는 주체적 문화 건설 열기였다. 우선 전자에 해당되는 여건으로 우리는 국어국자에 대한 관심과 그 연장선상에 놓인 문장과 형태 개혁의 의지를 들 수 있다. 앞에서 이미 언급되었지만 개화가사가 처음 발표된 연도는 1896년이다. 당시 우리 사회의 상층 문자 해독 계층은 아직 한문 우선 습관을 저버리지 못했다. 문장도 문주언종체(文主言從體)가 대세였다. 그런 상황 속에서 일부 진보

---

45 이 경우의 좋은 보기로 우리는 부산 지방의 개화가사를 들 수 있다. 양재일(梁在日)과 그의 삼종질(三從姪)인 추호(秋湖)가 제작자인 이들 작품은 그 제목인 「農夫歌」,「開國紀元節慶祝歌」,「乾元節慶祝歌」,「坤元節慶祝歌」,「太皇帝萬壽聖節慶祝歌」,「千秋節慶祝歌」,「太皇帝南巡時祈迎歌」,「恩賜金記念章慶祝歌」,「團體保國歌」,「進步歌」,「開校歌」,「慶祝東鳴學校歌」,「東鳴學校鳴字歌」 등이다. 미루어 우리는 그 내용과 성격을 짐작할 수 있다. 이에 대해서 좀더 자세한 것은 김용직,「開港期 文人들의 西歐文化受容과 그 意識研究」,『震檀學報』 44호, 1978. 10 참조.

개혁 세력은 언주문종체(言主文從體)의 글을 쓰기 시작했으며 그 표기도 한문투보다는 국문투로 바뀌었다. 개화가사에는 당시 우리 사회의 그런 분위기가 재빨리 반영되었다.

어야져야 어셔가자 모든 風波 무릅쓰고
文明界와 獨立界로 어셔쌜리 나아가자
열망波에 쓴자들아 길이멀다 恨歎말고
希望키를 굿이숫고 實行돗슬 놉피달아
부는바람 자기젼에 어야지야 어셔가자

— 안창호(安昌浩), 「심주가(心舟歌)」 부분[46]

얼핏 보아도 나타나는 바와 같이 이 시의 주제의식에 해당되는 것은 문명개화의 의지이며 그를 통해서 달성 가능한 우리 사회의 진보, 발전과 새 시대를 열고자 한 열망이다. 주제 내용을 형상화하는 방법으로 작자는 독특한 우리말을 구사했다. "어야져야 어셔가자"가 그 단적인 보기인데 그에 이은 "모든 풍파(風波) 무릅쓰고"라든가 "길이멀다 한탄(恨歎)말고", "실행(實行)돗슬 놉피달아" 등도 간과하지 못할 부분이다. 낡은 말투라면 이 부분은 고작해야 "노정요원(路程遼遠)", "실행기치(實行旗幟) 고양(高揚)ᄒ야" 정도에 그쳤을 공산이 크다. 그것을 위와 같이 한 것은 아무래도 작자가 가능한 한문투를 버리고 우리말을 쓰려는 의도가 있었기 때문일 것이다. 이것으로 우리는 개화가사가 보인 관심의 한 단면을 파악해낼

---

46 『황성신문』, 1908. 2. 11.

수 있다. 그 말씨를 가능한 한 새 시대에 걸맞은 쪽으로 바꾸고자 한 자취가 그것이다.

개화가사에 내포된 의식의 단면 가운데 또 하나 주목되는 것이 그 신흥 기분이다. 여기서 신흥 기분이란 봉건의 허울을 벗고 우리 민족의 새 역사를 만들어내고자 한 의욕의 다른 이름이다. 이때의 신흥 기분은 소재(素材)의 문제에 국한되지 않는다. 많은 개화가사는 제목과 어휘에서부터 새 시대와 새 문화에 관계되는 것을 택했다. 그리고 그에 머물지 않고 감정이라든가 의식에 있어서도 진보, 개혁을 지향한 단면을 강하게 드러낸다.

개화가사는 그 외형이 그에 앞선 시가와 동일함에도 불구하고 각 작품이 독자에게 주는 느낌은 고전가사의 경우와 사뭇 달랐다. 고전가사의 해조(諧調)는 어느 편인가 하면 좀 늘어지는 듯 생각되었고 정태적(靜態的)이었다. 그에 대해서 대부분의 개화가사는 동태적이며 그 속에 만만치 않은 의욕 같은 것이 포함되어 있다. 특히 『독립신문』에 실린 많은 개화가사는 그 눈길이 문명개화의 발원지인 바다 밖으로 향해 있었다. 묵은 시대의 낡은 허울을 벗어던지고 새 시대, 새 사회를 열어가려는 의욕을 노래한 점도 개화가사가 지닌 특징적 단면이다. 이것은 우리 고전시가의 대부분이 단순하게 산수소요의 세계에 머물러 있거나 영탄조, 신변잡기에 그친 것과는 좋은 대조를 이룬다.

개항과 함께 우리 주변에는 크게 두 갈래를 이룬 대서구관(對西歐觀)이 형성되었다. 하나는 서구를 사악의 상징으로 몰고 이단시한 경우다. 그에 반해서 우리 주변의 일부 인사들 가운데는 서구적 충격이 몰고 온 사태를 긍정적으로 보고 적극적으로 수용하고자 했다. 그들은 서구의 수용을 통해 우리 민족의 당면 과제 가운데 하나인 진보, 개혁, 곧 근대화가 달성될 수 있으리라 믿었던 것이다.[47] 그런데 개화가사의 작자들은 대부분 후자에 속하는 사람들이었다. 그리하여 그들은 우리 사회의 개혁과 그를 통한 우리 민족의 새 지평의 타개를 믿어 의심치 않았다. 말하자면 그들은 의욕과 꿈에 부풀어 있었다. 개화가사에 나타나는 동태적 단면은 그들의 이와 같은 정신세계를 반영한 결과에 해당되는 것이다.

(3) 행태 인식의 과도기성과 고발 정신

초기 단계를 벗어나면서 개화가사는 두 가지 서로 이해가 상반되는 단면을 지니게 되었다. 처음 표현매체 이용 면에서 개화가사에는 아무래도 한문투가 많이 섞여 있었다. 그다음 단계에서 이 양식은 행과 행 사이에 새로운 느낌을 주는 말을 썼다. 그것으로 재래식 표현 형태를 극복하여 새 시대의 시가가 갖는 문장 형태를 갖추려고 한 것이다. 그러나 그런 의욕은 실제 작품에 제대로 반영되지 못했다. 일부 개화가사는 한글 전용을 시도했으면서도 그 행간에는 구태의연한 말들이 섞여 들었다.

> 봉츅ᄒ세봉츅ᄒ세 애국태평봉츅ᄒ세
> 즐겁도다즐겁도다 독립ᄌ쥬슬겁도다
> 쏫피여라쏫피여라 우리명산쏫피여라
> 향기롭다향기롭다 우리국가향기롭다
> 열ᄆ열나열ᄆ열나 부국강병열ᄆ열나

---

47 이에 대한 자세한 것은 김용직, 「개항기 서구적 충격과 신문화 수용」, 『한국 근대 문학의 사적 이해』, 삼영사, 1977 참조.

열심ᄒ세열심ᄒ세 츙군이국열심ᄒ세
진력ᄒ세진력ᄒ세 ᄉ롱공샹진력ᄒ세
빗나도다빗나도다 우리국긔빗나도다
영화롭다영화롭다 우리만민영화롭다
놉흐시다놉흐시다 우리님군놉흐시다
만세만세만만세ᄂ 대군쥬폐하만만세

— 뎐경틱, 「애국가」

　여기서 우리가 지나쳐볼 수 없는 것이 고전문학기의 율문에 많이 나오
는 "ᄒ세", "도다" 등 어미가 쓰이고 있는 점이다. 개화가사의 이와 같은
말투는 그 문장을 새 시대에 걸맞는 것으로 만들지 못하고 과도기적인 단
계에 그치도록 했다. 또한 일부 개화가사는 음악성을 살리기 위한 의장으
로 동어반복 형태를 취했다. 본래 같은 말을 되풀이해서 쓰는 것은 작품
의 음악성을 살리기 위한 가장 소박한 기법이다. 만약 개화가사가 새 시
대에 걸맞은 차원을 구축하고 싶었다면 이와 같은 어휘 사용은 재고될 필
요가 있었다.

　문체, 형태 면에서 한계를 드러낸 개화가사는 그러나 그 주제 내용들이
되는 시대의식의 표출 면에서는 그와 달리 긍정적 평가를 받을 단면을 지
니고 있었다. 『대한매일신보』의 개화가사 가운데는 신랄한 어조와 격렬한
목소리로 당시의 위정자와 정치 집단을 향해 비판, 공격의 화살을 날린
것이 있다.

　①
李完用氏 드르시오 總理大臣 뎌地位가
壹人之下 萬人之上 그責任이 엇더흔가

修身齊家 못혼사람 治國인들 잘홀손가
前日事는 如何턴지 今日부터 悔改ᄒ여
家庭風氣 바로잡고 百度政務 維新ᄒ야
中興功臣 되여보소

宋秉畯氏 드르시오 內務大臣 뎌地位가
中外政務 總察하고 官吏賢愚 銓衡이라
그責任이 至重인데 公의 政策말홀진데
賣國賊을 免홀손가

— 「경고현내각(警告現內閣)」48)

②
壹進會야 壹進會야 너도역시 人類로다
大丈夫의 處世홈은 磊磊落落 뎌心法이
泰山喬嶽 본을밧어 貧富貴賤 變홀손가
堂堂 帝國臣民이요 忠臣 名賢子孫으로
壹朝豚犬 무삼일가 名譽上의 關係로도
飜然 退會할것이요

— 「일진회(一進會)야」49)

　얼핏 보아도 나타나는 바와 같이, ①은 친일내각의 구성원들이 범한 매
국 행위를 규탄한 것이다. 여기서는 그들에 대한 비판, 공격이 인신공격
수준에 이르렀음을 알게 된다. ②에서 공격 대상이 된 것은 일진회(一進
會)다. 일진회는 한말의 대표적인 친일 정치 집단으로 한일 합방을 노골적

48　『대한매일신보』1011호, 1909. 1. 30.
49　『대한매일신보』1909호, 1909. 2. 17.

으로 찬성, 지지했고 나아가 그 실현을 위해서 선구적인 역할까지를 서슴
지 않았다. 이 작품에서 그들이 개와 돼지에 비유되고 있는 것이다. 여기
서 잠깐 우리는 이들 작품이 발표된 시기를 되새길 필요가 있다. 이완용
내각이 성립되고 일진회의 활동이 본격화한 것은 1900년대 중반기 이후
의 일이다. 이때 이미 일제는 한반도에 통감부를 설치한 뒤였다. 그 이전
에 우리 민족은 한일협상조약(韓日協商條約)으로 일컬어진 일제의 위장 침
략 절차에 의해 외교권을 빼앗겼다. 이어 재정과 치안, 군사 등 국가권력
의 중요 부분을 일제에 의해 박탈당했다. 국내 치안의 실권을 쥔 일제가
당시 우리 주변에서 일어나는 항일저항운동을 수수방관할 리 없었음은
불문가지의 일이다. 그럼에도 『대한매일신보』의 경우로 대표되고 있는 바
와 같이 당시 우리 주변의 개화가사 가운데는 일진회와 친일 주구들에 대
해 가차 없는 비판, 공격을 가한 예가 나타난다.

　개화기 가사에 나타나는 시대의식, 정치현실에 대한 비판, 공격을 혹
개항과 함께 우리 주변에 밀려들어온 서구 사조의 반영 형태로 풀이하려
는 시도가 있을지 모르겠다. 그리스 시대 때부터 서구의 정신문화 전통에
서 강한 줄기를 이룬 것 가운데 하나가 현실과 상황을 치밀하게 관찰, 분
석, 검토하는 일이었다. 시민계층의 자아 각성이 전제된 가운데 열린 근
대에 이르자 서구 지성인들은 그를 발판으로 정치, 사회적 현상 중 모순
된 면을 가차 없이 비판하고 나섰다. 우리는 개항과 함께 그런 서구를 다
방면에 걸쳐 수용하게 되었다. 이런 관점에서 개화가사에 나타나는 가차
없는 비판, 공격을 서구의 영향이라고 판단하는 생각이 성립된 셈이다.
그러나 이런 추론은 적어도 두어 가지 점에서 논리의 빈터를 가지게 된
다. 우선 이 무렵 우리 주변의 서구 수용은 주로 제도라든가 체제, 기구,

조직 등 현상적인 틀을 수용하는 각도에서 이루어졌다. 그에 대해서 대사회적 고발, 비판 등은 의식 또는 내면세계의 파악을 전제로 하는 일이다. 이때 문제되는 의식, 또는 내면세계의 성숙은 그 수용자들의 일정한 지적 수준 확보 없이 이루어질 수 없는 일이었다. 그런데 개화가사가 쓰여질 무렵 우리 주변에서 그런 전제 여건이 제대로 해결된 상태가 아니었다.

뿐만 아니라, 바람직하지 못한 정치, 사회, 문화 풍속에 대해 비판을 가하고 시정(是正)을 요구한 예는 우리 전통 사회 자체에도 강한 맥락을 이루며 흘러내린 것이 있다. 그 한 보기로 사림(士林)들이 왕에게 올린 상소들을 들 수 있을 것이다. 역사의 중요한 고비가 있을 때마다 서울과 지방에 거주하는 선비들 가운데는 단독으로, 또는 집단 형식을 취한 가운데 정치현실과 사회문제에 대해 그들 나름의 의견을 적어 왕과 행정 담당자에게 그것을 바쳤다. 그 한 형태가 상소문이다. 이때의 상소문은 시비곡직, 정사(正邪)를 분명하게 밝히는 게 원칙이었다. 그리고 규탄 대상에게는 서릿발이 이는 것 같은 비판, 공격을 가차 없이 가했다.

이런 단면은 일반 민중의 참여로 이루어진 판소리라든가 가면극의 경우에도 적지 않게 나타난다. 판소리 대본인 「열녀춘향수절가(烈女春香守節歌)」에는 춘향이 학정의 당사자인 부사 변학도(卞學道)를 타매, 공격하는 장면이 포함되어 있다. 거기서 성춘향은 그에게 수청을 강요하는 변학도의 죄상을 낱낱이 공격하는 것이다. 가면극에서는 그것이 간접적으로 제시된다. 거기서는 몰락 양반과 벼슬아치가 파렴치한이 되어 등장한다. 수많은 구전민요에도 이런 예는 아주 흔하다.[50] 더욱이 문호 개방과 함께 우

---

50 조동일, 「근대민요에 나타난 항일비판정신」, 『구비문학의 세계』, 새문사, 1980,

리 사회에는 자유롭게 의사를 표시하는 분위기가 크게 조성되었다. 그에 힘입으면서 역겨운 현실과 타매할 대상에 화살을 날린 것이 개화가사에 나타나는 비판과 단죄인 것이다. 따라서 개화가사의 이런 단면을 서구적 충격의 결과로만 보는 것은 온당하지 않다. 엄연히 그것은 전통문화의 흐름을 발판으로 한 가운데 이루어진 우리 문화의 한 가닥과 상관관계가 있는 것이었다.

2) 창가

창가는 개화기 시가의 하위개념으로 개화가사의 다음을 이어 나타난 양식이다. 개화가사의 다음을 이었으므로 그 내용과 형태 양면에서 아울러 개화가사와는 다른 변별적 특징을 갖는다. 앞에서 우리는 문호 개방 후 우리 사회를 지배하게 된 의식의 두 축을 살펴보았다. 그 하나가 반제, 주권 수호, 자주독립을 지향한 정신의 축이었고 다른 하나가 반봉건, 선진 문화의 수용을 통한 우리 민족의 진보, 발전을 기하는 의식의 축이었다. 이미 우리가 파악한 바와 같이 개화가사에 내포된 의식 내용은 다분히 전자에 쏠린 경우였다. 그에 반해서 창가의 그것은 어느 편인가 하면 그 저울의 추가 적지 않게 후자 쪽으로 기운다. 단적으로 말해서 주제 내용 면에서 창가는 개화가사와 달리 반제보다는 개화, 진보 성향이 강한 작품들로 이루어져 있는 것이다.

206~209쪽 참조.

(1) 제1기 창가

창가의 형태적 특성은 그것을 개화가사의 경우에 대비시켜보면 뚜렷한 선을 긋고 나타난다. 개화가사가 장형의 시가였음에 대해 본론화된 다음의 창가는 비교적 짤막한 형태를 취했다. 개화가사는 4·4나 3·4조를 기본으로 한 연행체(連行體) 형식의 시가였다. 그에 반해서 본격기에 접어든 후의 창가는 7·5조, 8·5조, 6·5조 등 몇 가지 다른 유형의 외형률을 가지는 행으로 구성되었다.[51] 특히 개화가사에는 명백하지 않는 분절 형태가 창가에는 분명하게 나타난다. 이때의 분절 형태란 작품 구성의 한 단위인 행의 집합 형태를 가리킨다. 자유시에서 우리는 그것을 연(聯)이라고 한다.

이제까지 우리 주변에서 이루어진 개화기 시기론에서 창가의 형태에 대한 인식이 제대로 이루어지지 않았다. 그 결과 단순 연행체에 지나지 않은 애국, 독립가와 개화가사들에서 분절을 토대로 한 연 구분이 이루어진 것으로 본 견해가 제출되었다. 이때의 행과 연 구분은 한문의 고시(古詩)나 율시(律詩)의 개념을 평면적으로 받아들인 결과다. 한시 가운데 율시는 그 기본이 8행이다. 그리고 이들 8행을 1·2·3·4구 등으로 부르는데 이때 1·2행을 수련(首聯), 3·4행을 함련(頷聯), 5·6행을 경련(頸聯), 7·9행을 미련(尾聯)이라고 한다. 한시 창작의 자리에서는 이런 형식적 요소와 그것을 의미 단위화하는 것이 기본 요건이 된다. 얼핏 보아도 나타나는 바와 같이 여기서 행(句)와 연(聯)의 개념은 서구의 영향을 받은 근대

---

51   김학동, 앞의 책, 181~182쪽.

시의 경우와 크게 다르다. 한시는 8행으로 이루어지며 행의 상위 개념인 연은 2행으로 이루어진다. 여기에 평측(平仄)과 각운이 있어 그것이 작시의 틀을 이루는 것이다.[52] 그에 반해서 서구의 경우 연은 그 하부 단위로 몇 개의 행을 거느릴 수 있다. 이것을 음악의 악곡에 대비시키면 행이 소절에, 그리고 연은 그 상위에 속하는 단위로 큰절에 해당된다. 실제 창가의 구성요소가 되는 행과 연은 19세기 말 교회음악으로 유포된 찬송가나 사회단체, 각급 학교에서 가창(歌唱)된 또 하나의 창가에 쓰인 노랫말의 부수 형태로 나타난 것이다.

　창가의 양식적 성격 파악에는 그동안 우리 주변에서 얼마간의 시행착오 현상이 나타났다. 조연현(趙演鉉)은 현대문학사를 쓰기 위한 자료를 수집하는 과정에서 육당(六堂) 최남선(崔南善)의 회고담을 채록하였다. 그 내용 일부에 "이 창가는(「경부철도가」를 가리킴 – 필자주) 7 · 5조로 된 최초의 창가인데 이후로부터 4 · 4조의 창가는 점점 자취를 감추고 7 · 5조, 6 · 5조, 8 · 5조의 창가가 그것을 대신하게 되었다"가 포함되었다.[53] 이 구술 자료를 그대로 받아들이기로 하면 육당 자신이 지은 창가인 「소년대한(少年大韓)」이나 「구작삼편(舊作三篇)」이 개화가사와 같은 유형의 양식이 된다. 이와 비슷한 혼동 현상이 개화 초기 시가에 대한 분류 명칭에서도 나타난다. 참고로 들어보면 1907년도에 창간호를 낸 『경향신문』에는 「탄식가」, 「과세가」, 「대명일가」, 「탄단발가」, 「애원가」, 「근실가」, 「누생가」, 「권학가」 등 가(歌)자를 붙인 작품이 잇달아 발표되었다. 그 제목만 보는

52　이에 대해서는 김용직, 『현대시원론』, 233~234쪽 참조.
53　조연현, 『한국현대문학사』, 57~58쪽.

경우 이들 작품이 초기 창가로 해석될 가능성이 얼마든지 있는 것이다.

창가의 상한선을 어디로 잡을 것인가는 작품들에 나타나는 자수율과 함께 문체, 형태를 기준으로 결정되어야 한다. 지금까지 알려진 바에 의하면 개화기 시가사에서 개화가사를 탈피한 가운데 새로운 문체, 형태를 가진 작품이 나온 예로는 독립문의 기공식에 즈음하여 부른 「애국가」가 있다.

①
셩ᄌ신손 오ᄇᆡ년은 우리 황실이요
산고슈려 동반도ᄂᆞᆫ 우리 본국일세
(후렴) 무궁화 삼천리 화려강산
　　　대한 사람 대한으로 길이 보전ᄒᆞ세

②
ᄋᆡ국ᄒᆞᄂᆞᆫ 렬심의긔 북악ᄀᆞ치 놉고
츙군ᄒᆞᄂᆞᆫ 일편단심 동ᄒᆡᄀᆞ치 깁허
(후렴) 무궁화 삼천리 화려강산
　　　대한사람 대한으로 길이 보전ᄒᆞ세

③
쳔만인 오직 ᄒᆞᆫᄆᆞ음 나라ᄉᆞ랑하샤
ᄉᆞ롱공샹 귀쳔업시 직분만 다하세
(후렴) 무궁화 삼천리 화려강산
　　　대한사람 대한으로 길이 보전ᄒᆞ세

④
우리나라 우리황뎨 황텬이 도으샤

군민공락 만만세에 대평독립ㅎ세

(후렴) 무궁화 삼천리 화려강산

대한사람 대한으로 길이 보전ㅎ세[54]

이 작품의 제작 시기는 1896년 11월이다. 이때에 마침 독립협회가 그 사업의 일환으로 독립문의 건립을 꾀했다. 이 작품은 그 기공식에 즈음하여 회순(會順)의 하나로 가창하기 위해 제작된 것이다.[55] 그러니까 「황제탄신경축가」와 「애국가」는 다 같이 행사에 즈음하여 제작, 가창된 작품들이다. 여기서 우리가 간과할 수 없는 것이 이들 작품에 나타나는 문맥상의 공통점이다. 우선 이들 작품에는 다 같이 기독교의 영향이 느껴진다. 본래 초기 창가의 대부분은 그 작사자가 교회에 관계한 사람들이었다. 또한 그 가창도 교회가 중심이 된 모임에서 이루어졌다. 초기 창가와 기독교와의 상관관계는 그 까닭이 이런 데서 연유한다.

초기 창가 작품에는 또 다른 특징으로 행진곡풍 내지 군대음악의 낌새를 느끼게 하는 것이 있다. 본래 행진곡은 군대음악에서 연유한 작품으로 추정되는 것들이다. 이와 같은 행진곡의 특성은 가창자라든가 청중의 감정을 자극해서 용기를 고취하고 집단이든가 집단의 결집력과 행동 의욕

---

54 이 작품은 아래와 같은 가사와 함께 후에 『독립신문』에도 그것이 게재되어 있다. "○방학례식, 오늘 오후 두 시에 경동회당에서 빅지학당 학도들의 방학례식을 거힝ㅎ다는듸 ○모든 학원이 노릭ㅎ고 목사 쇠포씨가 기도ㅎ고 김챵션 리유봉 량씨가 한문으로 시젼과 력딕스략을 강하고 …(중략)… ○모든 학원이 무궁화 노릭하고 교사 쌕룩쓰씨가 거슈츅스ㅎ다더라. ○무궁화 노릭는" 하고 이하 본문에 보인 것과 같은 작품이 실려 있다(『독립신문』 126호, 1898. 6. 29).

55 『독립신문』 99호, 1896. 11. 21.

을 고취시키는 데에 그 목적이 있다. 구체적으로 독립협회의 「애국가」에는 분명히 애국애족의 정신을 고취하려는 의도가 내포되어 있다. 초기 창가의 이와 같은 단면 역시 서구적 충격의 일환으로 설명될 수 있다. 구체적으로 우리 주변에 서구식인 악대가 수입, 창설된 것도 1896년의 일이었다. 이해에 민영환(閔泳煥)이 러시아 황제의 대관식에 참석했다가 돌아오는 길에 군악 나팔을 구입해왔다. 그리고 1900년에는 독일인 에케르트를 초빙하여 군악대를 조직하게 했던 것이다.[56] 개화가사와 다르게 창가가 악곡의 절에 해당되는 연을 가지게 되고 또한 일부 작품에 후렴구가 나타나는 것이 여기에 연유된 것이다.

(2) 2기 창가

1880년대 중반기에 이르자 초기 창가의 흐름에 변화의 조짐이 나타나기 시작했다. 이 무렵부터 우리 주변에는 국내의 각급 학교에서 신교육을 받은 사람들의 수가 부쩍 늘어났다.[57] 그 가운데 일부는 학부나 종교단체 등의 후원을 받아 해외 연수의 기회를 가졌다. 여기서 우리가 지나쳐버릴 수 없는 것이 해외 연수생과 개화기 우리 문단과의 상관관계다. 『태극학보』는 1906년 창간호가 나온 재일 도쿄 유학생들의 회보였다. 이 학보에 회원이나 기여자, 또는 글을 쓴 사람으로 최남선(崔南善), 이광수(李光洙, 寶鏡)와 함께 최광옥(崔光玉), 이갑(李甲), 김규식(金奎植), 문일평(文一平), 최린

---

56 장사훈, 「양악계의 여명기」, 『黎明의 東西音樂』, 보진재, 1974, 176쪽.
57 1910년 7월 1일 학부(學部)에서 시행한 조사 보고에 의하면 전국의 학교 수는 한성부의 113교를 필두로 무려 2,237개교로 집계되어 있다(『官報』 4756호, 1910. 8. 13, 휘보란 참조).

(崔麟) 등의 이름이 올라 있다. 『대한유학생회회보(大韓留學生會會報)』와 『대한흥학보(大韓興學報)』에는 박승빈(朴勝彬), 진학문(秦學文), 최영년(崔永年), 조소앙(趙素昂) 등과 함께 홍명희(洪命憙)가 기고자로 참여했다. 특히 이광수가 고주(孤舟)라는 필명으로 「대한흥학보」에 산문시 「옥중호걸(獄中豪傑)」 (9호) 논설 「금일아한청년(今日我韓靑年)과 정육(情育)」, 단편소설 「어린 희생(犧牲)」(10호) 평론 「문학의 가치」, 단편 「무정」(11호) 등을 발표한 일은 한국 근대문학사가 놓쳐서는 안 될 사건이었다.[58]

이 무렵 신교육을 받아 새로운 세계와 신문명에 눈뜬 세대, 곧 당시의 신진 학도들은 우리 사회의 후진성을 뼈아프게 생각하고 그것을 지양, 극복할 과제로 삼았다. 그 나머지 그들은 우리 사회의 전면적인 개혁을 지향하게 되었고 그 방편으로 우리 민족의 미래를 담당할 젊은 세대, 특히 소년들의 교화 지도에 착안하여 그 실천을 통해 우리 사회의 미래를 개척하고자 했다. 특히 최남선은 일찍부터 청소년들을 민족의 미래를 담당한 주인공으로 생각하고 그들이 건강, 발랄하며 진취적 기상을 갖도록 키우고자 했다.

> 검불게 걸은 저의 얼골보아라
> 억세게 덕근 저의 손발보아라
> 나는 놀고 먹지 아니한다는
> 標的 아니냐

---

58 『李光洙全集』 1 「初期의 文章」에 위의 네 편이 수록되어 있다. 단 전집 수록 때 원문을 현행 철자법으로 고쳐놓아 「옥중호걸」의 경우 "가쳐 잇는 뎌 브엄이", "갇혀 있는 저 부엉이는"으로 개작된 것 같은 원작 훼손이 나타난다.

그들의 힘ㅅ줄은 툭 불거지고
그들의 뼈대는 떡 버러젓다
나는 힘드리난 일이 잇다는
有力한 證據 아니냐

올타 올타 果然 그러타
新大韓少年은
이러하니라

　　　　　　　—「신대한소년(新大韓少年)」 1연[59]

우리의 발쑴티가 돌니난곳에
우리의 가딘旗발 向하난곳에
앏흐게 알난소래 卽時스티고
무겁게 病든모양 今時蘇生해

아모나 아모던디 우리를 보면
두손을 버리고서 크고빗난것
請하야 달나도록 만들것이오
請하디 아니해도 얼는듀리라

　　　　　　　—「소년대한(少年大韓)」[60]

　여기서 우리가 주목할 것은 두 가지다. 우선 이 시기 이전의 창가에는 경세우국과 비분강개의 어조가 섞인 것이 있었는가 하면 생활의 비애에 관계된 영탄조의 가락이 느껴지는 것이 많았다. 그것이 이 시기의 창가에

59　『少年』2호, 1909. 1, 2쪽.
60　『少年』3호, 1909. 3, 2~3쪽.

서는 지양·극복되어 나타나지 않는다. 이 작품은 그 제목부터가 '신대한소년(新大韓少年)'이다. 여기서 소년은 질박·건강하며 우리 겨레의 장래를 담당하여 역사의 새 지평을 담당할 역군을 뜻한다. 이와 함께 여기서 지적되어야 할 것이 이들 작품들에 나타나는 특징적 어휘 사용이다. 「신대한소년」에는 "발쑴티", "기(旗)발"들이 "돌니난", "향(向)하난" 등이 짝을 이루며 쓰여 있다. 그것으로 이 작품에는 일종의 속도감이 수반되고 아울러 그 문맥에 생동감이 느껴진다. 이런 사실 역시 2기 창가의 한 특성으로 지적되어야 한다.

또 하나 우리가 지나쳐버려서 안 될 것이 이들 작품에 나타나는 형태상의 변모다. 이미 검토한 바와 같이 초기 창가에는 군대음악의 부수 형태와 함께 기독교 찬송가의 모방으로 이루어진 것이 있어서 그 율격이 일정하지 않았다. 그 밖의 작품들도 가사체를 그대로 답습한 것이 있는가 하면 각 연의 후렴구만을 맞춘 채 자수율을 지키지 않은 것이 있었다. 그런데 2기 창가에서는 7·5조, 8·5조, 6·5조 등으로 몇 가지 유형의 자수율이 적용되어 있다. 여기에 덧붙여야 할 것이 이 시기 창가에 나타나는 문체상의 변화다. 개화기에서 제1기 창가에 걸치는 기간 동안 우리 시가는 국한문혼용체를 위주로 했다. 그러나 그 어투는 어느 편인가 하면 한문투가 강했다. 그것이 2기 창가에 이르러서는 뚜렷하게 국주한종체(國主漢從體)로 바뀌었다.

제2기 창가에 나타나는 문체와 형태상 변이를 우리는 그것을 세대교체 현상으로 설명할 수 있을 것이다. 개항 직후 문필 활동을 주도한 사람들은 국어국자 사용이 전경화되기 이전의 세대로 일상생활에서 국어국자 중심의 말법에 익숙하지 못했다. 그러나 갑오경장을 거치고 난 다음 세대는 그들과 달랐다. 그들은 개항 직후부터 우리 주변에서 우후죽순 격으로 나타난 각급 학교에서 한글을 정식 교과목으로 배울 수 있었고 『독립신문』과 『대한매일신보』 등 여러 보도매체를 아침저녁으로 접할 기회도 가졌다. 그런 세대가 시가 제작에 참여하게 되자 언주문종체(言主文從体)와 국어국자 사용 쪽에 무게가 실린 작품을 쓰게 된 것이다. 그 연장선상에서 작품의 어조와 가락에도 변동이 생기고 그것이 또한 제2기 창가의 7·5조와 8·6조의 밑받침을 이룬 셈이다.

(3) 장형 창가의 단계

그 전 단계의 참가와 달리 제2기 창가에는 일정 행 단위로 분절 형식을 취한 것이 많았다. 그 말씨도 시대의식에 화자의 감정을 실어 편 것이 주가 되어 이 단계에서 창가가 자아 표출에 무게가 실린 주정문학(主情文學)의 경향을 띠기 시작했다. 그것이 일단락되면서 제3단계 창가의 막이 열린 것은 1908년부터다. 육당 최남선이 『소년』을 발간한 바로 그해에 그가 지은 「경부철도가(京釜鐵道歌)」가 나왔다.

> 우렁탸게 토하난 긔뎍 소리에
> 남대문을 등디고 떠나나가서
> 빨니부난 바람의 형세갓흐니
> 날개가딘 새라도 못따르겟네
>
> 늙은이와 젊은이 석겨안젓고
> 우리네와 외국인 갓티탓스나
> 내외틴소 다갓티 익히디내니

됴고만한 딴세상 뎔노일웠네

—「경부철도가」 1, 2연

이 작품은 문호 개방과 함께 등장한 근대문명의 상징인 철도의 개통을 축하하는 내용을 주조로 삼은 것이다. 역사 연표를 보면 우리 정부가 일제에게 부산과 서울 사이의 철도 건설권을 인정하고 건설 공사가 시작된 것이 1901년이었다. 그 건설에 소요된 노동력의 대부분을 우리 동포로부터 빌린 이 철도공사는 1904년 완공을 보았다. 이때의 철도 부설은 처음부터 일제가 한반도의 장악 지배를 공고히 하고 그를 발판으로 대륙 진출의 발판을 닦으려는 데에 그 목적이 있었다.

그런 저변에 깔린 사정이야 어떤 것이었든 경부선 건설 공사는 서구 근대문명의 이기를 수용한 것이라는 점에서 우리 사회의 일부에는 어느 정도 긍정적으로 수용되었다. 육당이 그런 생각을 담아 읊어낸 것이 「경부철도가」다. 구체적으로 이 작품의 기점은 지금 우리가 서울역이라고 하는 남대문역이다. 그것을 기점으로 하고 노량진, 수원을 거치면서 종착역인 부산에 이르기까지의 연선(沿線)의 여러 역들을 차례로 열거한 가운데 그에 곁들여 철도 여행에서 얻어낸 풍정과 감흥을 노래하고 있는 것이 이 작품이다. 지금 보면 「경부철도가」가 7·5조를 한 행으로 한 가운데 총 행수 288행에 이르는 장편시가다. 제2기 창가의 길이가 대개 4·5행을 한 절로 하고 5·6연에 그친 점을 감안해보면 이 단계 창가의 양적 팽창이 피부로 느껴질 것이다. 제2기 창가의 이런 양태는 「세계일주가(世界一周歌)」에 의해 거듭 확장, 강조되었다.

漢陽아 잘잇거라 갓다오리라
압길이 질편하다 水陸十萬里
四千年 넷도읍 平壤지나니
宏壯할사 鴨綠江 큰쇠다리여

七百里 遼東벌을 바로 돌코서
다다르니 奉天은 옛날 瀋陽城
東福陵 저솔밧에 잠긴 연긔는
二百五十年동안 꿈자최로다

南으로 萬里長城 지나들어가
벌판에 큰 都會는 北京城이라
太和殿上 날니는 닷동달이 旗
中華民國 새 빗츨 볼 것이로다

—「세계일주가」 1, 2, 3연

육당의 「세계일주가」 역시 「경부철도가」와 같이 각 7 · 5조 외형률이 정확하게 지켜졌다. 이 작품은 그 길이가 528행에 달한다. 「경부철도가」에 비해 거의 배로 부피가 불어난 셈이다. 이와 함께 이 시기의 창가에는 또 하나의 특징적 단면이 검출된다. 이미 드러난 바와 같이 「경부철도가」나 「세계일주가」에서 소재가 된 것은 거의 모두가 국내와 세계 각지의 여러 도시와 명소들이며 그들에 곁들인 감흥과 풍물들이다. 화자는 그것에 지리, 역사의 지식을 첨가하고 다시 그 위에 작자 나름의 선진문화를 지향하는 의지를 담았다. 이것은 이 단계의 창가와 그 내용의 폭을 더욱 확충하여 문명개화의 지평을 크게 넓히고 있음을 뜻한다.

여기서 우리가 놓칠 수 없는 것이 기행체 창가의 문장이 서술체로 되어 있는 점이다. 형태가 단형이 아닌 장형이면서 서술적인 각도에서 말을 쓴 양식으로 우리는 가사를 생각하게 된다. 가사 양식 가운데도 바로 창가에 앞선 개화기 시가의 한 유형인 개화가사가 연상되는 것이다. 물론 개화가사와 장편 창가 사이에는 주제 내용에서 거리 같은 것이 있다. 장편 창가는 이미 검토된 바와 같이 그 성격이 기행, 풍물시에 속한다. 그에 대해서 개화가사는 거의 모두가 시대의식 같은 것을 가지며 시사성이 강하여 기행, 풍물시가 아니라 시사적인 논설의 성격을 가진다. 두 개회기 시가 사이에 나타나는 이런 차이는 물론 정치적 상황, 여건 탓으로 설명될 수 있을 것이다. 개화 시가의 단계에도 우리 민족은 일제의 통감부 체제 아래 놓이기는 했다. 그러나 당시 일제의 규제, 간섭은 아직 우리 사회 전체에 미치지는 않았다. 그 나머지 다소 정치색을 띠면서 노래도 허용이 된 것이다. 그러나 1900년대의 중반기부터 우리 민족은 일제에 의해 전면적으로 주권이 침탈당하는 비운을 맞았다. 그런 상황 아래서는 정치색을 띠지 않고 시사성과도 거리를 가진 기행, 풍물시가 제격일 수 있었다.

그런데 이런 시대의 대세에 개화기의 우리 시가가 그 편승자가 되었다면 어떻게 되었을까. 그렇게 되었다면 우리 시단에는 어느 기간 동안 기행체에 속하는 장편 창가가 양산되었을지 모른다. 그러나 엄연한 현실로 우리 주변에서 그런 사태는 제대로 전개되지 않았다. 그리하여 제3기 창가는 육당의 「한양가(漢陽歌)」를 마지막으로 하고 그 짤막한 무대의 막을 내렸다.

3) 신체시

신체시의 양식적 성격은 그 명칭 자체에서부터 감지될 수 있다. 신체시(新體詩)에서 '체(體)'는 문체를 가리킨다. 그것도 이 유형에 속하는 작품들의 형식적 특성을 가리키고 있는 것이 이때의 '체'에 내장된 의의다. 거듭 살핀 바와 같이 19세기 말에 이루어진 개항과 함께 우리 주변에는 여러 나라의 서로 그 유형을 달리하는 언어라든가 문장, 문체들이 유입되어 우리 고유의 것들과 뒤섞이고 상호작용을 하면서 이루어진 것이 이때의 문체였다. 이렇게 이루어진 문체를 당시 우리 주변에서는 시문체(時文體)라고 불렀다. 시문체란, 말하자면 새 시대와 새 사회의 분위기를 반영하고 수용한 가운데 이루어진 문체였던 것이다. 신체시는 시문체가 시가에 적용된 나머지 이루어진 개화기 시가의 최후의 양식이었다. 이 양식의 성립과 함께 개화기 시가는 그 형태가 혁신되었을 뿐 아니라 창가와 같은 부곡(附曲)도 지니지 않게 되었다. 그리하여 근대시의 이상에 한 발 다가선 작품들이 이 양식의 출현과 함께 등장하게 된 것이다.

(1) 신체시의 기점, 「해(海)에게서 소년에게」

널리 알려진 바와 같이 신체시의 대표적인 제작자는 육당 최남선이다. 그는 양적으로 가장 많은 신체시를 지었을 뿐 아니라, 이 양식에 속하는 작품을 최초로 제작 발표한 선두주자이기도 하다. 그는 1908년 11월, 한국 잡지 사상 최초의 종합지인 『소년(少年)』을 주재, 발행했다. 그 첫머리에 신체시의 효시를 평가하는 「해에게서 소년에게」가 실려 있다.

一

텨―ㄹ썩, 텨―ㄹ썩, 텩, 쏴―아.

싸린다, 부슨다, 문허바린다,

泰山 갓흔 놉흔뫼, 딥태 갓흔 바위ㅅ돌이나,

요것이 무어야, 요게 무어야,

나의 큰 힘, 아나냐, 모르나냐, 호통까디 하면서,

싸린다, 부슨다, 문허바린다,

텨―ㄹ썩, 텨―ㄹ썩, 텩, 튜르릉, 콱.

二

텨―ㄹ썩, 텨―ㄹ썩, 텩, 쏴―아.

내게는, 아모겻, 두려움 업서,

陸上에서, 아모런, 힘과 權을 부리던 者라도,

내 압헤 와서는 꼼짝 못하고,

아모리 큰, 물건도 내게는 행세하디 못하네.

내게는 내게는 나의 압헤는.

텨―ㄹ썩, 텨―ㄹ썩, 텩, 튜르릉, 콱.

三

텨―ㄹ썩, 텨―ㄹ썩, 텩, 쏴―아.

나에게, 덜하디, 아니한 者가,

只今까디, 업거던, 통긔하고 나서 보아라.

秦始皇, 나팔륜, 너의들이냐,

누구 누구 누구냐 너의 亦是 내게는 굽히도다,

나허구 겨르리 잇건 오나라.

텨―ㄹ썩, 텨―ㄹ썩, 텩, 튜르릉, 콱.

―「해에게서 소년에게」 1, 2, 3연[61]

61 『少年』1호, 1908. 11, 2~3쪽.

전편이 7행을 한 단위로 하고 6연으로 이루어진 이 작품에서 우리가 지나쳐버릴 수 없는 것이 허두와 끝자리에 "철−썩, 철썩"이 쓰인 점이다. 그것은 물결치는 바다의 모습을 의성화시킨 것인데 이로써 육당은 문명 개화의 통로인 바다의 동태적인 모습을 제시하고자 했다. 이것으로 우리는 이 작품이 문호 개방과 그와 병행 상태가 된 서구 선진문명 수용의 열망을 담은 것임을 알 수 있다. 육당의 작품에서 또 하나 주목할 것이 그 문장 형태다. 구체적으로 위의 작품에는 "따린다, 부순다, 무너바린다"와 같이 한 행에 종결어미 '−다'가 세 개나 쓰여 있다. 우리 고전문학기의 작품들에 이런 예는 거의 나타나지 않는다. 짧은 문장에 종결어미 '−다'를 연거푸 쓴 것은 읽는 이의 느낌을 경쾌하게 하는 데 기여하며 그와 동시에 그 가락에 박진감이 느껴지도록 만들어주는 것이다. 이 역시 신체시가 갖게 된 형태적 특성으로 파악되어야 한다.

개화 시가의 마지막 단계에 나타난 신체시의 기점에 대해서는 이제까지 우리 주변에서 조금씩 다른 의견이 제출되었다. 일찍 백철, 조연현 등은 이 유형에 속하는 작품의 효시를 「해에게서 소년에게」라고 보았다.[62] 그에 대해서 조지훈(趙芝薰)은 다른 입장을 취했다. 그에 의하면 「해에게서 소년에게」 이전에 육당이 이미 「구작삼편(舊作三篇)」을 썼다는 것이다. 이에 대해서는 육당 자신의 증언이 있어 제작 시기적으로 후자가 「해에게서 소년에게」보다 앞서는 것은 사실이다. 그런 이상 당연히 「구작삼편」을 신체시의 효시라고 보아야 한다는 것이 조지훈의 생각이었다. "1909년 4월

---

62 白鐵, 『朝鮮新文學思潮史』, 98~99쪽.
　　趙演鉉, 『韓國現代文學史』, 48쪽.

『소년』에 실린 「구작삼편」이 작자 자신의 후기에 의하여 1907년작임이 밝혀진 이상 지금 알려진 가장 오래된 신체시는 「구작삼편」이다."[63] 이와 같은 견해에 대해서는 그 후 몇 사람의 동조자가 나타났다. 그리하여 신체시의 기점 문제는 그동안 일종의 교착 상태가 계속되어왔다. 여기서 제기된 문제는 문학사와 문화사의 감각이 다시 문제되어야 한다는 것이다. 우선 근대적 인쇄술이 도입된 이후의 작품은 활자화를 거치고 나서야 비로소 발표의 개념이 성립된다. 물론 우리 근대문학과 시에는 꼭 하나 부전(附箋) 비슷한 것이 붙을 수가 있다. 본래 우리 근대문학과 시는 그 출발 초부터 식민지 체제에 함몰되어 있었다. 그 결과 외세, 구체적으로는 일제에 대해 저항을 시도한 시는 자유로운 발표가 불가능한 실정이었다. 따라서 그런 상황, 여건으로 하여 활자화에 이르지 못한 작품에는 일단, 그 발표 시기가 불문에 붙여질 수도 있는 것이다.

> 우리는 아모것도 가진 것 업소,
> 칼이나 륙혈포나 ─
> 그러나 무서움 업네.
> 鐵杖 갓흔 形勢라도
> 우리는 웃지 못하네
> 　우리는 올흔 것 짐을 지고
> 　큰길을 거러가난 者ㅣㅁ일세.
>
> 우리는 아모것도 지닌 것 업소,
> 비수나 화약이나 ─

63　趙芝薰, 「韓國現代詩史의 觀點」, 『趙芝薰全集』 3, 일지사, 1973, 166쪽.

그러나 두려움 업네.

면류관의 힘이라도

우리는 웃지 못하네.

　우리는 올흔 것 廣耳삼아

　큰길을 다사리난 者ㅣㅁ일세.

—「구작삼편(舊作三篇)」⁶⁴⁾

　　얼핏 보아도 드러나는 바와 같이 이 작품과 「해에게서 소년에게」는 그 의식의 단면으로 보아 아무런 차이가 없다. 「해에게서 소년에게」의 주인공이 소년이며 그 예찬을 통해 새 시대와 새 사회 건설의 열망을 노래한 것임에 대해서 이 작품의 의미 내용 역시 같은 유형에 속한다. 두 작품이 다 같이 민족의식이라든가 시대의 의지를 담고 있는 것도 지나쳐볼 일이 아니다. 그러나 그것이 당면의 침략 세력, 곧 일제에 대한 적개심을 바닥에 깔고 있는 것은 아니다. 그들에 대한 직접적인 비판, 비난 공격이 포함되지 않은 작품을 일제의 통감부와 그 주구들이 압수, 차압하지는 않았을 것이다. 따라서 그 의식 내용 때문에 「구작삼편」이 발표 시기가 늦어진 것으로 생각될 수는 없다. 뿐만 아니라, 형태면에서 보아도 최초의 신체시 「구작삼편」설에는 또 다른 난점이 수반된다. 이 작품은 뚜렷이 나타나는 후렴구를 가지고 있고 그 허두도 7·5조로 되어 있다. 그리하여 신체시로 판정되기보다는 창가의 단면을 더 강하게 드러낸다. 이런 이유로 우리는 「구작삼편」이 최초의 신체시라는 생각에는 의문부를 붙이지 않을 수 없다.

64　『少年』6호, 1909.4, 2쪽.

(2) 신체시의 두 지주(支柱), 최남선과 이광수

개화가사나 창가는 일종의 정형시였다. 우리나라의 정형시는 운(韻)이나 대장(對仗)의 틀을 지키지 않아도 되는 것이었다. 그것은 거의 기계적으로 자수율만 지키면 지을 수 있는 양식이다. 이런 이유로 개화가사나 창가는 특별히 전문적인 제작 자격을 갖추지 않아도 지을 수 있는 양식이었다. 그러나 신체시는 그와 다른 양식이었다. 「해에게서 소년에게」를 통해 본 바와 같이 신체시는 모든 행이 일정한 자수율을 지켜야 하는 양식이 아니었다. 연 단위로 대응되는 각행이 일정한 자수율을 가지기만 하면 신체시의 제작은 가능했다. 그러나 이것은 창가와 달리 신체시의 작자가 매 작품마다 그 나름대로 새로운 율격을 만들 것이 요구되는 사태였다. 이런 이유로 신체시 제작에게는 개화가사나 창가와 달리 좀 더 전문적인 시작 기법을 가질 것이 요구되었다. 이런 상황에서 등장한 것이 전문 제작자의 성격을 띤 신체시의 작자 최남선과 이광수 등이다. 신체시는 그 특성으로 하여 자연 제작자의 수를 축소하게 했다. 개화가사의 경우처럼 아무나 그것을 지을 수 없었음은 물론, 창가를 거치는 가운데 그 제작자의 자격에도 여러 가지 요건이 부가되었기 때문이다. 이제 우리는 신체시의 중요 제작자로 최남선과 이광수의 이름을 들어볼 수 있다.[65]

---

65 이 밖에 신체시의 작자로 현상윤(玄相允)을 손꼽은 예가 있다(김학동, 「新體詩와 그 詩壇의 展開」, 『한국개화기 시가연구』, 142~144쪽). 구체적으로 현상윤의 신체시는 「新舊야 아느냐」(『靑春』 3호), 「寒菊」(『學之光』 3호), 「생각나는대로」, 「申朝 君을 보냄」(上同), 「비오는 저녁」(『學之光』 4호), 「사나희로 생겨나서」(『靑春』 6호), 「向上」(『靑春』 7호) 등이다. 참고로 「寒菊」을 들어보면 다음과 같다.

　　싯까지 節介는 保全한다고

먼저 최남선은 이 분야에 있어서 한 개의 기념비적 존재다. 그는 공육(公六), 육당(六堂) 등의 필명과 더러는 무기명으로 많은 작품을 발표했다. 그는 또한 자신이 주재(主宰)한 『소년』에 다른 제작자가 쓴 신체시도 발표할 기회를 제공했다. 뿐만 아니라 일종의 축약형 신체시론도 가진 바 있다. 그것이 바로 「신체시가모집요강(新體詩歌募集要綱)」이다. 이를 통해 최남선은 당시 우리 주변의 신체시에 대한 성격을 집약적으로 보여주었다. 그는 또한 이 분야에서 신인 발굴의 시도까지를 벌였다. 말하자면 신체시단의 본격적인 형성을 꾀한 셈이다. 이를 통해서 우리는 그의 신체시에 대한 생각과 신인 발굴의 시도를 단적으로 파악해볼 수 있다.

> ○ 語數와 句數와 題目은 隨意
> ○ 아못조록 純國語로 하고 語義가 通키 어려운 것은 漢字로 傍付함도 無妨하고
> ○ 篇中의 措辭와 構想에다 光明, 純潔, 剛健의 分子를 包含함을 要하고
> ○ 技巧의 點은 別로 取치 아니함
> ○ 寄稿는 漢城南部 絲井洞 新文館으로 送致하시옵
> ○ 選評은 本編輯局員이 行함 (이하 생략)[66]

최남선이 쓴 신체시에는 두 개의 특징적인 단면이 드러난다. 그 하나는

半남아 말나친 꽃송아리를
꼿꼿이 千辛하게 이고 셧는야
거츤 世上 찬맛이 彷彿하고나
66 『少年』1909. 1, 표지 다음 쪽 뒷장.

문명개화에 대한 강한 의욕이다. 이것은 그가 신체시의 대표적인 제작자였기 때문에 그대로 이 유형에 속하는 작품의 특징적인 단면을 이루기도 했다. 우선 그는 몇 개 작품에서 즐겨 바다를 제재로 택했다. 그런데 이때 바다는 다른 객체들과는 달리 특별한 의의를 가진 객관적 상관물이었다. 구체적으로 그것은 근대 이후의 서구 선진문화를 수용하는 통로를 뜻했으며 창구에 해당되었다. 말을 바꾸면 반봉건 근대화의 매체 구실을 한 것이다.[67]

육당이 쓴 신체시의 또 다른 특징적 단면으로 생각되는 것이 청소년에 대한 남다른 관심과 그들을 교육, 훈도하고자 한 열정이다. 그 단적인 증거가 되는 것이 그가 발간한 잡지 제목부터를 '소년'으로 한 점이다. 또한 그는 「해에게서 소년에게」 이하 여러 작품을 통해 되풀이하여 소년을 주인공으로 한 신체시를 썼다. 거기서 그는 거듭 소년을 찬미했고 또 그들이 건전하게 자라나 우리 사회의 문명개화에 주도적 역할을 담당하기를 바랐다. 이와 같은 정신적 단면은 그 스스로가 남긴 직접적 발언을 통해서도 손쉽게 포착된다. "우리 大韓으로 하야곰 少年의 나라로 하라. 그리하랴 하면 能히 이 責任을 勘當하도록 敎導하여라."[68]

이광수는 최남선과 쌍벽을 이룬 신체시의 작자였다. 그는 여러 편의 작품에 고주(孤舟) 또는 외배 등의 필명을 사용하여 작품을 발표했다. 그들은 『소년』, 『대한흥학보』, 『학지광』, 『청춘』 등에 게재되었는데, 그 숫자는

---

67 이에 대해서는 김용직, 「六堂 崔南善論」, 『現代韓國作家硏究』, 民音社, 1976, 286쪽 참조.

68 『少年』 1호, 1908. 11, 목차 앞면.

별로 많지 못하다. 그러나 몇몇 작품이 지닌 격조로 볼 때 고주의 신체시는 넉넉히 수준작의 이름에 값한다. 그는 또한 일찍부터 대담하게 신체시가 갖는 바 정형의 틀을 파괴하고자 했다. 다음은 그의 초기 작품 가운데하나인 「우리 영웅(英雄)」의 일부다.

月明浦에 밤이 깁헛도다
連日苦戰에 疲困한 壯士들은
깁히 잠들고 콧소리 놉도다
깁고 검은 하날에 無數한 星辰은
잠잠하게 반쯧반쯧 빗나며
부드러운 바람에 나라오난 풀내까지도 날낸
우리 愛國士의 핏내를 먹음은 듯
浦口에 밀려오난 물ㅅ결 소래는
철썩철썩 무엇을 노래하난듯[69]

여기 나타나는 바와 같이 이광수의 작품 가운데는 창가와 신체시의 테두리를 넘어 자유시의 단면을 드러내는 것이 있다. 더욱 중요한 것은 그들 작품에 상당한 내실화가 이루어진 점이다. 위의 시에서 이내 그런 단면이 검출되는 것처럼 그의 신체시는 정형의 틀을 허물어버리려는 시도에 그치지 않는다. 거기에는 정형시의 율격을 보상하고도 남을 정도의 내면적인 가락이 느껴진다. 이것은 그의 작품이 최남선의 경우에 비해서 근대시의 이상에 한 발 더 다가섰음을 뜻하는 것이다.

---

69 『少年』15호, 47쪽.

물론 신체시의 작자로서 이광수가 자유시만을 쓴 것은 아니다. 형태면에서 볼 때, 그의 작품 가운데는 최남선의 「해에게서 소년에게」에 준하는 것이 있다. 다음은 1919년 9월에 발간된 『새별』 게재의 「말듣거라」 전문이다.[70]

山아 말듣거라 웃음이 어인 일고
네니 그님 손에 만지우지 않았던가
그님을 생각하거드란 울짓기야 왜 못하랴
네 무슨 뜻 있으료마는 하 아숩어

물아 말듣거라 노래가 어인 일고
네니 그님 발을 싯기우지 않았던가
그님을 생각하거드란 느끼기야 왜 못하랴
네 무슨 맘 있으료마는 눈물겨워

꽃아 말듣거라 단장이 어인 일고
네니 그님 입에 입맞추지 않았던가
그님을 생각하거드란 한숨이야 왜 못 쉬랴
네 무슨 속 있으료마는 가슴쓰려

「해에게서 소년에게」의 경우와 꼭 같이 이 작품도 대응되는 각 연의 행과 자수가 일정하다. 뿐만 아니라, 각 행의 어휘들 역시 알맞게 짝이 되도록 쓰여져 있는 것이다. 그것이 산에 대해 물과 꽃이, 그리고 손에 대

70 『李光洙全集』 15, 삼중당, 1968, 22~23쪽.

해 발이라든가 입이 대응되어 있는 점이다. 그러나 이 작품은 7 · 5조나 8 · 6조의 자수율에 의거하고 있는 것은 아니다. 또한 이 경우에는 최남선의 많은 작품에 나타나는 생경한 관념들이 어느 정도 불식된 듯 보인다. 이것은 이 분야에 끼친 이광수의 작품 제작 기법이 육당에 비해 한걸음 앞선 것이라는 평가를 가능하게 만든다.

이광수의 신체시에 나타나는 또 하나의 특징으로 우리는 그의 작품에 담긴 이야기 줄거리 같은 것을 들 수 있다. 앞에 든 「우리 영웅」은 충무공 이순신을 주인공으로 한 작품이다. 이 작품에서 충무공의 우국충성하는 모습이 그 나름대로 작품의 서술 내용이 된다. 그런가 하면 「곰」과 「극웅행(極熊行)」에서는 곰이 주인공으로 등장한다. 거기에는 곰의 행동이 일종의 소설적 의장을 이루고 있는 것이다. 특히 구성면에서 볼 때 간과될 수 없는 작품으로 「옥중호걸(獄中豪傑)」이 있다. 이 작품은 그 전편에 4 · 4조가 두드러져 얼핏 보면 신체시 이전의 것처럼 생각되기도 한다. 그러나 이 작품 꼬리에 조소앙이 "진경을 그리고 있어 단숨에 읽혀진다"[71]라고 평을 단 게 빈말이 아니라고 생각될 정도로 그 말씨와 가락에 그 나름대로 생동하는 느낌이 생긴다.

> 쌔삼마다, 힘쓸마다, 電氣갓히 잠겨 잇는, 굿센 힘, 날닌긔운, 흐르는 소리잇가. 眞珠갓히 光彩잇고, 彗星갓히 도라가는, 홧불 갓흔 兩眼에는, 苦悶안기 셨도다. 그러나 그 안깃속에 빗나는 光明은, 숨은 勇氣, 숨은 힘이 中和혼 번깃불―, 前後左右 쌀닌 남게 쇠인듯흔

---

71   嘯昂生評曰 畵出眞境讀不覺長,『大韓興學報』, 1909. 1, 33쪽.

가는 줄은, 獄에 미인, 더 豪傑의 煩悶苦痛 자최로다.[72]

이제까지 이 작품에 대해서는 가사체라는 평가가 내려진 바 있다.[73] 우리가 알고 있는 한 가사체는 아주 심하게 문어체(文語體)의 단면을 드러낸다. 그럼에도 이 작품은 "그러나 그 안깃속에 빗나는 光明은, 숨은 용기(勇氣), 숨은 힘이 중화(中和)훈 번깃불"의 경우로 대표되는 바와 같이 구어체(口語體), 그것도 산문의 개입을 현저하게 느끼게 만드는 어조가 여기에 나타나는 것이다. 뿐만 아니라 어떤 사실을 효과적으로 제시하기 위하여 캐더로킹의 수법을 쓰고, 그를 통해 주제를 집약적으로 부각시키고자 한 점은 가사 양식과 상당한 차이가 있다. 이미 지적된 바와 같이 가사의 특색은 그 말들이 서술적인 데 있다. 가사에 대해서 어느 경우 우리가 수필적이라고 하는 까닭이 이런 데 있는 것이다.[74] 그러나 위의 작품에서 우리는 적지 않게 흥청거리는 가락을 느낀다. 때로 구어투와 산문체가 뒤섞인 가운데 판소리 사설과 같은 입심을 느끼게 만드는 것도 이 작품의 특징적 단면이다.

또 하나 여기서 우리가 간과할 수 없는 것이 이 작품에 나타나는 서사적 요소다. 얼핏 보아도 나타나는 바와 같이 이 작품의 주인공에 해당되는 것은 부엉이다. 이 경우의 부엉이는 자유를 박탈당한 채 옥중에서 신음하는 피수자(被囚者)이기도 하다. 이것으로 우리는 이 작품이 희곡의 어

---

72   위의 책, 29쪽.
73   金基鉉, 「春園의 新詩」, 『韓國文學論考』, 一潮閣, 1972, 230쪽 ; 金澤東, 앞의 책, 210쪽.
74   이에 대해서는 李能雨, 『國文學槪論』, 국어국문학회, 1954, 116쪽 참조.

느 장면과 같은 단면을 내포하며 소설의 구성요소 가운데 하나인 이야기 줄거리를 가진 듯한 느낌도 맛본다. 이것은 물론 후에 이광수가 시를 떠나 소설 쪽으로 전공을 바꾼 사실을 예감하게 하는 일이다. 그러나 그와 함께 우리는 여기서 다른 또 한 가지 사실도 읽어낼 수 있다. 그것이 이광수의 신체시 일부에 서사시의 전통이 내포된 점이다. 이 유형의 작품이 지닌 교술적(敎述的) 단면과 함께 이 역시 간과될 일이 아니다.

(3) 신체시와 자유시

여기에 이르러서 우리는 개화기 시가의 한 갈래인 신체시를 그 형성, 전개 양상에 비추어 크게 세 개의 단락으로 구분, 정리해볼 필요를 느낀다. 첫째 유형으로 잡을 수 있는 것들은 초기에 제작된 작품들이다. 이에 속하는 작품의 선진(先陣)을 담당한 것이 「해에게서 소년에게」다. 이 유형에 속하는 작품의 특징은 그 형식이 미처 딱딱한 정형의 틀을 벗지 못한 데 있다. 그 가운데는 2연 이하가 첫 연에서 이루어진 틀에 억지로 맞춘 듯한 느낌을 주는 것도 있다. 그리하여 어떤 작품에 이르러서는 율문이 가지는 가락을 제대로 갖지 못한 것들도 있다. 또한 계몽의식이라든가 문명개화, 근대화를 위한 의식 역시 생경하게 드러난다. 이것은 이 무렵의 신체시가 창가에 이르기까지의 우리 시가가 가진 외형의 틀에서 자유롭지 못했음을 알리는 단적인 증거다.

다음 둘째 유형에 속하는 신체시로 우리는 「꽃두고」, 「말듣거라」, 「님나신 날」 등을 들어볼 수 있다. 외형의 틀을 시원스럽게 벗어버리지 못한 점으로 보아서는 이들 작품과 첫째 유형의 신체시 사이에 별 차이가 없는 듯 보인다. 그러나 여기서 외형은 반드시 딱딱하게 고정된 규격의 틀인

데 그치지 않는다. 이미 그 틀 속에는 일종의 부드러운 느낌, 또는 근대시의 특징적 단면에 해당되는 해조 같은 것이 느껴지는 것이다. 뿐만 아니라 관념 내용이 어느 정도 정서로 바뀌어 있는 점도 이들 작품의 한 특색이다. 다음은 최남선의 작품인 「꼿두고」의 전문이다.

>나는 꼿을 질겨 맛노라,
>그러나 그의 아리싸운 태도를 보고 눈이 얼이며
>　　그의 향긔로운 냄새를 맛고 코가 반하야
>精神 업시 그를 질겨 마짐 아니라,
>다만 칼날 갓흔 北風을 더운 긔운으로써
>人情 업난 殺氣를 깁흔 사랑으로써
>代身하야 밧구어
>쎠가 저린 어름 밋헤 눌니고 피도 어릴 눈구멍에 파무쳐 잇던
>億萬 목숨을 건지고 집어내여 다시 살니난
>봄바람을 表章함으로
>나는 그를 질겨 맛노라.
>
>나는 꼿을 질겨 보노라,
>그러나 그의 平和 긔운 먹음은 웃난 얼골 흘니며
>　　그의 富貴氣象 나타낸 盛한 모양 탐하야
>主着업시 그를 질겨 봄이 아니라,
>다만 것모양의 고은 것 매양 실상이 적고
>　　처음 서슬 壯한 것 대개 뒤꿋 업난 中
>오즉 혼자 特別히
>若干 榮華 苟安치도 아니코 許多 魔障 격그면서도 굽히지 안코
>億萬 목숨을 만들고 느려내여 길히 傳할 바
>씨 열매를 保育함으로

나는 그를 질겨 보노라.

—「꼿두고」전문[75]

이 작품에도 대응되는 각 행의 음절수는 일정하다. 그러나 각 연을 독립된 단위로 보면 그 형태는 거의 자유시에 가깝다. 뿐만 아니라 이 작품에는 「해에게서 소년에게」와 달리 외형의 틀만이 아닌 내면적 가락이 느껴진다. 여기서도 물론 육당은 교술적인 시각을 완전하게 불식시키지 못했다. 그러나 이 작품에서 그것은 첫째 유형의 신체시에 나타난 것처럼 직설적으로 쓰이지 않았다.

이 작품의 주제 의식에 해당되는 것은 역경 속에서도 굽히지 않는 불굴의 정신이며 실질과 인정을 존중하는 인생관이다. 그러나 그것은 직접 토로되지 않고 꽃을 상관물로 하여 간접적으로 제시되어 있는 것이다. 그 기법으로 원용되고 있는 것이 비유다. 본래 내재율을 통한 해조와 비유의 기능적인 이용 등은 근대시의 중요 요건을 이룬다. 이것은 이들 작품이 첫째 유형에 속하는 신체시에 비해 한 발 더 근대시의 이상에 다가서 있음을 뜻한다.

신체시의 셋째 국면으로 생각되는 것이 정형에서 벗어나 자유시의 형태에 더욱 가까워진 점이다. 앞에서 이미 밝혔지만 일부 초기의 신체시에는 그 말씨나 정서가 고전문학기의 딱딱한 틀을 벗어버리지 못한 것이 있었다. 그에 비해서 후기 신체시의 상당수는 창가보다 더더욱 근대 자유시의 형태에 가까워지고 그와 아울러 그 어법에 정서적 단면이 추가된 것도

---

75 『少年』7호, 1909. 5, 2~3쪽.

나타난다. 여기서 그런 유형에 속하는 작품을 들어보면 최남선의 「태백산부(太白山賦)」, 「쓰거운 피」 등과, 이광수의 「우리 영웅」, 「곰」, 「극웅행」, 「어머니의 무릎」 등이 있다. 또한 현상윤의 「새벽」, 「향상(向上)」 등이 있다.[76] 다음은 이광수 작으로 1918년 8월호 『여자계(女子界)』에 실린 「어머니의 무릎」의 첫 연이다.

어머니…
당신의 무릎은 부드러웁데다
봄철 묏기슭의 잔디보다도
여름 하늘에 뜨는 구름보다도

---

76 참고로 여기서 현상윤의 작품 가운데서 「산아희로 생겨나서」를 적어보면 다음과 같다.

산아희로 생겨나서 億萬代 前에 업고 億萬代 後에 업시 오직 이째에 나왓스니 쓴잇게 온 것이라, 가기도 쓴잇게 갈지온뎌,
世上아 偶然을 말치마라 ─ 昆蟲이 아니되고 禽獸가 아니되고 계집이 아니되고 산아희로 태인 것이 벌서부터 偶然이 아니든 것 아니냐!
생각도 산아희로 行動도 산아희로 우슴과 이약이가 다가티 산아희라.
歷史를 무어란 말을 들엇나냐? 한 句節 한 페이지가 非常한 산아희의 無限大의 時間上에 멈을러 두고간 발자최의 記錄임을 다시금 記憶하라.

世上이 불으거든 내 한몸을 밧쳐서도 올흠 爲해 眞理 爲해 끗까지 싸흘지니, 榮譽가 오고 안오는 것, 이것은 내 물을 것 아니로다. 오직 밧기를 산아희로 바닷스니 갑기도 산아희로 갑흘 쑨이로다.
내게 손이 잇스니 펴면 바닥이오 쥐면 주먹이라 내 이로써 어루만질 것은 만지리로다. 싸려부슬 것은 부스리로다. 왼 누리를 모다 나로 쌈 뒤에 말것 ─저절로 싸이지 아니하거든 뒤집어 씨우기라도 할 것 아닌가. 나는 擴張하매 맛당히 여긔까지 갈 것 아닌가.
산아희의 산아희 됨도 여긔잇고 意味 잇고 偶然 아님도 여긔 잇도다.

羊의 털보다도 비단 房席보다도
어머니!

그 부드러운 무릎에 제가 앉았었지요.
　　　　　　　　　　　　—「어머니의 무릎」[77]

끝내 함량이 충분할 정도가 아니라는 단서가 붙기는 하지만 이 단계에
이르러 신체시는 교술적 단면을 털어버리고 정형의 틀에서 벗어나고자
하는 강한 의욕을 드러낸다. 여기서는 7·5조, 8·6조 등의 미리 마련된
외형의 틀이 배제되어 있는 것은 물론 제2유형의 신체시가 지니는 대응
되는 각 연과 행의 자수 제한조차도 많이 희석화되어 있다. 뿐만 아니라
여기에는 우리가 간과할 수 없는 또 다른 단면도 보인다. 그것이 몇 개의
비유가 되풀이 사용되어 있는 점이다. 이것은 이 단계에 이르자 신체시가
과도기적 근대시의 차원에서 벗어나 자유시가 될 요건을 갖추기 시작했
음을 뜻한다.

5. 우리 시의 자유시화와 본격 근대시의 형성

여기에 이르기까지 우리는 다섯 장에 걸쳐서 형태, 양식을 가늠자로 한
한국 근대시의 형성과 전개 양상을 살폈다. 1장과 2장에서는 근대시의 기
점을 어디에서부터로 잡을 것인가를 문제 삼았다. 한국 근대시의 기점으
로는 이제까지 영정시대로 잡은 경우와 개항기로 잡은 두 가지 서로 다른

---

77 『李光洙全集』, 50쪽.

견해가 있어왔다. 그것을 이 작업에서는 개항기로 잡았다. 그 까닭을 내재적 시각과 함께 외재적 방법을 함께 동원하여 밝혀 보았다.

3장에서는 개화기 시가의 테두리를 명백히 하기 위해 그 시기에 형성, 전개된 양식의 문제를 다루었다. 우리 문학사에서 개화기는 신구(新舊) 문학의 교체기였다. 이 시기에 나온 작품들은 개화가사, 창가, 신체시 등과 함께 고전문학기의 양식에 속하는 시조와 한시, 가사, 구전민요에 속하는 것들이 서로 뒤섞여 있었다. 여기서는 그 가운데서 근대적 의의를 가지는 양식을 개화가사와 창가, 신체시로 정리해보았다. 5장에서는 개화기 시가의 주류 양식인 개화가사와 창가, 신체시의 전개 양상을 살펴보았다. 개화가사는 형태적으로는 고전가사를 그대로 답습한 양식이지만 그 내용은 문명개화와 그 다른 이름인 외세 배제, 진보 개혁이 주조가 되었다.

창가에 이르러 개화기 시가는 외형의 틀을 새롭게 바꾸었다. 창가는 개화가사의 3·4조, 4·4조, 연행체에서 탈피하여 새롭게 연을 가지게 되었고 자수율도 7·5조, 8·5조 등으로 변형된 것이다. 신체시 단계에서 우리 시단의 2대 지주(支柱)를 이룬 이름은 육당 최남선과 함께 고주 이광수였다. 육당은 신체시의 효시가 되는 「해에게서 소년에게」를 쓰고 『소년』을 발간하여 시가 양식에서뿐만 아니라 당시 우리 문단과 문학의 새 지평 타개에 결정적 역할을 했다. 고주 또한 「바다 위의 용소년(勇少年)」, 「말듣거라」와 같이 새 말씨와 새 형태의 작품을 쓰고 「정육론(情育論)」을 비롯하여 여러 편의 산문을 발표함으로써 우리 문단의 의식과 문체 개혁에 뚜렷한 발자취를 남겼다.

이제 이렇게 이 작업을 마감하면서 꼭 하나 우리 마음속에 아쉽다는 생각을 들게 하는 부분이 있다. 그것이 개화기 시가의 다음 단계에서 이루어진 우리 시가의 근대화 양상에 대한 해석이다. 이제까지 우리는 개화기 시가 다음에 이루어진 국면을 『태서문예신보(泰西文藝新報)』, 『창조』, 『폐허』, 『백조(白潮)』 동인의 등장, 활약과 함께 열린 것으로 보아왔다. 또한 그 단계에서 우리 문학과 시의 추동력(推動力)이 된 힘을 낭만파, 세기말 사조, 상징주의의 갈래에 드는 서구 근대 문예사조의 영향으로 잡아왔다.

1) 만해(萬海) 한용운(韓龍雲)의 시, 「알 수 없어요」

일체의 창작 활동에서 힘의 원천을 이루는 것은 두 가지다. 그 하나가 새로운 문체와 형태, 의식 등 양면에 걸친 지평 타개를 위한 노력이다. 범벅한 시각으로 보면 모든 예술 활동은 낡은 허물을 벗어나 새로운 국면을 열어가는 창조 작업이다. 창조는 곧 새로운 차원을 구축하는 일이었는데 개화기의 우리 문학과 시가가 그 힘의 원천을 서구의 근대문학과 시에서 얻고자 한 것은 숨길 수 없는 사실이다. 그러나 이와 함께 창작 활동에서 또 하나의 추동력 구실을 해온 것이 있다. 그것이 지속성으로 이야기 될 수 있는 문화전통에 대한 인식이다. 어떤 창작 활동도 고유 요소에 속하는 그 자체의 문화전통에 맹목인 채 이루어지는 것은 없다. 우리가 이런 사실을 감안하는 경우 이제까지 우리는 한국 근대문학과 근대시를 해석, 평가하는 자리에서 너무 지나치게 해외추수주의의 길을 택한 느낌이 있다. 이런 양상을 지양, 극복하는 길은 다른 데 있지 않다. 이 자리에서라도 우리는 한국 근대시 작품 가운데 내장된 전통적 요소를 찾아내어야 한다. 이렇게 입각점을 새롭게 잡고 한국 근대시를 살피려는 경우 그 어느 경우보다도 주목의 과녁이 되어야 할 경우가 만해 한용운이다. 그 가운데서도 『님의 침묵(沈默)』에 실린 「알 수 없어요」 한 편은 한국 근대시사에서 마땅히 대서특필되어야 할 작품이다.[78]

> 바람도 없는 공중에 垂直의 波紋을 내이며 고요히 떨어지는 오동 잎은 누구의 발자최입니까?
>
> 지리한 장마 끝에 서풍에 몰려가는 무서운 검은 구름의 터진 틈으로, 언뜻 언뜻 보이는 푸른 하늘은 누구의 얼굴입니까?
>
> 꽃도 없는 깊은 나무에 푸른 이끼를 거쳐서 옛 塔 위에 고요한 하늘을 스치는 알 수 없는 향기는 누구의 입김입니까?
>
> 근원은 알지도 못할 곳에서 나서 돌부리를 울리고 가늘 게 흐르는 작은 시내는 굽이굽이 누구의 노래입니까?
>
> 연꽃같은 발꿈치로 가이 없는 바다를 밟고 옥같은 손으로 끝없는 하늘을 만지면서 떨어지는 해를 곱게 단장하는 저녁 놀은 누구의 詩입니까
>
> 타고 남은 재가 다시 기름이 됩니다. 그칠 줄을 모르고 타는 나의 가슴은 누구의 밤을 지키는 약한 등ㅅ불입니까
>
> ─ 「알 수 없어요」 전문

이 작품의 기능적인 이해를 위해서는 우선 그 의미 맥락을 차분하게 파

---

[78] 이에 대한 자세한 것은 김용직, 『님의 침묵 총체적 분석 연구』, 서정시학, 2010, 49~56쪽, 참조.

악할 필요가 있다. 이 작품의 첫째에서 다섯째 연까지의 형식상 주지(主旨)는 앞에서부터 차례로 오동잎, 푸른 하늘, 향기, 저녁 노을 등 자연의 일부인 구체적 사물들이다. 그것을 만해(萬海)는 각 행의 후반부를 통해 인간의 범주에 드는 발자취, 얼굴, 입김, 노래, 시 등의 객체로 전이시켰다. 이것으로 이 시에는 1차적인 화학적 변화가 일어나게 된다. 다시 그들이 "바람도 없는 공중에 수직의 파문을 내이며 떨어지는", "지리한 장마 끝에 서풍에 몰려가는 검은 구름의 터진 틈으로 언뜻 언뜻 보이는" 등의 수식어절을 거느리면서 두 번째 단계의 비유가 이루어진다. 이와 함께 이 시는 또다른 의미 맥락상 층을 갖게 된다. 이 국면에서 비유의 매체가 된 '얼굴'과 '입김', '노래', '시' 등이 전자와 달리 신비스러운 느낌과 함께 매우 짙은 정신주의의 분위기를 갖는다. 이런 사실에 유의하면서 이 작품의 마지막 연에 주목해야 한다.

　　　　타고 남은 재가 다시 기름이 됩니다

　이런 어조는 매우 단정적이어서 어떤 종교의 경전에 포함된 잠언(箴言)을 대할 때와 같은 느낌을 준다. 이에 반해 이 작품의 마지막 행 문장은 앞선 것과 그 구조가 사뭇 다르다. 여기서 우리가 특별히 주목해야 할 것이 "그칠 줄을 모르고 타는 나의 가슴은 누구의 밤을 지키는 약한 등불입니까"이다. 여기서 주지와 매체가 되고 있는 것은 '나의 가슴'이며, '누구의 밤을 지키는 약한 등불'이다. '나의 가슴'은 심의현상(心意現象)이지 그 자체로는 감각적 실체가 될 수 없다. 범박하게 말해서 사상, 관념의 비유 형태에 속한다. 그에 반해서 '등불'은 어엿하게 구체성을 가진 사물, 또는 객체다.

이 두 요소의 접합, 문맥화를 통하여 만해는 정신적인 범주에 드는 사상, 관념과 감각의 차원에 속하는 사물을 일체화시키고 있다. 말을 바꾸면 우리 자신의 정신세계, 또는 사상, 관념을 구체적 현상인 여러 물질적 객체와 동일한 문맥 속에 넣어 제3의 실체가 되게 했다. 이렇게 가닥을 잡고 보면「알 수 없어요」에서 의미의 역점이 어디에 있는가가 스스로 밝혀진다.

"타고 남은 재가 다시 기름이 됩니다." 이것은 이 작품에서 유일하게 평서문(平敍文)으로 이루어진 부분이다. 흔히 우리는 평서문인 경우, 그 의미 맥락 파악이 다른 형태의 문장보다 손쉽다고 생각한다. 그러나 이 작품을 올바로 읽으려는 사람에게 이제까지 우리 주변을 지배해온 그런 통념은 전혀 무의미하다. 그 실에 있어서 우리는 '타고 남은 재'가 어떻게 다시 기름이 될 수 있는지 도리어 강한 의문을 품게 된다.

여기서 제기되는 의문을 풀기 위해 우리는 부득이「알 수 없어요」의 외재적인 정보를 이용하지 않을 수 없다. 이 작품의 작자는 널리 알려진 대로 당대의 선지식(禪知識)이며 고승대덕(高僧大德)이었던 한용운(韓龍雲)이다. 그는 스스로가 가진 수도, 정진과정에서 터득한 유심철학(唯心哲學)의 경지를 이 시의 뼈대로 삼았다. 여기서 의미 내용의 줄기가 되고 있는 것은 불교의 기본 원리 가운데 하나인 연기설(緣起說)인 것이다.

그러니까「알 수 없어요」는 불교의 법보론에서 중심 개념이 되는 인연사상을 바탕으로 한 작품이다. 이해의 편의를 위해 다시 유식론의 뼈대를 풀이해보기로 한다. 불교에서는 우주를 구성하는 삼라만상을 연기사상으로 설명한다. 이 세상의 삼라만상은 인연이 있어 모이면 그것이 유(有)가 되며 실체를 이룬다. 그러나 인연이 사라지면 모든 것은 무(無)이며 공(空)으로 돌아간다. 이런 경지에 이르기 위해서 불교는 분별과 망상의 구별을

없애야 한다. 그런데 그런 경지에 이르기 위해서는 주관과 객관의 대립을 넘어서 삼라만상을 그대로 터득해야 한다. 만해의 「알 수 없어요」는 이런 유무상생(有無相生), 불감부증(不減不增), 불생불멸(不生不滅)의 차원을 바탕으로 삼은 것이다.

그런데 『님의 침묵』에서 이 작품이 단연 돋보이는 것은 그것이 단순하게 유심철학의 경지를 노래한 데 그치지 않은 점에 있다. 유심철학이나 하느님의 섭리를 소재 상태에서 노래한 시를 우리는 사상, 관념을 제재로 한 시, 곧 관념시라고 한다. 관념시는 이념이나 사상을 앞세운 데 그치고 그것을 예술작품의 형성화에 요구되는 시적(詩的) 의장(意匠)으로 문맥화시켜내지 못한 시다. 따라서 그것은 좋은 시로 평가될 수 있는 자격, 요건을 갖추지 못한 것이다. 그에 반해서 사상, 관념을 시적 의장으로 훌륭하게 빚어낸 시를 우리는 형이상시(形而上詩)라고 한다.

형이상시의 개념을 문예비평의 용어로 자리매김시킨 것은 서구의 현대비평이다. 그 흐름을 대표하는 것이 영미계의 신비평가들이다. 신비평가 가운데 J. C. 랜섬은 본체론의 시각에서 시를 세 개의 유형으로 나누었다. 물리시(Physical Poetry), 관념시(Platonic Poetry), 형이상시(Metaphysical Poetry)가 그들이다. 랜섬에 따르면 물리시는 소재 자체에 질적 변화를 가하지 않은 가운데 거기에 선명한 심상을 제시해낸 시다. 그에 반해서 관념시는 사상 관념이 소재 상태에서 그대로 드러나는 시, 또는 우리 자신의 내면세계가 감각적 차원을 통해서 심상으로 제시되지 못한 시를 가리킨다.[79]

랜섬에 의해 이상적인 시로 생각된 것이 사상, 관념을 알맹이로 한 가운데 거기에 신선한 감각이 깃들게 한 시, 곧 관념의 심상화가 이루어진 시다. 이것을 랜섬은 형이상시라고 정의했다. T. S. 엘리엇은 이런 생각을 그 나름대로 재해석하여 형이상시를 "사상을 장미의 향기처럼 느끼게 만든 시"라고 하였다.[80] 앞에서 이루어진 작품 분석을 통해서 우리는 '타고 남은 재'가 기름이 되는 차원과 그에 대응되는 '그칠 줄을 모르고 타는 나의 가슴' = '누구의 밤을 지키는 약한 등불'의 세계가 일체화된 사실을 읽을 수 있다. 이것으로 심의현상에 지나지 않은 '나의 가슴'이 감각적 실체가 된 것이다. 다시 말하면 만해가 「알 수 없어요」를 통하여 완전무결하게 초공(超空)과, 진여(眞如), 불립문자(不立文字)의 경지를 장미의 향기처럼 느끼게 만들도록 한 기적을 실현시킨 셈이다. 이와 함께 우리는 만해의 이 작품이 1920년대 중반기라는 우리 현대시의 초창기에 발표된 사실도 지나쳐버려서는 안 된다. 이 연대에 우리 시와 시단은 아직 근대사의 초창기에 속해 있었다. 그럼에도 만해의 이 작품은 그 본고장인 영미계의 작품에서도 찾아보기 힘들 정도로 훌륭한 형이상시의 국면을 타개해낸 것이다.

2) 『님의 침묵』의 원천, 문화전통으로서의 한시

형이상시의 이론에 따라 만해의 시를 살피게 되면 우리 뇌리에는 또 하나의 의문이 고개를 쳐들게 된다. 우리 근대시단에서 만해 이전에 그처럼 제1원리(第一原理)의 차원을 바탕으로 삼고 아름다운 서정시를 만들어

---

79 J. C. Ransom, "A Note on Ontology", *Perspectives on Poetry*, Oxford Univ. Press, 1968, p.36, p.40.
80 T. S. Eliot, "The Metaphysical Poets", *Selected Essays of T. S. Eliot*, New York, Harcourt, Brace and Co., p.247.

낸 시인은 달리 발견되지 않는다. 그러니까 만해는 한국 근대시사의 초창기에 등장하여 우리 시단에 형이상시라는 값진 선물을 우리에게 안겨준 시인인 것이다. 이 놀라운 성과를 가능하게 만든 비밀의 열쇠는 어디에서 찾아야 할 것인가. 이 경우에 우리가 살펴야 할 것이 만해가 주재해서 발간한『유심(惟心)』이다. 구체적으로『유심』창간호에는 그 권두에 한글 시로서는 만해의 처녀작인「심(心)」이 실려 있다.[81]

心은 心이니라

心만 心이 아니라 非心도 心이니

心外에는 何物도 無하니라

生도 心이오 死도 心이니라

無窮花도 心이요 薔薇花도 心이니라

好漢도 心이오 賤丈夫도 心이니라

…(중략)…

心은 何時라도 何事何物에라도

心 自體뿐이니라

心은 絕對며 自由며 萬能이니라

얼핏 보아도 드러나는 바와 같이 이 작품의 중심어사는 '심(心)'이다. 본래 심은 불교의 선정(禪定)에서 첫 번째 화두가 되는 말이다. 불교 가운데도 화엄종은 '마음'을 화두로 삼고 그 해석을 통해 해탈, 돈오(頓悟), 지견(知見)의 경지를 열고자 한다. 이때 우리에게 크게 참고가 되는 것이 당(唐)의 상찰선사(常察禪師)가 자신이 터득한 깨달음의 경지를 적어 끼치는「십

81 『惟心』1호, 1918. 9, 2~3쪽.

현담(十玄談)」이다. 이 유심철학(唯心哲學)의 한 경전을 일찍 만해가 해독하여 쉬운 우리말로 풀어 쓴 것이 있다. 그 허두의 「심인(心印)」 부분을 보면 비(批) 다음에 주(註)가 있다.

心本無體 離相絕跡 心足假客 更用印爲
마음은 본래 형체가 없는 것이라 모양도 여의고 자취도 끊어졌다.
마음이라는 것부터가 거짓 이름인데 어찌 다시 印이라는
말을 쓸 수 있으리요.[82]

여기서 '심인(心印)'이란 심주(心珠), 심경(心境), 심월(心月), 심원(心源)이라고도 하는 것으로, 요컨대 인간 의식의 다른 호칭인 동시에 세계 인식의 차원을 가리킨다. 이때의 그것은 불교식 오성(悟性)을 위한 한 차원이므로 명백히 사상, 관념의 범주에 속하는 것이다. 이런 정신의 경지를 만해는 초기 작품에서 예술적 의장을 개입시키지 못한 채 직설적인 형태로 적었다. 「심」이 바로 그 가운데 하나다. 이 작품은 랜섬식으로 말하면 관념시의 뚜렷한 보기에 해당된다.

여기서 우리는 「심」이 1918년 말 『유심』을 통해 발표된 사실을 다시 기억해두어야 한다. 이 단계에 이르기까지 만해는 한글을 표현매체로 한 형이상시 쓰기의 기법을 터득하지 못한 상태였다. 이렇게 근대적인 차원의 시에 전혀 문외한이었던 만해가 7년 뒤에 『님의 침묵』을 내었다. 거기에 「알 수 없어요」와 같은 고차원의 형이상시가 수록되어 있다. 이것은 에누

---

82 韓龍雲, 「十玄談註解」, 『韓龍雲全集』, 신구문화사, 1973, 336쪽.

리 없이 말해서 우리 시단 안팎을 뒤흔든 돌발 사태였고 나아가 우리 근대시사에서 형이상시가 나타난 일대 사건이었다. 대체 이런 놀라운 성과가 가능했던 비밀의 열쇠는 어디에 있었던 것인가. 이렇게 제기되는 의문을 풀기위해서 우리는 한국의 고전문학기 시가 양식 가운데 한시의 갈래가 있음을 기억해내어야 한다.

이미 되풀이된 바와 같이 서구적 충격이 가해지기 전까지 한시는 우리 주변의 시인들이 가장 많이 쓴 시가 양식인 동시에 그 질적인 수준도 높았다. 고전문학기의 한시인(漢詩人)들 가운데는 불교의 고승대덕이 다수 포함되어 있었다. 그들의 시에는 자연 제1원리의 세계, 형이상의 차원이 담기게 되었다. 한글 시를 쓰기 전 한용운은 이와 같은 한시를 배우고 익혔다.

> 사나이 가는 곳이 어디 고향 아니리만
> 그 몇몇이 나그네로 시름에 젖었던가
> 한마디 크게 외쳐 왼 우주를 흔들려니
> 눈 속에 복숭아 꽃 송이송이 흩날린다.

> 男兒到處是故鄉 幾人長在客愁中
> 一聲喝破三千界 雪裏桃花片片紅

이 작품은 만해의 오도송(悟道頌)이다. 불교에서 오도송이란 수도자가 정진, 참선 중에 깨친 해탈, 견성(見性)의 경지를 읊은 것이다. 만해가 터득한 오성(悟性)의 경지는 '일성갈파삼천계(一聲喝破三千界)'로 나타난다. 이 제1원리의 세계를 만해는 다음 행에서 '설리도화편편홍(雪裏桃花片片紅)'이라고 노래했다. 이것으로 우리는 고도의 정신세계가 흰 눈과 복숭아꽃의 붉은 빛깔로 전이되어 채색도 선명하게 감각적 실체로 바뀌게 되었음을 본다. 참고로 이 시의 제작 시기는 1917년 말이다.[83] 이것으로 우리는 이 한시가 『님의 침묵』이 나오기 9년 전에 쓰여졌음을 알 수 있다. 여기서 우리는 「알 수 없어요」를 쓰기 전에 만해가 이미 제1원리의 세계를 작품화할 능력을 가지고 있었음을 알게 된다.

우리 이야기가 여기에 이르게 되면 또 하나 우리가 검토해볼 과제가 있음을 느낀다. 불교의 오도송에 나오는 말은 워낙 논리의 비약이 심하다. 그 나머지 그 기법이 혹시 우연의 결과가 아닐지 의혹을 일으킬 여지가 생긴다. 이렇게 일어나는 의문을 해소하기 위해 우리는 만해의 또 다른 한시를 검토해볼 필요가 있다.

> 우주의 무궁한 조화로 하여
> 옛 그대로 절집 가득 매화 피었다
> 고개 들어 三生의 일 물으렸더니
> 유마경 읽는 사이 거의 진 꽃들
>
> 宇宙百年大活計 寒梅依舊滿禪家
> 回頭欲問三生事 一秩維摩半落化
>
> —「매화꽃이 짐에 생각이 있어(觀落梅有感)」

이 작품의 1차 소재에 해당되는 것은 봄날 절집 뜨락에 가득하게 핀 매

---

83 崔台鎬, 『萬海芝薰의 漢詩』, 은하출판사, 1972. 부록, 만해시 영인을 보면 이 시의 제목이 「丁巳十二月三日夜十時頃坐禪中」으로 되어 있다.

화꽃이다. 물리적인 차원이라면 그것은 나뭇가지 위에 꽃이 핀 일이며 자연현상의 하나일 뿐이다. 만해는 이 행에 앞서 '우주백년대활계(宇宙百年大活計)'라는 구절을 선행시켰다. 이것은 이 시의 으뜸 제재가 자연현상의 차원을 넘어선 것으로 어엿하게 사상 관념, 그것도 제1원리의 차원에 이른 정신세계를 앞세우고 있음을 뜻한다. '회두욕문삼생사(回頭欲問三生事)' 이하는 그런 정신의 경지를 더욱 확충하여 공고하게 만든 부분이다. 이것으로 이 시는 만해가 평생을 걸어 화두로 삼은 불교의 제1원리에 바탕을 둔 것이 되었다. 그런 선지식이 여기서 봄날 절집에 가득 피어 넘치는 기운으로 봄을 알리는 매화와 일체화가 된 것이다. 그와 아울러 '일질유마반락화(一秩維摩半落化)'로 이 한시는 정신의 깊이와 사상, 관념의 경지를 장미의 향기처럼 느끼게 만들어내었다.[84] 『님의 침묵』 이전에 이미 만해는 이렇듯 형이상시를 만들 수 있는 기법상의 요체를 터득한 것이다.

　이제 우리는 명백하게 한 가지 사실을 알게 되었다. 「알 수 없어요」와 같은 작품을 만해가 만들어낸 비밀은 그것을 기적으로 돌릴 일이 아니다. 만해는 한시의 전통에 우리말이 가지는 맛과 느낌을 접합시킴으로써 우리 현대시의 고전적 유산인 「알 수 없어요」와 같은 작품을 만들어낸 것이다. 한국 문학사에서 한시가 차지하는 비중에 대해서는 이미 거듭 확인한 바와 같다. 그것은 우리 문화와 문학사에 나타나는 가장 높은 산맥이며 넓은 들판을 가로지르며 흘러내린 푸른 가람이다. 우리는 뜻밖에도

84　『萬海한용운전집』에는 '一秩維摩半落花'에서 '一秩'이 '一秋'로 되어 있다. 7언절구 측기식 결구의 허두 제2성에 평성이 오는 것은 금기다. 따라서 '一秋'는 '一秩'의 오식으로 고쳐져야 한다.

『님의 침묵』의 내용과 기법 속에 그런 한시의 줄기가 듬직하게 자리를 차지하고 있음을 확인했다. 이것으로 우리는 한국 근대시의 구조 속에 전통문화의 뿌리가 매우 넓게, 그리고 깊숙하게 뻗어 있음을 실감하지 않을 수 없다.

제2부

비평과 분석

옥수수 밭의 갑주(甲胄) 부딪히는 소리

— 이상론(李箱論)

1. 매개항으로서의 이태준

> 옥수수 밭은 일대 관병식입니다. 바람이 불면 갑주(甲胄) 부딪히는
> 소리가 우수수 납니다. …(중략)… 팔봉산(八峯山)에서 총소리가 들
> 렸습니다. 장엄한 예포(禮砲) 소리가 분명합니다. 그러나 그것은 내
> 곁에서 소조(小鳥)의 간을 떨어트린 공기총 소리였습니다. 그러면 옥
> 수수 밭에서 백, 황, 흑 회(白黃黑灰), 또 백, 가지 각색의 개가 퍽 여
> 러 마리 열을 지어서 걸어나옵니다. 센슈얼한 계절의 흥분이 이 코
> 삭크 관병식을 한층 더 화려하게 합니다.
>
> — 이상, 「권태」에서

민족해방의 날인 8·15를 우리 또래는 초등학교의 막바지 때 맞았다.
태극기를 처음 손에 들게 되고 나서 얼마 동안 우리는 축제 기분에 들뜰
수 있었다. 그러나 곧 그에 이어 야기된 것이 어른들의 좌우(左右) 편가르
기와 정치, 사회적 혼란이었다. 낙동강 상류의 시골 소읍에 지나지 않는
우리 고장에도 정치적 구호와 집단시위가 꼬리를 물었다. 9월 중순경에

새 나라의 학교가 시작되었으나 우리 교실에는 국어 교과서가 배포되지 않았다. 단기 강습을 받은 선생님들이 판서로 가르치는 수업 방식에 따라 우리는 새롭게 배우게 된 우리 글을 신기하게 생각하며 읽어나갔다.

초등학교에 이어 내가 다닌 것은 군청 소재지의 실업계 중학교였지만 거기서도 군정청 학무국 발행의 국어 교과서는 제때에 공급되지 않았다. 그 공백을 메우기 위해 국어시간에는 이태준(李泰俊)의 『문학강화』가 교재로 쓰였다.

강산이 일곱 번이나 바뀐 70년 전의 일이다. 지금은 어렴풋해져버린 내 기억으로는 그때 우리가 배운 글에 김소월의 「예전엔 미처 몰랐어요」, 정지용의 「해협」 등에 이어 이상(李箱)의 수필 한 구절이 있었다. "옥수수 밭"으로 시작하는 이상의 말솜씨는 막 감수성이 열리기 시작한 우리 몇몇을 놀라게 했다. 그날 국어 시간이 끝난 다음 나는 복도까지 선생님을 따라가면서 작가 이상에 대해서 더 알고 싶은데 혹 우리가 읽을 좋은 글이 있는지 사뢰어보았다. 선생님의 답은 '잘 모르겠다'였고 대신 내 어깨를 치시면서 "앞으로 김 군이 그 분야를 착실히 공부하라"는 말씀을 붙이셨다.

내가 이태준이 정지용과 함께 이상의 문단 활동에 적극적인 후견자였고 특히 그의 출세작인 「오감도(烏瞰圖)」를 신문사의 편집진과 일반 독자의 빗발치는 항의를 무릅쓰고 『조선중앙일보』에 발표토록 한 바로 그 장본인이라는 사실을 안 것은 국어 시간의 일이 있고 난 다음의 훨씬 후일담(後日譚)이다. 당시를 회상하면 지금도 내 뇌리에는 흑백영화의 자막 구절처럼 떠오르는 말들이 있다. "옥수수 밭은 일대 관병식입니다. 바람이 불면 갑주 부딪히는 소리가 우수수 납니다."

2. 하나의 자의식, 박제가 되어버린 천재

> 박제(剝製)가 되어버린 천재를 아시오. …(중략)…
> 십구세기(十九世紀)는 될 수 있는 대로 봉쇄해버리오. 도스토예프
> 스키 정신이란 자칫하면 낭비인 것 같소.
> ― 소설「날개」, 허두의 말

국어 시간의 일을 입사식(入社式)처럼 치르고 난 다음 곧 나는 결코 가볍
지가 않은 문학 편집증을 앓기 시작했다. 새로 나온 시집, 창작집이 발견
되면 닥치는 대로 구해 읽기로 했고 그 정도의 얼치기 지식으로 친구들을
붙들고 한국시와 세계문학을 두루 아는 것처럼 떠벌리고 다녔다. 그런 학
교생활이 두어 해가 지난 다음 나는 터무니없게도 시골 소읍의 학교생활
에 얼마간의 휴지 기간을 갖기로 했다. 8 · 15 직후 학원 내외는 풍문과
잡보의 난무장 같았다. 학우들 대부분은 정치 정세의 소용돌이에서 자유
롭지 못했고 장래의 전망 비슷한 것도 갖고 있지 않은 듯 보였다. 어떻든
나는 이수(履修) 학년이 두어 해가 지나자 가족들과 한마디 상의도 없이
무작정 서울행 기차표를 샀다. 그러고는 며칠간 종로와 을지로 주변을 어
슬렁거렸는데 그런 갈피에 들어선 어느 책방에서 잉크 냄새도 새로운 백
양당(白楊堂) 발간『이상선집』을 발견했다(1949년 초판).

책을 손에 들기까지 나는 이상이 소설「날개」의 작자이며 괴기하고 난
해한 시를 쓴 전력을 가진 시인이라고만 알고 있었다. 그런 선입견과 함
께 펼쳐본『이상선집』은 뜻밖에도 제1부가 소설로 되어 있었다. 그들을
읽어가면서 나는 적지 않게 이상하다는 생각을 곱씹었다. 그 무렵까지 나
는 한국의 소설 문장이 모두 국문체로 쓰인 것이라고 배웠다. 그런데「날

개」의 허두에는 한자가 그대로 노출되어 나왔다. 「봉별기(逢別記)」는 아예 국한문 혼용체였다. 「지주회시(蜘蛛會豕)」의 문장은 더욱 나를 혼란스럽게 만들었다. 거기에는 처음부터 띄어쓰기가 무시된 줄글이 나왔고 소설 문장에서 필수로 생각된 대화와 지문(地文)의 구별도 제대로 이루어지지 않고 있었다.

아리스토텔레스식 분류에 따르면 일찍부터 시는 서정시, 서사시, 극시 등으로 분류되어왔다. 이 개념이 근대에 접어들면서 크게 바뀌었다. 새삼스레 밝힐 것도 없이 서구의 근대는 신(神) 중심 체제에서 인간 해방을 기한 시민계층의 대두로 그 막이 열렸다. 교회 중심 체제를 배제하면서 시도된 이 시민계층 중심의 사회운동은 당연한 사태의 귀결로 종교적 권위주의를 배제했다. 그와 함께 일상적인 것, 또는 현실 그 자체에 밀착된 세계 인식의 차원이 추구되기 시작했다. 문학작품에서는 영웅과 초인(超人)이 배제되고 그 대신 일상적 인간이 그 주역이 되었다. 거기에 운문을 배제한 형태의 문장, 곧 산문이 습합되면서 근대 산문 예술로서의 소설이 탄생한 것이다.

한마디로 근대소설은 현실적으로 살아 움직이는 인간을 주인공이 되게 했다. 현실적으로 살아 움직이는 인간이 제대로 부각되기 위해서는 그들이 성격을 가져야 했다. 그와 함께 그들이 일으키는 사건도 신화나 전설처럼 황당무계의 차원에서 벗어나야 했다. 이것으로 제기된 것이 사건과 사건 사이에 인과감을 갖게 하는 플롯의 개념이다. 뿐만 아니라 근대 소설의 주역은 시민계층의 집약 형태인 부르주아지들이다. 부르주아지들의 세계는 몽상적인 것이 아니라 현실에 밀착된 것 일 수밖에 없었다. 여기서 바로 성격 창조, 인과율을 통한 플롯 감각 확보, 현장성을 기조로 한 무대 배경 설정 등 근대 소설의 3대 요소가 자리를 잡게 된 것이다.

그런데 『이상선집』을 통해 내가 읽게 된 「날개」에는 이 근대소설의 창작 원리가 깡그리 실종된 채 나타나지 않았다. 「날개」에서 '나'는 그저 나태한 인간일 뿐, 제 나름의 의식을 가진 행동을 하지 않는다. 의식적 행동을 하지 않는 인물에 성격의 유무를 찾는 것은 우물에서 숭늉 찾기와 같다. 이런 의미에서 최재서(崔載瑞)가 이상의 「날개」론에서 그것을 "레알리즘의 심화, 확대"라고 한 것은 정곡에서 빗나간 생각이다. 「지주회시」에는 뚜렷한 등장인물이 포착되지 않는다. 따라서 거기에는 발자크나 스탕달, 플로베르의 소설에 나오는 사건이 성립될 수가 없는 것이다. 그 사이에 개재하는 인과감도 존재하지 않는다. 이것은 「지주회시」가 근대소설의 기본 요건인 플롯 개념을 완전 무시 내지, 배제한 것임을 뜻한다.

이제 우리는 「날개」의 허두에서 쓴 이상의 말을 다시 음미할 차례다. 거기서 '천재'는 이상이 자신을 가리킨 은유 형태의 표현이다. 대체 이상은 그의 대표작 첫머리에서 독자들의 빈축을 예견하고 남을 이런 말을 무엇 때문에 썼던 것인가. 이렇게 제기되는 의문을 풀기 위해 우리는 이 말 앞에 나오는 수식어절 "박제가 되어버린"를 지나쳐버려서는 안 된다. 이런 말로 미루어 「날개」나 「지주회시」를 쓸 때 이상은 그의 소설이 그와 동시대의 독자들에게 재대로 읽혀 평가될 수 있으리라고 기대하지는 않은 것 같다. 그럼에도 그가 왜 자신의 재주를 남다른 것으로 말했는가. 이에 대한 해답은 그가 말한 "19세기 봉쇄론"에 은유 형태로 담겨 있다. 19세기식 작품을 쓴 대표 작가로 이상은 도스토예프스키를 생각했다. 매우 독특하기는 하지만 「죄와 벌」에서 도스토예프스키는 라스콜리니코프라는 인물을 등장시키고 있다. 그가 심리적인 갈등과 함께 노파를 살해한 것 역시 다른 소설에서는 찾을 길이 없는 특이한 사건의 설정이다. 여기서 우리는 이상의 19세기 봉쇄론이 바로 도스토예프스키로 대표되는 서구 소설들에 대한 부정, 배제임을 알 수 있다.

이렇게 보면 이상이 스스로를 천재라고 자부한 까닭도 저절로 명백해진다. 1930년대의 우리 문단은 아직 19세기식 시와 소설 작법의 테두리를 맴돌고 있었다. 그런 상황 속에서 이상은 플롯과 성격 창조를 배제한 소설을 썼다. 그것은 바로 낡은 시대를 봉쇄하고 새 시대를 열기를 기한 이상 나름의 필사적 시도였던 것이다. 그러면서 이상은 우리 시와 소설을 위한 전위적 시도가 일반 독자와 우리 평단의 몰이해로 난파 상태가 되리라는 것도 일찍부터 예견하고 있었다. 얼핏 엉뚱하게만 생각되는 이상의 자기 자신을 가리켜 말한 천재 발언의 바닥에는 이와 같은 그 나름의 시대의식이 전제되어 있었던 것이다.

3. 현대를 향한 질주, 또는 파괴 지상의 미학

H. 리드는 산문의 언어가 건축적인 데 반해 시의 언어를 집약적이라고 했다. 우리가 현대시의 속성을 기능적으로 파악하고자 한다면 그의 이런 발언에 각별한 주의가 있어야 한다. 앞에서 이미 드러난 바와 같이 근대 문학기에 접어들면서 서사시와 극시는 산문 예술화되었다. 산문 예술은 운문과 달라서 말을 사용하는 데 그에 부수되는 여러 제약 조건에서 자유로울 수 있었다(운문에서 행과 연에 대한 배려라든가 그 밖에 정형성을 살리기 위한 두운이나 각운 사용, 각 단어가 갖는 고저, 장단, 강약율 등을 살려쓰기 위한 의장을 고려할 필요가 있는 데 반해 산문은 그에서 자

유로운 것임). 뿐만 아니라 서사시와 극시의 흐름을 이어받았으므로 소설과 극시는 등장인물을 가져도 좋았고 그들이 플롯의 기본 요건인 사건의 주인공이 될 수 있었다. 이것은 이들 양식의 세계가 복합적이며 매우 개방적일 수 있음을 뜻한다.

시는 소설이나 희곡과 달리 주정문학(主情文學)이었다. 주정문학은 기본적으로 자기 자신, 곧 자아를 노래할 수밖에 없었다. 산문 예술은 이에 반해서 얼마든지 정치, 사회, 문화 등 그 세계가 다양한 것일 수 있었다. 이런 여건으로 하여 근대 이후 시는 그 체적이 소설이나 희곡에 비해 상대적으로 짧은 양식이 되었다.

그러나 형태가 축소되어 그 길이가 짧게 되었다고 해서 시의 의미 내용이 상대적으로 오므라들 수는 없었다. 그럴 경우 시＝곧 서정시는 그 양감이 듬직하지 못하기 때문에 독자에게 부차적인 양식으로 취급될 수 있었기 때문이다. 이런 한계상황을 극복하기 위해 근대 이후의 시는 짤막한 형태에 많은 내용을 담을 수 있는 언어의 구조물이 되어야 했다. 그 길로 주목, 개발된 것이 언어의 상징적 기능 강화였고 함축적 의미를 증대시키는 일이었다. 이런 여건으로 하여 현대시는 그 의장으로 비유와 상징, 풍자, 위트 등 기법을 이용하는 데 각별한 노력을 기울였다. H. 리드가 말한 시적 언어의 집약적 이용설은 근대 이후 시의 언어가 갖게 된 바로 이런 속성을 가리킨다. 그런데 이상의 「오감도」를 보면 이런 현대시 작법의 공약수가 철저하게 무시되어 있다.

　　십삼인(十三人)의아해(兒孩)가도로로질주(疾走)하오.
　　(길은막달은골목이적당하오.)

제일(第一)의아해(兒孩)가무섭다고그리오.

제이(第二)의아해(兒孩)도무섭다고그리오.

제삼(第三)의아해(兒孩)도무섭다고그리오.

(⋯⋯⋯⋯⋯⋯⋯⋯⋯⋯⋯)

제십일(第十一)의아해(兒孩)기무섭다고그리오.

제십이(第十二)의아해(兒孩)도무섭다고그리오.

제십삼(第十三)의아해(兒孩)도무섭다고 그리오.

십삼인(十三人)의아해(兒孩)는무서운아해(兒孩)와무서워하는아해

(兒孩)와그렇게뿐이모였오.(다른 사정(事情)은업는것이차라리나았소)

그중(中)에일인(一人)의아해(兒孩)가무서운아해(兒孩)라도 좋소.

그중에이인(二人)의아해(兒孩)가무서운아해라도좋소.

그중에이인(二人)의아해(兒孩)가무서워하는아해(兒孩)라도좋소.

그중에일인(一人)의아해(兒孩)가무서워하는아해(兒孩)라도좋소.

(길은뚫린골목이라도적당(適當)하오)

십삼인(十三人)의아해(兒孩)가도로(道路)로질주(疾走)하지아니하여

도좋소.

— 이상, 「오감도」, 「시제1호」

위의 보기로 드러나는 바와 같이 이상의 시는 애초부터 언어의 집약적 사용과는 거리를 가졌다. 이상은 여기서 첫 행을 "제1인의 아해가 무섭다고 그리오"로 시작하고, 그에 이어 "제2인의 아해도 무섭다고 그리오 (⋯)" 투로 비슷한 문장을 나열했다. 이것은 명백히 언어를 집약적으로 사용할 것이 아니라 그 반대로 말들을 쓴 경우 곧 언어의 해사적(解辭的) 사용에 해당된다. 뿐만 아니라 같은 「오감도」인 제4, 5, 6호에 이르면 그 정도가 더욱 심하게 된다.

그가 쓴 일부 시에서 이상은 아예 말을 배제하고 그에 대체하여 아라비아 숫자를 뒤집어 나열한 작품을 썼다. 건축 도형의 메모로 생각되는 선을 제시한 작품이 있는가 하면 현대시의 실험성을 감안해보아도 그 의미의 맥락이 파악되지 않는 말들이 나열된 예도 나타난다. 이상이 등장하기 이전에도 우리 시단에서 시를 위한 혁신 시도는 끈질기게 거듭되었다. 그러나 그들에게는 언제나 불문율이 된 최저한의 공약수가 있었다. 그것이 시가 적어도 그 표현매체를 언어로 해야 할 것이라는 점이었다. 그럼에도 「오감도」로 대표되는 이상의 시에는 이 창작시의 절대 전제가 철저하게 부정, 배제되어버린 작품이 있다. 대체 우리는 이상 시에 나타나는 이런 단면을 어떻게 받아들여야 할 것인가. 제기되는 의문을 풀기 위해 우리는 일단 20세기에 접어든 다음 이루어진 서구 시의 정신 풍토를 감안할 필요가 있다.

19세기 말까지 서구의 문학은 대체로 시에서 낭만주의, 소설에서 사실주의가 주조를 이루면서 형성, 전개되었다. 낭만주의나 사실주의의 기조를 이룬 것이 인간 해방을 중심축으로 한 자아 추구이며 시민정신임은 이미 지적된 대로다. 인간의 정신 활동에서 자유를 최대 미덕으로 생각한 이들 의식 성향은 시와 예술에서 부르주아 미학을 성립시켰다. 부르주아 미학의 전제가 된 것은 이성의 지배를 통한 세계질서의 확립이었고 합리의 정신을 축으로 한 역사 발전의 가능성에 대한 믿음이었다. 그런데 20세기에 이르자 이 이성과 합리의 체계에 대한 믿음이 근본적으로 흔들리기 시작했다. 19세기가 막을 내린 시기부터 세계 각지에는 합리의 정신에 위배되는 부조리와 폭력이 그것도 동시다발로 여기저기서 나타났다. 이유를 설명할 길이 없는 혼란이 꼬리를 물었고 지역과 종족 간에 무의미한 갈등과 충돌도 빈번하게 야기되었다. 이런 상황을 뼈아프게 생각한 서구의 전위예술가들이 기성 예술의 가치 체계를 전면 부정하고 나섰다. 당연히 그들은 부르주아 예술의 관습과 기법에 종지부를 찍고자 했다. 그 선진을 담당한 것이 표현파, 입체파, 미래파와 DADA 등이다. DADA를 주도한 T. 차라는 그들 이전의 시와 예술들의 미학 체계를 근본적으로 배제하는 것이 새로운 문학의 지름길이라고 생각했다. 그 길로 생각한 것이 시의 표현매체인 언어를 모독, 배제하는 일이었다.

> 신문을 들어라. 가위를 들어라. 당신의 시(詩)에 알맞겠다고 생각되는 분량의 기사를 신문에서 골라내라. 그 기사를 오려라. 그 기사를 형성하는 모든 낱말을 조금씩 조심스럽게 잘라서 부대 속에 넣어라. 조용히 흔들어라. 그다음엔 자른 조각을 하나씩 하나씩 꺼내어라. 부대에서 나온 순서대로 정성들여 베껴라. 그럼 시(詩)는 당신과 닮을 것이다. 그리하여 당신은 무한히 독창적이며, 매혹적인 감수성을 지닌, 그러면서 무지한 대중에겐 이해되지 않는 작가가 될 것이다.
>
> ― T. 차라, 「다다시를 쓰기 위해」,
> 송재영, 「다다/쉬르레알리슴 선언」(1991)에서 재인용

4. 표본두개골과 웃음, 초현실의 세계

이상의 시에 나오는 도형의 이용이라든가 숫자의 나열은 입체파의 경우에 대비된다. 아폴리네르에게는 「말의 시」, 「심장, 왕관, 그리고 거울」 등의 작품이 있다. 거기서 그는 활자로 말이나 왕관 모양을 만든 작품을 썼다. 이들 대륙식 모더니즘 시의 초기 형태에 속하는 실험시를 이상은

일본 전위시인들의 작품을 통해 수용했다. 따라서 「오감도」에 나타나는 도형의 이용이나 지나칠 정도인 말의 해사적(解辭的) 사용은 현해탄을 매개항으로 한 서구 실험시들의 수입 형태인 셈이다.

여기서 우리에게는 하나의 의문이 제기된다. 『이상선집』의 시부를 보면 김기림은 DADA와 미래파, 표현파 등 초기 모더니즘계 시를 수록시키지 않고 있다. 그러면서 「이런 시」와 「꽃나무」, 「一九三三, 六. 一」 등 초현실주의계 시는 「오감도」 이전에 발표된 작품들까지를 가려 뽑아서 싣고 있는 것이다.

> 벌판한복판에 꽃나무하나가 있오. 近處에는 꽃나무가하나도없오. 꽃나무는제가생각하는꽃나무를 熱心으로생각하는것처럼 熱心으로 꽃을피워가지고섰오. 꽃나무는제가생각하는꽃나무에게갈수가없소. 나는막달아났오. 한꽃나무를爲하여 그러는것처럼 나는참그런이상스러운숭내를내었소.
>
> —「꽃나무」 전문, 『카톨릭청년』, 1934. 7.

얼핏 보아도 나타나는 바와 같이 이 시에서 이상은 적어도 표현매체인 언어의 의미 자체를 배제하지 않았다. 다만 시의 바닥에 깔린 의식은 기성 시인의 그것과는 사뭇 다르다. 정상적인 차원에서라면 꽃나무는 식물의 일종일 뿐이다. 식물의 일종인 나무가 그 나름의 사고 작용을 가질 리가 없다. 그런 꽃나무를 이상은 생각을 가진 것처럼 적고 있다. 이것은 시에서 매체의 속성을 뒤집어놓은 것으로 꿈과 현실을 혼동하고 있는 경우다. 이런 의식의 착란 상태는 그 뿌리가 초현실주의의 세계에 닿아 있다.

두루 알려진 것처럼 초현실주의 운동에서 기폭제 역할을 한 것은 앙드레 브르통이다. 브르통은 제1차 세계대전 때 프랑스군에 입대하여 낭트의 병원에서 인턴으로 근무했다. 그 이전에 그는 포병대에서 신병 교육을 받은 것으로 나타나는데 거기에서 훗날 강한 충격을 받은 아폴리네르를 알게 되었다. 브르통은 그 병원에서 이 전위시인이 두뇌 절개 수술을 받은 직후 면담을 하게 된 것이다.

훗날 브르통 자신이 회상한 바에 의하면 이때의 일은 그가 초현실주의 기법을 생각하는 데 결정적인 계기를 지어주었다. 그 이전의 여러 전위예술들, 곧 표현파에서 DADA에 이르는 대륙식 모더니즘계 시는 부르주아 미학에 의거한 문학을 배제하기 위해 표현매체로서의 말들이 일상적인 의미 기능을 갖지 못하도록 하는데만 주력했다. 그 부수 형태로 작품에 수식(數式)의 기호가 쓰이고 도형이나 점과 선이 이용된 것이다. 그런데 본래 전위예술의 궁극적 목적은 기성의 제도나 굴레를 벗어던지는 일 그 차제보다 그를 통해 새로운 예술의 지평을 열어가는 것에 있었다. 그런데 초현실주의 출현 이전의 전위예술에서 그것은 다분히 암중모색(暗中摸索)의 상태를 맴돌았을 뿐이다. 이에 반해서 앙드레 브르통은 낭트의 병원에서 익힌 심층심리 이론을 토대로 이것을 새로운 시 창작 기법으로 이용했다. 프로이트의 방법을 통해 의식의 틀에 갇힌 부르주아 미학을 일거에 기능적으로 극복할 길을 마련하고자 한 것이다. 이것으로 시가 새로운 자아, 곧 인간의 내면세계를 그 본바탕으로 차원이 구축된 셈이다.

브르통에 의해 토대가 닦인 초현실주의의 시 쓰기에서 가장 기초적인 방법으로 대두된 것이 자동기술법이다. 이 경우 브르통은 초현실주의의 근거로 정신병자의 무의식 상태에 주목했다. 정신병자의 일종인 편집증 환자는 일상생활의 실제와 몽환 상태를 구별하지 못한다. 그들은 두 가지를 완전히 혼동 내지 일체화시킨다. 초현실주의자들은 이런 의식의 착란 현상이 새로운 시의 길일 수 있음에 착안했다. 환자의 몽환상 태에 의거해서 그것을 자동적으로 받아쓰는 일이 새로운 시의 길로 생각된 것이다.

> 쉬르레알리즘 : 남성 명사. 마음의 자연스러운 현상으로서의, 이것으로 인하여 사람이 입으로 말하든 붓으로 쓰든 또는 다른 방법에 의해서건 간에 사고의 참된 움직임을 표현하는 것, 이것은 또한 이성에 의한 어떤 감독도 받지 않고 심미적인 또는 윤리적인 관심을 완전히 떠나서 행해지는 사고의 받아쓰기.

이런 시각에서 보면 이상의 시에는 바로 초현실주의 시학의 모범답안에 해당되는 작품이 있다. "웃을 수 있는 시간을 가진 표본두개골(標本頭蓋骨)에 근육이 없다".[1] 물리적인 차원에서 우리 자신의 웃음이란 생명력을 가지며 일상생활에서 여유를 누릴 수 있는 사람들이 유쾌한 심리 상태가 되면 나타내는 생리현상이다. 그러니까 정상적인 의식 상태, 곧 몽환 상태가 아닌 경우 표본 두개골이라는 객체는 웃을 수 없다. 그러나 제대로 의식을 갖지 못한 환각 상태의 사람들은 그와 다르다. 그들에게는 생명력을 갖지 못한 표본 두개골의 경우라도 시간만 있으면 웃을 수 있다고 생각한다. 이것은 꿈과 현실을 혼동하고 두 객체, 곧 장성적인 인간의 얼굴과 인공 표본인 두개골을 구별하지 못하는 정신 상태다. 이상의 시는 그들 두 객체의 속성을 혼동한 상태에서 그것을 그대로 적은 것이다. 이것은 이 작품이 1930년대 중반의 우리 시단에서 최첨단에 속하는 창작 기

---

1 「정식(正式) 3」, 『카톨릭 청년』 23호, 1935. 4, 화보 도판 참조.

법을 통해서 이루어진 시임을 뜻한다.

두루 알려진 바와 같이 그가 살아생전에 이상의 시는 무슨 잠꼬대냐 미친놈의 개수작이냐 등으로 빗발치는 비난, 공격의 표적이 되었다. 그의 마지막이 스스로 막다른 골목을 느낀 우리 땅을 벗어나 유럽 문명의 어설픈 모방의 도시인(김기림에게 보낸 이상의 사신 일절) 도쿄에서 빚어진 사실도 널리 알려진 바와 같다. 거기서 그는 사상불온 혐의로 악명 높은 일제의 고등경찰에 의해 체포, 투옥되었다. 그로 하여 빚어진 각혈로 26년 7개월의 인생을 이역만리의 병실에서 마감한 시인이 이상이다. 한마디로 불우 그 자체인 그의 인생과 예술은 그러나 우리 현대문학 연구가 본격화된 1950년대 이후 전위와 실험문학의 대명사가 되었다. 오늘 우리 주변에서 그가 우리 현대문학사에서 가장 강한 자기장 구실을 하였고 유별나게 충격적인 말들을 쓴 시인임을 의심하는 사람은 아무도 없다.

시의 짜임새와 생명력

1. 정지용 대 이상

이상(李箱)이 등장하기 직전까지 우리 시단에서 현대시인의 대명사로 생각된 이름은 정지용(鄭芝溶)이었다. 그는 당시 우리 주변을 지배한 세기말, 낭만파적 기질의 언어 사용에 제동을 건 시인이다. 그에 앞선 창조파(創造派) 일부와 『폐허(廢墟)』, 『백조(白潮)』 동인들의 시는 대체로 윤곽이 흐리고 애매몽롱한 분위기에 싸여 있었다. 그에 반해 정지용의 시는 구체적 물상을 다루었으며 채색도 영롱한 심상을 제시했다. 이 경우 우리가 들어야 할 것이 「향수(鄕愁)」의 한 구절이다. "얼룩백이 황소가 헤설피 금빛 게으른 울음을 우는 곳". 이 시가 나오기 전까지 거의 모든 시에서 향수는 관념의 범주에 속하는 단어였다. 그것을 지용은 영롱 그 자체인 감각적 실체로 바꾸어놓은 것이다.

이상은 시작 활동 초기에 지용과 아주 대조적인 시를 쓴 시인이다. 문단에 정식 등단하기 전 그는 일문(日文)으로 작품을 썼다. 거기서 그는 거침 없이 대수나 기하에 쓰이는 수식기호를 섞어서 썼다. 이상의 그런 방종, 일탈(逸脫)의 상태가 어느 정도 지양된 것이 1932년도부터다. 이 해에 그는 정지용의 추천에 힘입어 「꽃나무」, 「이런 시(詩)」 등 다섯 편의 시를 『카톨릭 청년(靑年)』을 통해 발표했다.

> 벌판한복판에 꽃나무하나가 있오. 近處에는 꽃나무가하나도없오. 꽃나무는제가생각하는꽃나무를 熱心으로생각하는것처럼 熱心으로 꽃을피워가지고섰오. 꽃나무는제가생각하는꽃나무에게갈수가없소. 나는막달아났오. 한꽃나무를爲하여 그러는것처럼 나는참그런이상 스러운숭내를내었소.
>
> ― 「꽃나무」 전문

피상적으로 치면 이 작품의 문장은 당시 우리 시단의 다른 시인들이 쓴 것과 크게 다르지 않다. 당시 우리 시인들의 문장은 대개 주어와 술어, 목적어나 보어로 이루어져 있었다. 그에 대해 이 작품의 문장들도 표면상 같은 형식을 취하고 있는 것이다. 그러나 이런 겉보기를 넘어서 우리가 차분하게 이 시의 의미 맥락을 살피게 되면 이야기의 방향이 사뭇 달라진다. 물리적인 차원에 그치는 것이라면 꽃나무는 말할 것도 없이 식물의 한 종류다. 식물의 일부인 꽃나무가 사람처럼 의식을 가지고 있을 리 없다. 그런데 이상은 그런 "꽃나무"를 두고 "열심으로 꽃을 피우고 섰오."라고 했다.

이 작품 다음 다음 행에 나오는 비약은 더욱 엉뚱하다. 이에 이르기까지 이상의 시에는 화자와 꽃나무의 관계를 가늠하게 만들어주는 아무런 장치도 설정되지 않았다. 그럼에도 여기에는 아닌 밤에 홍두깨 격으로

"나는 막달아났오"의 한 줄이 삽입되어 있는 것이다.

여기서 우리가 시의 문장이 산문과 달리 때로 논리상의 비약과 일탈을 감히 할 수 있다는 사실을 상기해도 우리가 가질 수 있는 결론 내용은 크게 달라지지 않는다. 본래 시의 문장이 갖는 논리상의 비약과 일탈은 한 가지 사실이 선행될 때만 그 의의가 인정된다. 그 가늠자 구실을 하는 것이 비유, 상징 등의 기법을 통해서 형식, 또는 표면적인 논리의 모순을 지양시킬 수 있는 의장(意匠)이 있는가 아닌가 여부다. 그럼에도 위의 보기로 나타나는바 「꽃나무」에는 그런 전제 요건이 마련되어 있지 않다. 이런 이상의 시에 대비되는 정지용의 시 역시 당시 우리 시단의 평균 수준으로 보아 넉넉하게 신선한 말들을 쓴 것이었다. 그럼에도 그의 시 문장은 당시 우리 시단의 관례로 보아 아주 엉뚱한 것은 아니었다. 그렇다면 이상의 시에 나타나는 일탈과 방종은 어떻게 설명될 수 있는가. 이 경우에 우리는 지용의 시에 대해 이례적이라고 할 정도로 상찬과 흠선의 말을 이상이 보낸 적이 있음을 상기해야 한다.

〈나의 애송시(愛誦詩)〉
지용(芝溶)의 「유리창」, 또는 지용의 「말」 중간, 검정콩 푸렁콩을 주마라는 대문이 저에게는 한량없이 매력있는 발성(發聲)입니다.

2. 극렬 시학의 제도권 인식

유리에 차고 슬픈 것이 어린 거린다
열없이 불어서서 입김을 흐리우니

길들은 양 언 날개를 파다거린다
지우고 보고 지우고 보아도
새까만 밤이 밀려 나가고 밀려와 부딪치고
물먹은 별이, 반짝 寶石처럼 백힌다
한 밤에 홀로 유리를 닦는 것은
외로운 황홀한 심사이어니
고흔 肺血管이 찢어진채로
아아, 늬는 山ㅅ새처럼 날아갔구나

— 정지용, 「유리창」 전문

얼핏 보아도 나타나는 바와 같이 이 시의 주조가 되고 있는 것은 화자가 느낀 비애의 감정이다. 정지용은 그것을 "폐혈관이 찢어진 채 산ㅅ새처럼", 이승을 떠나가 버린 어린것의 심상으로 제시했다. 이제 우리는 이 시를 기능적으로 이해하기 위해 이보다 한발 앞서 발표된 「바다」, 「호면(湖面)」, 「갑판(甲板) 위」, 「향수(鄕愁)」, 「오월소식(五月消息)」 등과 이 작품을 대비 검토해보아야 한다.

바다는 뿔뿔이
달아 날랴고 했다

푸른 도마뱀 떼 같이
제재 발렸다

꼬리가 이루
잡히지 않았다

흰 발톱에 찢긴

珊瑚 보다 붉고 슬픈 생채기!

가까스로 몰아붙이고
변죽을 돌려 손질하여 물기를 식혔다

이 앨쓴 海圖에
손을 씻고 떼었다

찰찰 넘치도록
돌돌 굴르도록

회동그란히 받쳐 들었다!

地球는 蓮 잎인 양
오므라들고 ····· 펴고 ·····

— 「바다」 전문

　이 작품에서 바다는 파충류의 하나인 도마뱀과 일체화되어 있다. 바다
의 잔물결을 이 시는 떼를 지어 움직이는 파충류의 심상으로 제시하고 있
는 것이다. 여기서 이 시의 시간은 해돋이나 낙조 무렵으로 유추될 수 있
다. 아침에 붉은 햇살을 받게 되면 바다는 왼통 선홍빛 물살이 되어 일렁
일 것이다. 낙조 때 바다에도 그와 꼭 같은 풍경이 나타날 수 있다. 이것
을 지용이 예각적으로 포착하여 "흰 발톱에 찢긴/산호보다 붉은 상채기!"
라고 노래한 것이다. 그런데 이상은 이런 지용의 초기 시를 뒷전에 돌리
고 특히 「유리창」과 「말」을 추거했다.

　이상(李箱)의 「말」에 대한 평가는 그 논리가 비교적 단순하다. 그가 태어

나서 자란 시대는 일제 식민지 체제하였다. 식민지 체제하에서 일제는 각급 학교의 우리말 교과목을 중요 과목이 아닌 군소 과목으로 격하시켰다 (그것도 일제 말기에는 아예 교육과목에서 제외해버렸다). 전문 교육과정에서 이상은 이공계를 전공했다. 공교육(公教育)에서 그는 한 번도 우리말을 제대로 익힐 기회를 갖지 못한 것이다.

본래 우리말은 그 강한 특징의 하나로 모음과 자음의 재고량이 다른 언어에 비해 두드러지게 풍부하다. 인구어나 일본어 등 세계의 대부분 언어들은 그 자음이 대체로 2중 조직으로 되어 있다. 그러나 우리말은 그와 사정이 크게 다르다. 이 경우 보기가 되는 것이 'ㄱ'과 'ㅂ', 'ㄷ' 등의 자음이다. 'ㄱ'계의 유형에 속하는 소리로 우리말에는 'ㄱ′', 'ㄲ', 'ㅋ'가 있으며 'ㄷ'계로는 'ㄷ′', 'ㄸ', 'ㅌ' 등이 있다. 모음의 경우에는 그 갈래가 더욱 많다. 양모음계의 'ㅏ'와 같은 갈래가 되는 우리말 모음에는 'ㅑ', 'ㅐ', 'ㅒ' 등과 고어에 쓰인 'ㆍ'가 있으며 'ㅓ'의 갈래에는 'ㅕ', 'ㅔ', 'ㅖ' 등이 있다. 이들 자음 모음의 순열과 조합을 통해 우리말은 매우 다양한 음성 상징상의 효과를 낼 수 있다.

이상이 주목한 '푸렁'은 그 원형이 형용사 '푸르다'다. 그러나 같은 관형사형이라고 하더라도 '푸른'과 '푸렁'의 음색과 음상(音相)은 사뭇 다르다. 전자가 단순하게 빛깔을 표현하는 데 그치는 것이라면 '푸른'에 대한 '푸렁'은 그 내포에 질감과 양감 등이 아울러 담기게 된다. 이렇게 보면 이상이 「말」의 한 부분에 대한 상찬은 일찍 그가 인식하지 못한 우리말의 결과 맛, 멋을 지용의 시를 읽고 나서 깨치게 된 나머지 나오게 된 것이다.

그러나 「유리창」에 부친 이상의 발언은 위의 경우와 그 차원을 달리한다. 이 작품의 소재가 되어 있는 것은 미처 강보를 벗어나지 못한 채 웃거나 칭얼댈 나이의 어린 아기다. 그 천사 같은 어린것이 어느 날 '고흔 폐혈관이 찢어진 채' 이승을 떠나가버렸다. 살뜰하게 그가 생각나는 밤 화자는 사무치는 그리움과 함께 아가의 얼굴이라도 떠오르라고 유리창을 닦아본다. 이렇게 읽어보면 이 시의 주조가 되고 있는 것은 슬픔이며 소리 없이 흐르는 눈물이다. 이 비애의 감정을 지용은 유리창에 떠오르는 '산새'의(가버린 아가의 모습) 심상으로 제시하고 나아가 그것을 보석처럼 빛나는─물먹은 별과 일체화시켰다. 이것으로 이 작품은 심의현상(心意現象)에 지나지 않은 마음, 또는 감정을 테두리가 뚜렷한 그림으로 제시해낸 셈이다.

그러면서 이 작품은 「바다」나 「향수」와 다른 변별적 특징도 가지고 있다. 앞에서 이미 우리는 「바다」와 「향수」가 채색도 선명한 심상으로 이루어져 있음을 살폈다. 그에 반해서 「유리창」의 색조는 어느 편인가 하면 원색적이 아니다. 이 경우 어두움이 깃든 유리창에 떠오르는 아가의 모습은 동양화의 한 갈래인 수묵화의 그것에 가깝다. 본래 동양화의 한 갈래인 수묵화는 야단스러운 빛깔이 아닌 먹 빛깔을 주조로 하고 이루어진다. 그것으로 인간과 우주의 비의를 그려내기를 기하는 것이 수묵화의 근본 속성이다. 수학 과정에서 서구의 기하학적 문화를 배우고 익힌 이상에게 지용의 시가 갖는 이런 경지는 상당한 충격이었을 것이다. 그 나머지 그는 이례적이라고 할 정도로 지용의 시에 대해 후한 평가를 내린 것이다.

한국 현대시의 생명력을 진단하는 이 자리에서 우리는 잠정적 결론을 가져볼 수 있다. 우리 이전의 세대나 우리에게 시는 언어를 갈고 다듬어내는 결정체로 인식되었다. 그러나 그것은 어디까지나 전제일 뿐 그 자체가 최종 목표이거나 궁극적인 차원은 아니다. 이상의 발언에 내포되고 있는 바와 같이 우리의 앞 세대에 속하는 1930년대의 우리 시인들의 시에 대한 인식은 그 이상의 것이었다. 그들에게 시는 말의 예술인 동시에 그 이상의 차원—모양과 빛깔, 말의 소리와 결과 맛과 멋을 한자리에 아우르는 조직인 동시에 그를 통하여 우리 자신의 정서를 일깨우고 심성(心性)을 다스리는 정화장치 구실도 했다. 이상(李箱)의 발언을 통하여 우리는 그런 사실을 확인해야 한다.

3. 현대시의 구조적 특징

너무나 당연한 말로 우리가 쉽게 잦아들지 않고 오랜 세월의 풍상에도 시들지 않는 시를 만들어내려면 아름답고 훌륭한 작품을 써야 한다. 이때의 아름다운 시, 좋은 시란 잘 짜여진 말로 이루어진 시를 가리키며 구조적인 탄력감을 가진 작품을 가리킨다. 알렌 테이트는 좋은 시와 그렇지 못한 시를 판별하는 기준으로 대중언어(大衆言語, mass language)의 개념을 제시하고 텐션(tention)의 이론을 도입했다. 그에 따르면 시의 언어와 대중이 일상생활에서 쓰는 언어는 전혀 그 성격이 다르다. 일상생활에서 사람들이 쓰는 말은 의사 전달의 도구인 데 그친다. 그런 차원의 언어는 대체로 생활의 편의를 위해 사용된다. 그러므로 거기에는 인간과 세계를 새롭게 포착, 제시하는 데 요구되는 통찰력이나 정교함이 전제되지 않는다. 대중언어에 의한 시의 보기로 테이트는 J. 톰슨의 「포도나무(The Vine)」를 들었다.

사랑의 음악은 술

사랑의 향연은 노래 :
사랑이 잔치 마당에 자리잡을 때
사랑은 긴 시간 떠날 줄 모른다

The wine of love is music,
And the feast of love is song:
When love sits down to banquet,
Love sits long

테이트에 따르면 이 시에서 음악과 노래는 개념 지시의 테두리가 명백하지 않다. 첫 줄의 '음악'은 둘째 줄에 쓰여도 무방한 말이며 둘째 줄의 '노래' 또한 첫 줄의 '음악'과 교체되어도 상관이 없게 된다. 이렇게 보면 이 시에 쓰인 말들은 시의 짜임새를 계산에 넣고 쓰인 것이 아니라 그 전 단계에 머문 채 말을 어림짐작으로 쓴 예가 되어버린다.

테이트가 제기한 텐션(긴장)의 이론은 개념 지시 —또는 문자적 의미(extention)와 함축적 의미 — 비유(intention)의 개념을 전제로 한다. ten-sion이라는 새 조어 자체가 extention과 intention에서 접두사인 ex-와 in-을 제거하고 이루어진 것이다. 흔히 우리는 좋은 작품, 양질가편(良質佳篇)이라고 생각되는 시를 통해 구체적 심상, 또는 일정한 테두리를 가진 정경을 얻는다. 그다음 단계에서 우리는 고양되는 정감을 느끼며 거기서 어떤 힘 같은 것도 얻어낼 수 있다. 그런데 테이트에 따르면 이때의 감흥 자체가 말의 개념상 의미와 비유적 의미가 서로 상호작용하는 상태에서 생긴다. 즉 전자와 후자가 한 작품 속에서 서로 밀고 당기는 가운데 빚어지는 긴장 관계가 좋은 시의 요건이 된다.

나는 텐션이란 말을 일반적인 비유로서가 아니라 특수한 비유로 사용한다. 그것은 논리학의 용어인 문자적 의미(extention)와 비유적 의미(intention)에서 접두사를 제거한 것이다. 내가 말하고자 하는 것은, 시의 의미란 시의 텐션이다. 시 속에 발견되는 모든 문자적 의미와 비유적 의미를 유기적으로 조직한 총체가 그것이다. 시에서 추출되는 어떤 엉뚱한 비유적 의미도 말뜻 그대로에 의한 문자적 의미를 부정하지 않는다. 말들은 뜻 그대로의 해석에서 출발하여 조금씩 복잡한 의미를 전개시킬 수도 있다. 그리고 그 발전의 어느 단계에 있어서도 걸음을 멈추고, 파악된 의미를 설명해낼 수 있다. 그럼에도 불구하고 그 의미는 수미일관(首尾一貫)한 게 될 것이다.

— A. 테이트, 「시에 있어서의 텐션」,
The Man of Letters in the Modern World, 1958

동족상잔의 슬픈 동란인 6 · 25를 우리 또래는 10대 중반기에 치렀다. 38선 근처에서 전선이 교착된 다음 적과 우군 그 어느 쪽도 승자가 아닌 채 휴전 협정이 체결되었다. 서울이 수복되자 우리는 어렵사리 기회를 얻어 지망 대학에 원서를 내었다. 그 결과 지망 대학에 등록하는 행운을 얻었다. 일단 학부에 이름을 올렸으나 수복 직후의 우리 대학은 수학 여건이 매우 좋지 않았다. 캠퍼스 여기저기에는 미군이 주둔할 때 쓴 병영 표시가 그대로 남아 있었다. 도서관이나 연구실에서는 통풍이나 난방 장치가 가동되지 않았고 강의실에서는 때때로 북악산 너머 방향에서 발사되는 듯한 포격 소리가 유리창을 흔들 정도로 들렸다. 교정이나 복도에서는 드물지 않게 군복을 입은 선배나 동기들이 오고 갔다. 그들의 가슴에 상이가장이 달린 것을 보면서 까닭 없이 목울대가 막히어 고개를 돌린 것은 나 혼자만의 체험이 아니었을 것이다.

그 무렵 우리 대학 캠퍼스는 서로 성향을 달리하는 두 개의 인문과학적 명제가 화제로 떠올랐다. 그 하나가 영미계의 문예비평 방법인 뉴 크리티시즘이었고, 다른 하나가 20세기 들어서 전경화(前景化)된 대륙 쪽의 실존철학이었다. 우리가 학부에 진학했을 때 한국문학의 연구는 고전작품의 어휘 해독과 주석을 뜻하는 서지주석학이나 시인 작가의 이력서 사항을 밝혀가는 전기 연구에 치우쳐 있었다. 그런 고전문학 연구에 매력을 느끼지 못한 우리는 제대로 된 청사진도 마련하지 못한 채 전공 분야를 현대문학으로 잡았다. 얼마 동안 암중모색 상태에서 현대문학 작품, 특히 시들을 읽고자 하다가 곧 우리는 심한 낭패감에 사로 잡혔다. 당시 우리 또래의 지식 수준은 두어 권의 개설서를 넘겨본 정도에 그쳐 있었다. 그런 실력으로는 음성구조와 의미구조의 복합체이며 비유와 상징의 집약적 조직체인 시의 구조 분석이 제대로 이루어질 리가 없었다. 문학 연구를 계속할 것인가 단념할 것인가 그렇게 진로를 결정하지 못한 우리가 어깨 너머로 얻어들은 것이 뉴 크리티시즘의 이름이었다. 시를 읽되 그것을 배경, 여건과 분리해서 "꽃을 꽃으로만 본다"라는 행동 지표를 내세운 이 절대주의 분석 비평의 존재는 그 직전까지 갈 길을 알지 못하고 헤맨 우리에게 새로 수용된 종교의 복음과도 같았다. 지금 내가 시의 조직을 말하고 그 구조 분석을 감히 들먹이게 된 것은 전적으로 당시 내가 읽고 익힌 신비평의 덕이다.

　신비평이 시의 구조 분석 이론으로 수용된 데 반해서 실존주의는 문학 연구의 초년병인 우리에게 또 다른 지적 자극 계열로 다가왔다. 그 무렵까지 우리는 거의 모두가 우리 자신을 환경의 지배를 받는 존재로만 생각했다. 이렇게 보수 유생의 후예로 태어난 나는 인간을 관습적인 문화와 시대, 상황, 또는 외재적 여건을 뜻하는 예속(禮俗)과 사회규범의 좌표 위에서 생각하는 버릇이 있었다. 그에 대해서 실존철학은 인간을 그 본질 자체로 파악하기를 기하는 사조, 경향이었다. 우리 자신의 본질을 실존철학은 '존재'라고 했다. 키에르케고르식으로 말하면 본격 인간론에서 우리 자신을 일상생활의 좌표 위에 놓고 논의하는 것은 무의미한 것이었다. 일상적 차원에서 인간은 쾌락을 추구한다. 그것은 우리 자신을 존재 망각이라는 병에 걸리게 만들며 그 결과 우리는 죽음에 이르게 된다는 것이었다. 이 존재 망각의 상태에서 우리를 건져내기 위한 길로 실존철학은 우리가 존재의 구경인 '무'와 대결할 것을 요구했다. 그런 마음의 자세를 실존철학은 참여의 정신이라고 했다. 그러니까 이때의 참여는 존재 망각에 맞서는 개념으로 우리 자신의 일상적 현실과는 무관한 형이상의 차원이었다.

그런데 수복 직후의 우리 시와 평단은 이 실존철학의 용어를 직역으로 받아들인 것이 아니라 적지 않게 왜곡 수용했다. 구체적으로 이때의 참여는 존재 탐구를 뜻한 것이 아니라 우리와 동시대 문학이 모름지기 역사, 현실에 눈떠 있어야 할 것이라는 개념으로 사용되었다.

4. 순수 대 참여의 문제 : 서정주와 이용악

돌이켜보면 참여 대 순수 논쟁에 점화 장치를 단 것은 시인 자신들이 아니라 비평가들이었다. 수복 직후 우리 문단에는 상당수의 신예 비평가들이 포진하게 되었다. 그들은 문예 조직으로 현대비평가협회를 만들었다. 그들은 입을 모아 선배 문인들을 공격하고 나섰는데 그 중심 이슈 가운데 하나가 기성 시인과 작가의 작품에 참여가 빠져 있고 현실도피, 순수의 그림자가 깃들었다는 것이었다. 당시 기성 문인들의 최대 조직이 한국문인협회였다. 그런 이유로 하여 현대비평가협회의 화살은 주로 문인협회 소속 회원들 쪽으로 겨냥되었다.

당시 문인협회의 시 분과는 8 · 15 직후 조선문학가동맹의 목적의식 문학론과 맞서 싸운 청년문학가협회(靑年文學家協會) 출신들이 주축을 이루고 있었다. 그 구성원들이 서정주(徐廷柱), 유치환(柳致環) 등과 청록파 3인인 조지훈(趙芝薰), 박두진(朴斗鎭), 박목월(朴木月) 등이었다. 유치환은 당시이미 6 · 25 동란 체험을 노래한 시집 『보병(步兵)과 더브러』를 가지고 있었다. 조지훈에게도 비장한 목소리로 전선 체험을 읊은 「다부원(多富院)에서」, 「죽령(竹嶺)을 넘으며」 등의 작품이 있었다. 박두진은 바로 고조된 가락으로 전투 결의를 고취한 「6 · 25 기념 노래」의 작사자였다. 이런 사정들이 작용하여 참여 논자들의 화살은 주로 서정주를 향해 날아갔다. 그무렵 몇 편의 작품을 통해 서정주는 신라의 정신세계를 노래했다. 1956년도에 나온 『신라초(新羅抄)』에는 신라인의 세계가 풍류, 영생의 차원에이른 것이라는 내용의 작품이 담겼다. 참여 논자들은 그들 작품을 전후의각박한 상황을 외면한 현실도피 문학이라고 비판했다. 그렇다면 이때 현대비평가협회의 서정주 비판은 전면적인 진실이었던가. 6 · 25를 전후한서정주의 시는 민족적 현실을 외면한 도피문학에 그친 것인가. 이렇게 떠오르는 의문을 풀어보기 위해 여기서는 일단 8 · 15 직후 문학가동맹이현실참여 문학의 모범작으로 평가한 이용악(李庸岳)의 한 작품을 이끌어들이기로 한다. 그것과 서정주의 「풀리는 한강가에서」를 대비 검토함으로써제기된 의문을 풀어보기로 하는 것이다.

江물이 풀리다니
江물은 무엇하러 또 풀리는가
우리들의 무슨 서름 무슨 기쁨 때문에
江물은 또 풀리는가

기럭이 같이
서리 묻은 섣달의 기럭이 같이
하늘의 어름짱 가슴으로 깨치며
내 한평생을 울고 가려했더니

무어라 江물은 다시 풀리어
이 햇빛 이 물결을 내게 주는가

저 밈둘레나 쑥니풀 같은 것들
또 한번 고개숙여 보라함인가

黃土 언덕
꽃 喪興
떼 寡婦의 무리들
여기 서서 또 한번 더 바래보라 함인가

江 물이 풀리다니
江 물은 무엇하러 또 풀리는가
우리들의 무슨 서름 무슨 기쁨 때문에
江 물은 또 풀리는가

　　　　　　　　　— 서정주, 「풀리는 한강(漢江)가에서」 전문

　피빨이 섰다 집마다 지붕위 저리 산마다 산머리 우에 헐벗고 굶주
린 사람들의 피빨이 섰다.

누구를 위한 철도냐 누구를 위해 통트는 새벽이냐

멈춰라 어둠을 뚫고 불을 뿜으며 달려온 우리의 기관차 이제 또한 우리를 좀먹는 놈들의 창고와 창고 사이에만 느러놓은 철길이라면 차라리 우리의 가슴에 안해와 어린것들 가슴팍에 무거운 바퀴를 굴리자 피로서 물으리라 우리의 것을 우리에게 돌리라고 요구했을 뿐이다. 생명의 마지막 끄나푸리를 요구했을 뿐이다

(··)

며츨째이냐 농성한 기관구 테두리를 지키고 선 전사들이여 불꺼진 기관차를 끼고 옳소옳소 외치며 박수하는 똑같이 기름배인 검은 손들이어 교대 시간이 오면 두 눈 부릅뜨고 일선으로 나아 갈 전사, 함마며 피켙을 탄탄히 쥔 채 철길을 베고 곤히 잠든 동무들이며

피빨이 섰다. 집마다 지붕위 저리 산마다 산머리 우에 억울한 모든 사람들이 우리의 승리를 약속하는 피빨이 섰다.

— 이용악, 「기관구에서」 전문

서정주와 이용악은 다 같이 1930년대 후반기부터 한국 시단에 등장 활약한 시인들이다. 구체적으로 서정주는 1936년 『동아일보』 신춘문예에 응모한 「벽(壁)」이 당선되어 우리 문단에 등단했다. 그에 대해 이용악도 1930년대 중반기부터 『신인문학(新人文學)』, 『조선일보』를 통해 작품을 발표했고, 그에 이어 도쿄 유학생 때 김종한(金鍾漢)과 동인지 『이인(二人)』을 발간하여 우리 시단의 일각을 차지하게 되었다. 한때 이들 두 시인은 그 시의 질적 수준으로 오장환(吳章煥)과 함께 한국시단의 삼재(三才)로 평가

되었다.

8 · 15를 맞고 나자 외부 정세의 영향으로 서정주와 이용악의 교유관계는 크게 흔들렸다. 해방 직후 임화(林和), 김남천(金南天) 등은 조선공산당의 비호를 받으며 조선문학가동맹을 결성했다. 그 이전 카프에 가담한 적이 없는 이용악이 그에 참여, 그 시부위원(詩部委員)이 되어 문학가동맹 측이 내건 유한계급의 문학이 아닌 근로 대중, 곧 인민에 봉사하는 시를 썼다. 서정주는 그와 달리 8 · 15 직후부터 우파(右派)의 문예조직인 청년문학가협회에 관계했고 작품 경향도 문학가동맹계가 비판, 배제한 예술성 우선주의에 입각했다.

이와 같은 배경 여건과 함께 서정주와 이용악의 시가 기능적으로 이해되려면 두 작품이 구체적으로 분석, 검토되어야 한다. 「풀리는 한강가에서」는 1948년 3월호 『신천지(新天地)』를 통해서 발표되었다(발표 당시 제목 「한강가에서」). 여기서는 이 작품의 발표 시기가 8 · 15 직후인 점이 특히 주목되어야 한다. 그 무렵 우리 사회는 일제의 기반에서 풀려나 해방이 되었다고 해도 식민지 체제가 빚어낸 민족적 핍박과 수탈의 후유증으로 일반 시민들의 생활이 궁핍의 극에 달해 있었다. 국토는 분단되어 정치적 혼란이 거듭되었고 생산 시설이 가동되지 않아 실업자의 무리가 들끓었다. 서정주의 시는 당시 우리 사회의 그런 단면을 바닥에 깐 작품으로 생각되었다. 이것은 그의 시가 민족 현실을 전면적으로 망각한 것이 아님을 뜻한다.

이용악의 「기관구에서」는 문학가동맹 기관지인 『문학(文學)』 가을호에 실린 작품이다. 이 작품에는 「남조선 파업단에게 드리는 노래」라는 부제가 붙어 있는데 이것은 이 작품의 의도를 파악하는 데 놓쳐서는 안 될 부분이다. 8·15와 함께 일제가 물러가자 그 무렵까지 각자 분산 형태로 지하에 잠복해 있던 계급주의자들이 재빨리 조직을 재건하여 공산당을 만들었다. 당시 38선 이남에서 군정을 실시한 미군들도 초기에는 그들을 특별하게 규제, 간섭하지 않았다. 그에 편승하여 공산당은 38선 이남의 정치적 주도권을 장악하려 들었고 해가 바뀌게 되자 거듭 비합법, 폭력투쟁을 벌였다.

그들이 벌인 비합법 투쟁의 하나에 정판사(精版社) 위폐 사건이 있었다. 정판사는 조선공산당의 직속 인쇄 기관이었는데 그 인쇄 시설을 이용하여 당시 남한의 공식 화폐인 조선은행권을 공산당이 찍어낸 것이다. 이런 불법 사태가 야기되자 미군청은 공산당을 불법 단체로 규정했다. 박헌영 이하 간부들에게 체포령이 떨어졌다. 사태가 이에 이르자 지하조직화한 공산당은 합법 투쟁 노선에서 비합법, 폭력 투쟁 노선을 채택하고 그것을 신전술(新戰術) 노선이라고 표방했다.

공산당의 신전술 노선은 곧 그들의 산하 노동조직을 동원하여 총파업 투쟁을 전개하도록 지령했다. 이때 파업의 규모가 가장 큰 것이 전평(全評) 산하의 철도노조였다. 공산당의 지령으로 철도노조는 전국의 철도망을 마비시키는 총파업에 들어갔는데 그 파업 본부가 용산기관구에 설치되었다.

철도노조의 파업에 대해 처음 미군정 당국은 얼마간의 경찰력을 동원하여 노조원들의 직장 복귀를 종용하고 또한 파업단의 해산을 요구했다. 그러나 전평은 그에 응하지 않고 오히려 쇠붙이와 각목 등으로 무장한 행동대원들을 앞세우고 격렬하게 저항하기 시작하여 폭력사태가 야기되었다. 파업단에 경찰이 납치되어 부상자가 생기자 군정청도 강경 진압의 길을 택했다. 9월 30일 무장경찰 약 2천 명과 대한노총·건청·독촉 등 우익계의 파업단 해산 인력이 용산기관구를 포위했다. 전평 산하 철도 파업단에 대한 해산 작전이 시작된 것이다. 이런 사태에 직면하자 문학가동맹은 그들 조직에 속하는 시인, 작가들을 동원했다. 투쟁 현장에 동맹원들이 나가 노동자들을 격려, 선동하도록 지령을 내린 것이다. 이용악의「기관구에서」는 바로 이때에 작성된 시다.

얼핏 보아도 나타나는 바와 같이 이용악의 시는 참여문학론의 중요 단면이 되는 현장성이 두드러진다. 이미 지적된 바와 같이 이 작품은 철도 노조가 벌인 파업 본거지에 임해서 노동자들을 고무, 선동하기 위해 쓴 시다. 이때의 좌파 노동자들은 그들의 이른바 적대 세력인 미군정의 경찰력과 우익의 진압 병력을 향해 격렬한 항의 투쟁을 벌였다. 이용악은 그런 상황 속에서 그럼에도 비장한 각오로 파업 투쟁 본부를 지키는 노동자들을 향해 "멈춰라 어둠을 뚫고 불을 품으며 달려온 우리 기관차 이제 또한 우리를 좀먹는 놈들의 창고와 창고 사이에만 느려놓은 철길이라면 차라리 우리의 가슴에 어린것들 가슴팍에 무거운 바퀴를 굴리자(강조 – 필자)"라고 노래했다.

이데올로기, 또는 계급주의에 속하는 이념이 뼈대가 되어 있다는 감가상각 요인을 불문에 부치기로 하면 이런 구절은 투쟁문학의 속성인 현장성과 그와 맥락을 같이하는 박진감을 넉넉하게 가지고 있다. 그렇다면 파당의 논리를 떠나는 경우 이 시가 서정주의 경우보다 월등 훌륭한 시로 평가될 수 있는 것인가.「기관구에서」와 달리「풀리는 한강가에서」는 구체적 사건 현장이 제재가 된 시가 아니다. 일제의 침략전쟁과 8·15 후 국토 분단에서 빚어진 민족적 현실이 소재가 되어 있을 뿐 거기에는「기관구에서」에서와 같이 투쟁 현장이 등장하지도 않는다. 그만큼 이 시는 이용악의 것에 비해 그 현장성이 떨어지는 셈이다. 그러나 차분하게 검토해보면 서정주의 시에는 문학가동맹계의 투쟁시가 갖는 선동성을 일거에 능가하고도 남을 정도로 강한 시대 상황과 생활 현장에 관계된 목소리가 담겨 있다.

> 기럭이 같이
> 서리 묻은 섣달 기럭이 같이
> 하늘의 어름장 가슴으로 깨치며
> 내 한평생을 울고 가려 했더니

여기서 봄을 맞이하여 풀린 한강을 바라보는 화자는 그 자신을 날짐승인 기러기와 일체화시키고 있다. 그 기러기는 강이나 땅만이 아니라 하늘에 맞닿을 정도로 덩치가 큰 한을 가지고 있다. "하늘의 얼음장 가슴으로 깨치며 내 평생을 울고 가려 했더니". 여기서 우리는 다시 이 시가 8·15 직후에 제작된 사실을 기억해두어야 한다. 앞에서 이끌어 들인 테이트의 이론에 비추어보면 개념 지시를 전제로 한 전달 기능의 면에서 이용악의 시는 분명하게 서정주의 것에 몇 발자국 앞서는 작품이다. 거기 나타나는 말의 어세가 투쟁, 선동시의 요체가 되는 박진감을 가지고 있는 점도 간과될 일은 아니다. 그런데 이용악의 시에 나타나는 가락의 박진감은 그 어세가 철도 파업이라는 특수 상황에 힘입은 바가 크다. 이 작품이 지닌 현장감과 그 연장선상에서 이루어진 박진감은 그런 전제 여건을 제거해버리면 그 정도가 반토막이 될 것이다. 그러나 서정주의 「풀리는 한강가에서」는 그런 시간과 공간의 이식산(利息算)에서 어느 정도 자유롭다.

여기서 우리는 "황토 언덕/꽃 상여/떼 과부의 무리들/여기서서 다시 한 번 바래보라 함인가"를 다시 읽어볼 필요가 있다. 그 결과 서정주의 시가 갖는 현장감이 이용악처럼 관념의 형태가 아니라 감각적 실체로 다가선다. 뿐만 아니라 서정주의 시를 읽은 다음 우리가 갖게 되는 정서는 선동시의 속성이 되는 시간, 장소의 의존 형태도 아니다.

나는 수복 직후의 대학 구내 서점에서 구입한 시집을 통해서 이 시를 읽었다. 그리고 적지 않은 감명과 함께 그 바탕이 된 시대 상황을 6·25 동란이 아닌가 지레짐작했다. 이 시의 제작 시기가 그에 앞서는 8·15 직후라는 사실은 그 후 시인 자신이 다른 자리에서 쓴 산문을 통해서 알았다. 이것은 서정주와 이용악의 시가 지닌 바 음역(音域), 또는 그 질적인 수준을 파악하는 일에 한 기준이 될 수 있을 것이다. 즉 이용악의 시가 명백히 시간, 장소의 한계를 가진 것임에 반해 서정주의 시는 그로부터 어느 정도 자유로울 수 있을 것이라는 생각이다. 여기서 우리는 다시 테이트의 시각을 빌려보기로 한다. 시는 반드시 말의 지시성에 상관되는 현장성만으로 읽을 것이 아니다. 그와 교차 상태로 그 속에 어느 정도의 정서가 함축되어 있는가도 문제되어야 한다. 이제 우리가 그런 시각을 취할 때 「풀리는 한강가에서」는 명백히 이용악의 것보다 질적으로 우위에 서는 시다.

5. 마무리의 말

너무나 명백한 사실로 시는 문학의 한 갈래이며 예술의 한 양식이다. 문학, 예술의 한 양식인 시는 일찍부터 우리 문화전통의 심장부 구실을 해왔다. 그리하여 우리에게 시는 당연히 독자적 존재 의의와 가치 체계를 가진 예술 양식으로서의 자리를 차지해왔다. 이 경우 문제되는 독자적 존재 의의와 가치 체계의 개념은 물론 시가 상황, 여건과 완전히 별개의 것이라든가 자아의 좁은 울타리에 갇혀도 좋다는 해석을 허용하는 것이 아니다. 오히려 그와 반대로 우리가 말하는 참된 의미의 시는 시와 문학의 테두리 밖에 속하는 정치, 사회, 경제, 종교, 철학과 사상 체계를 두루 수용하면서 이루어지는 종합적 구조 조직이다. 이런 논리는 그 역도 참이다. 즉 우리가 올바르게 시를 읽는 길은 그것이 어떤 이념, 사상, 철학에 의거한 것인가를 지적하는 것으로 끝나는 것이 아니다. 이 경우에는 종교도 이데올로기도 그 예외는 아니다. 참으로 좋은 시, 오랜 생명력을 간직하게 되는 시는 그런 요소들을 얼마든지 이용하는 수용체가 되어야 한다. 그런 다음 그들을 아름다운 가락, 촘촘하면서 잘 짜여진 견고한 언어 조직으로 파악될 수 있어야 한다. 시를 두고 이루어지는 명품 가작과 졸작의 평가는 그를 통해서 이루어질 수밖에 없다. 이것이 우리가 시의 생명력을 두고 내릴 수 있는 최종인 동시에 최선의 판단이 될 것이다.

시와 역사적 상황
─ 친일문학의 해석 문제

1. 제기되는 문제

여기서 논의될 친일문학이란 일제 암흑기의 특수 상황으로 하여 우리 문단에 야기된 반민족, 이단의 문학을 가리킨다. 식민지 시대의 막바지에 일제의 군부는 우리 시인, 작가들에게 황도정신(皇道精神) 진작(振作)을 강요하고 그들의 침략전쟁을 성전(聖戰)으로 미화, 찬양하는 시와 소설 쓰기를 독려했다. 여기서 검토될 친일문학은 일제의 그런 무단, 강압 정책에 호응하여 민족의 이익과 긍지를 매도해버린 굴종과 배역의 문학을 가리킨다.

흔히 일컫는 대로 시와 예술에 국경은 없다. 그러나 그것을 쓰는 시인과 작가에게는 엄연하게 태어난 고장이 있고 그를 낳아서 길러준 핏줄이 있다. 그런 시인, 작가가 식민주의자들의 일방적 압제와, 강요가 있었다고는 하지만 압제자에게 무릎을 꿇고 제 나라, 겨레의 존재 의의와 문화 전통을 부정한 채 침략자의 주구(走狗) 행위를 한 것은 비판을 받아 마땅하다.

그러나 이때의 비판이 제대로 된 분석과 검토 절차를 뒷전에 돌린 채 이루어진 논리 이전의 감정 발산에 그쳐선 안 된다. 이제까지 우리 주변에서 이루어진 친일문학론에는 이 전제 요건을 충족시키지 못한 예가 없지 않았다. 이 작업은 얼마간의 사례를 통해 거기서 생긴 논리적 한계를 지양, 극복하는 데에 목적을 둔다.

2. 진영의 논리, 그 한계

돌이켜보면 우리 문단에서 친일문학 문제를 최초로 거론, 쟁점화한 것은 문학가동맹계였다. 문학가동맹은 8·15를 맞고 나자 카프의 소장파 출신인 임화(林和), 김남천(金南天) 등의 주동으로 조직되었다. 발족과 함께 문학가동맹은 행동강령의 하나로 민족문학 건설과 함께 일제 잔재 청산을 내걸었다.

8·15 직후의 임화, 김남천에게는 그들이 카프에 참여한 이후 반식민지, 저항문학을 주도했다는 자긍심 같은 것이 있었다. 그것을 밑천으로 그들은 식민지 체제하에서 일제에게 굴종을 일삼은 문인들을 우파 민족진영계로 잡았다. 구체적으로 그 테두리에는 문학가동맹보다 한 발 늦게 발족한 문필가협회와 청년문학가협회 참가자들 이름이 포함되었다. 이들을 문학가동맹계는 일제의 국책문학 협력분자들이라고 단정했다. 그 반대편에 선 그들 자신을 항일저항 노선을 걸은 진정한 민족문학자 집단으로 표방한 것이다.

8·15 직후 문학가동맹계가 표방한 우파, 민족진영계의 시와 소설, 친

일 반역의 문학, 그와 맞선 좌파 문학가동맹계 문학, 반일 저항문학의 분류는 사상, 이념을 독주시킨 가운데 이루어진 것으로 객관성이 결여된 것이었다. 실제 일제 암흑기에 우리 시인, 작가들이 보여준 행동 궤적을 살피면 문학가동맹계의 자영 논리가 갖는 허구성이 명백하게 드러난다. 이미 드러난 바와 같이 임화는 문학가동맹을 발족시킨 주동자였고 그 강령에 일제 잔재 소탕을 명문화시킨 장본인이다. 그런 그가 황군위문작가단(皇軍慰問作家團) 구성 때에는 그 실행위원으로 참가했다. 뿐만 아니라 그는 일제의 군부가 획책한 우리 청장년의 징병제를 제재로 한 영화 「기미(君)と보꾸(僕)」의 대본을 교열하였고 그 기획에도 참여했다(이때의 일이 적극 친일 행위로 규정되어 남로당계 숙청 때 친일, 반역 행위의 죄과가 있다고 단죄되는 빌미가 되기까지 했다. 이에 대한 자세한 것은 졸고, 『임화문학연구(林和文學研究)』(샘, 1999) 중 「간추린 임화의 생애」 참조).

문학가동맹계 시인 작가들에 국한된 전과(前過) 불문 현상은 자리가 카프 고수분자들의 경우로 옮겨지면 더욱 가속화되어 나타난다. 여기서 카프 고수분자들이란 카프 2차 검거 때 비전향축을 이룬 시인, 작가들을 가리킨다. 속칭 신건설사건으로 지칭된 카프의 2차 검거에 연루된 카프의 맹원은 박영희(朴英熙), 윤기정(尹基鼎), 이기영(李箕永), 송영(宋影), 한설야(韓雪野), 권환(權煥), 한효(韓曉), 백철(白鐵) 등 중앙위원들 거의 모두였다. 이들 가운데 윤기정, 이기영, 한효, 송영, 한설야와 검거에서 빠진 박세영(朴世永), 박팔양(朴八陽), 이찬(李燦) 등이 1930년대 초에 일어난 조직해체론에 맞서 카프의 고수론을 폈다.

이 2차 검거 때 임화와 김남천은 연행자 명단에서 빠져 전주형무소에 수감되지 않았다. 일제의 고등경찰이 그들에게 작용하여 그 이전부터 조직 형태를 유지하지 못한 카프의 해산계를 내도록 강요했다. 그 나머지 1934년 초에 임화, 김남천이 종로경찰서에 해산계를 냄으로써 카프는 문단 제패 10년 역사에 막을 내리고 조직을 해체한 것이다. 이때의 해산계 제출에 이기영, 송영, 윤기정, 한설야, 박세영, 이찬, 박팔양, 권환 등은 반대 입장을 취했다. 이들을 문학사에서 카프 고수파라고 하는 것이다.

해산계 제출을 반대한 것으로 카프 고수분자들은 그들이 끝까지 계급 문학의 전선을 지킨 자들이라는 자긍심을 갖게 되었다. 이것이 문단과 일반 독자들에게 일종의 선입견을 심어 고수분자들 모두가 일제 암흑기의 전 기간을 일제 군부에게 허리를 꺾지 않고 민족적 절조를 지킨 것이라는 통념을 형성하게 만들었다. 거기서 빚어진 착시 현상이 8 · 15 직후 좌파 진영 내에서 고수분자들로 하여금 독자적인 문학 조직을 만들도록 했다. 그 결과로 나타난 것이 문학가동맹과 같은 시기에 나타난 프로문학동맹 이다. 그런데 실제로 일제 암흑기에 고수분자들이 보여준 행동 궤적을 살펴보면 그들에게도 국책문학 협력의 어두운 그림자가 뒤따르는 것이다.

이런 경우 우리에게 좋은 증거 자료를 제공하는 것이 『친일문학론』이다. 임종국(林鍾國)에 의한 이 저서에는 이광수(李光洙), 김동환(金東煥), 김용제(金龍濟), 최재서(崔載瑞) 등 일급 친일문학자의 명단과 함께 이기영, 송영, 박세영, 이찬, 한효, 한설야 등 카프 고수분자들의 이름이 올라 있다. 구체적으로 그 내용을 보면 박세영, 「오오 고마운 황군(皇軍)이여」(『매일신보』, 1942. 2. 23), 이찬, 「병정(兵丁)」(『신시대』, 1943. 3), 「송출정학도(送出征學徒)」(『매일신보』, 1944. 1. 19), 송영, 「국민극의 창작」(『매일신보』, 1942. 1. 15~20), 이기영, 「일평농원(一坪農園)」(『매일신보』, 1943. 7. 11~13), 「광산촌」(『매일신보』, 1943. 9. 3~11. 2), 한설야, 「대륙(大陸)」

(『국민신보』, 1936. 6. 4~9),「신문학이론의 건설」(『매일신보』, 1941. 1. 22~24) 등이다. 이것으로 우리는 8 · 15 직후 문학가동맹계가 펼친 진영 논리가 사실에 위배되며 매우 일방적인 것임을 지적하지 않을 수 없다.

3. 정지용은 친일시인인가

아리스토텔레스의 『시학』에는 시가 서정시, 서사시, 극시 등으로 분류 되어 있다. 헤겔의 미학 체계에서도 이 3분법에는 큰 변동이 없다. 근대 에 접어들어 시민문화가 본격화되자 이 양식론이 흔들리게 되었다. 이때 부터 서사 양식은 산문 문학으로 탈바꿈하여 근대소설이 되었다. 극시도 같은 과정을 거쳐 희곡으로 양식상 체질 개선을 했다. 이런 여건으로 하 여 근대 이후 시의 자리를 제대로 지키게 된 것은 서정시뿐이다.

서정시는 서사시나 극시에 비해 부피가 듬직하지 못하다. 뿐만 아니라 헤겔 미학의 시각에 의하면 객관적인 차원이 사상된 주정 양식이기도 하 다. 부피가 작은 것이라고 하여 서정시가 의미 구조에서 부실하거나 부차 적인 것이 될 수는 없었다. 그럴 경우 소설이나 희곡에 대비되어 시가 왜 소한 양식이라는 느낌을 줄 수 있었기 때문이다.

이와 함께 서정시가 주정문학이라는 점에도 문제점이 내포되어 있었 다. 주정성에 대비되는 개념은 말할 것도 없이 객관성이다. 객관성이 담 보되는 소설과 희곡은 독자에게 공인된 상태의 세계를 제시할 수 있었다. 그에 비해서 주정문학의 테두리를 그대로 지닌 채 출발한 근대시는 그것 을 읽는 독자들에게 그 세계가 사말에 그치며 자의적이라는 느낌을 줄 가 능성이 잠재되어 있었다. 이런 부작용에 대한 전략이 마련되지 않고는 시가 개인적인 넋두리에 그칠 양식으로 오해될 소지도 없지 않았다. 이때에 제기되는 문제점을 해소하기 위해 개발된 것이 근대시의 필수 요건인 언어의 축약적 사용이었고 그에 부수된 상징적 기능의 강화를 통한 함축적 의미의 확보였다.

언어의 축약적 사용이나 함축성 강화는 대체로 상징성의 확보나 심상 제시와 표리 관계를 가진다. 그런데 그 방법으로 시의 말은 즐겨 비유법에 의거하는 길을 택한다. 이런 이유로 근대시와 그에 이은 현대시는 그 언어 사용에서 표면적인 의미, 곧 주지(主旨)를 감추고 매체(媒体)를 내세운다. 이 경우 주지는 대체로 교묘하게 은폐되어 있는 것이 상례다. 이런 이유로 하여 현대시의 기능적 이유를 위해서는 그 의미 내용을 표면적인 상태로가 아니라 저층 구조에 비추어 파악할 필요가 있다. 그 절차를 우리는 작품의 구조 파악이라고 한다. 이제까지 우리는 한 작품이 친일시인가 아닌가를 판정하는 자리에서 대체로 이런 선결 요건을 무시한 채 작품의 발표지나 작품의 소재, 제목 등, 외재적 요건을 문제삼아왔다. 그 결과 경우에 따라서는 상당한 부작용이 일어났다. 이제 우리는 그 보기의 하나로 정지용의 시를 두고 이루어진 해석, 평가를 들 수 있다.

　　　　낳아 자란 곳 어디거니
　　　　묻힐 데를 밀어 나가자

　　　　꿈에서처럼 그립다 하랴
　　　　따로 지닌 고향이 미신이리

　　　　제비도 설산을 넘고

적도 직하에 병선이 이랑을 갈 제

피었다 꽃처럼 지고보면
뭍에서도 무덤은 선다

탄환 쌓이고 화약 싸아한
충성과 피로 곯아진 흙에

싸움은 이겨야만 법이요
씨를 뿌림은 오랜 믿음이라

기러기 한 형제 높이 줄을 맞추고
햇살에 일곱식구 호미날을 세우자

— 「이토(異土)」 전문

『친일문학론』에는 내용분석 없이 이 작품이 친일작품 명단에 올라 있다. 다만 그 다음 자리에 『국민문학』(1942. 2)으로 게제지 표시가 붙어 있는 것이 주목된다. 이것으로 작품 발표가 국책문학 잡지를 통해 이루어졌기 때문에 「이토」가 친일문학이라는 등식이 적용된 것이다. 김규동과 김병걸이 함께 엮은 『친일문학 작품선집』에도 비슷한 사례가 발견된다. 거기에는 전혀 단서가 붙지 않은 가운데 「이토」가 김종한(金鍾漢)의 「원정(園丁)」, 정인택(鄭人澤)의 「청량리계외(淸凉里界隈)」와 함께 친일작품으로 판정되어 있다.

일제 암흑기의 총동원 체제 속에서도 정지용은 어느 편인가 하면 국책문화운동과는 어느 정도의 거리를 두고자 한 자취를 남기는 시인이다. 작고하기 얼마 전 나는 지용의 추천을 받고 문단에 등단한 박두진 시인과 자리를 같이한 적이 있다. 이야기가 1930년대 후반기경 정지용이 보인 문단 활동에 미치자 그는 황군위문작가단 구성 때의 일을 말했다. 그 자리에서 일제 군부의 지시를 받고 위문단 구성을 주동한 것은 카프 출신의 평론가 박영희였다고 했다. 박영희가 참석자들에게 총독부 당국의 방침을 밝힌 다음 우리 문단에서 파견할 대표 선출의 불가피함을 말하면서 그 실행 방법에 대한 의견을 묻자 참석자들은 한동안 말문을 열지 못했다고 한다. 그런데 그에게 발언 요청이 있자 지용이 자리를 박차고 일어났다는 것이다. "이런 일, 일 벌이기 좋아하는 댁들이나 하시오!" 이때 박두진이 들은 지용의 말은 이 한마디가 모두였다. 이것은 지용이 일제 암흑기의 막바지에 이르기까지 일제의 국책문학정책에 적극 동조자가 아니었음을 뜻한다. 그렇다면 지용이 유독 「이토」를 통해서만 돌발적 행동으로 생각되는 일제의 남방 침공부대 예찬시를 썼다는 것인가. 여기에 이르러 우리는 불가피하게 이 시의 구조를 분석할 필요를 느낀다.

얼핏 보아도 드러나는 바와 같이 「이토」의 무대가 된 것은 육지가 아닌 물나라, 곧 바다다. 일제의 병선들이 그 바다를 건너간다. 병선들 위에 탄 것은 침략전쟁 수행을 위해 남방에 파견되는 일제의 육전대. 그들은 그들의 천황을 위해 적을 무찌르고 승리하기 위해 죽음을 두려워하지 않고 싸움터로 나가는 것이다.

「君か代は」와 함께 일본의 국가로 노래된 것에 「海行かば」가 있었다. 그 가사는 "대군(大君)의 병사가 되어 싸움터에 나가게 되면 바다에서 죽든 산에서 죽든 우리 죽음은 그지없는 영광일 뿐 뉘우칠 일 없어라"가 요지로 되어 있다. 「이토」는 이런 전쟁문학의 기준으로 보아 어느 정도 국책문학 쪽에 기운 것인가. 「이토」의 어세는 아무리 대범하게 셈 쳐도 「海

行かば」와는 거리가 있다. 무엇보다 그 어조가 전투적이거나 공격적이지 못하고 섬약한 느낌을 준다.

"기러기 한 형제 높이 줄을 맞추고/햇살에 일곱 식구 호미날을 세우자". 이렇게 마무리되어 있는 이 시가 천황을 향한 일편단심과 함께 칠생보국(七生報國)의 결의를 다진 것은 아닐 것이다. 오히려 여기서 제시된 작품의 심상은 그 바닥에 평화 지향, 귀소본능을 내포하고 있기까지 하다. 아주 애매하게밖에 전쟁을 다루지 못한 이 시를 국책문학의 갈래로 돌리고 전쟁 찬미가로 규정하는 것은 시론의 궤도에서 크게 일탈한 해석이다.

4. 유치진의 북만주 시, 「수」의 해석 문제

유치환(柳致環)의 「수(首)」는 지용의 「이토」와 같이 일제의 국책문학 기관지 역할을 한 『국민문학』에 게재, 발표된 작품이다(1942. 2). 지용의 「이토」가 그 무대를 바다로 하고 있음에 반해서 이 작품의 무대 배경은 뭍이다. 그것도 중국의 북쪽 변경에 속하는 북만주다. 이 시의 기능적인 이해를 위해서는 먼저 이렇게 나타나는 무대 배경과 그 의식성향이 문제되어야 한다.

十二月의 北滿 눈도 안오고
오직 만물을 苛刻하는 黑龍江 말라빠진 바람에 헐벗은
이 적은 街城 네 거리에
匪賊의 머리 두 개 높이 내걸려 있나니.
그 검푸른 얼굴은 말라 소년 같이 적고
반쯤 뜬 눈은

먼 寒天에 謨糊히 저물은 朔北의 산하를 바라고 있도다.

너희 죽어 律의 處斷의 어떠함을 알았느뇨.

이는 四惡이 아니라

질서를 보전하려면 人命도 鷄狗와 같을 수 있도다.

혹은 너의 삶은 즉시

나의 죽음의 위협을 의미함이었으리니

힘으로써 힘을 除함은 또한

먼 原始에서 이어온 피의 法度로다.

내 이 각박한 거리를 가며

다시금 생명의 險烈함과 그 決意를 깨닫노니

끝내 다스릴 수 없던 無賴한 넋이여 暝目하라!

아아 이 不毛한 思辨의 풍경 위에

하늘이여 은혜하여 눈이라도 함빡 내리고지고

— 「수(首)」 전문

여기 나오는 비적을 임종국은 문자 그대로의 비적이 아니라 일본군의 토벌작전에 걸려서 희생된 항일 저항자라고 보았다. 일제의 점령지가 된 만주에서 싸운 저항자들은 곧 독립군 전사들일 수가 있다. 그들을 비적이라고 한 것이 이 시다. 그런 관점에서 유치환의 이 시가 마땅히 단죄되어야 할 친일문학으로 규정된 것이다.

유치환의 자서전에 따르면 「수」가 쓰인 시기는 1941년으로 추산된다. 그해 봄에 시인은 김소운(金素雲)의 주선으로 처녀시집인 『청마시초(靑馬詩抄)』를 출간시켰다. 그러고는 각일각 가중되는 일제의 전시 통제와 그에 부수된 규제, 간섭을 견딜 길이 없어 한발 앞서 분만주로 이주한 친형 유치진을 뒤따라 흑룡강성 쪽으로 떠나갔다.[2] 당시 시인이 품은 정신적 상황이 훗날 출간된 자서전에 담겨 있다.

일제 군국준의의 무모한 전쟁은 마침내 영미와의 개전으로까지
이르렀던 것과 동시에 그들의 광태는 그들의 비위에 거슬리는 한국
의 지식분자는 모조리 말살해 치우려는 데까지 뻗쳐 우리 고향만 하
더라도 많은 젊은이들이 붓들려 무진한 경난을 겪었을 뿐 아니라 개
중에는 미결인 채 감방에서 옥사한 친구들까지 생겼으니……

여기 나타나는 것은 명백히 만주에 가기 전까지 유치환이 일제에 대해
가진 만만치 않은 저항감이다. 그렇다면 「수」가 친일문학이 되기 위해서
는 한 가지 요건이 선행해야 한다. 그것이 만주로 이주한 직후 유치환이
그 직전까지 품은 민족적 감정을 포기하고 일본 군부에 동조자가 되었을
것이라는 가정이다. 그렇지 않고야 일제의 전시 통제를 견디지 못하고 쫓
기듯 국내를 떠나간 그가 민족저항 운동자를 비적으로 단정한 시를 썼을
리가 없기 때문이다.

이런 논리의 귀결점에서 우리가 살펴야 할 것이 일제 말기 만주로 시인
이 건너간 시기에 유치환이 맞닥뜨린 시대 상황이다. 이미 드러난 바와
같이 유치환의 북방 이주는 1940년도를 한두 해 넘기고 나서였다. 1920
년대까지 중국 동북 지방의 항일 무력투쟁은 한인 민족운동자들이 주도
하고 있었다. 한일 합방 초에 우리 주변의 다수 우국지사들이 망국의 한
을 품고 서간도와 북간도로 망명길에 올랐다. 그들이 한만 국경 가까운
지역이나 고구려의 고토인 송화강 유역에 자리를 잡고 무장투쟁 조직으
로 서로군정서와 북로군정서를 만들었다. 신흥무관학교가 그들에 의해
세워졌으며 봉오동전투와 청산리대첩이 그들이 편성한 항일 무장투쟁 부

---

2   유치환, 『구름에 그린다』, 신흥출판사, 1959.

대를 통해 이루어졌다. 일찍부터 대륙 제패의 기회를 노린 일제가 이런 사태를 좌시할 리가 없었다.

1930년대에 이르자 일제는 중국 동북 지방에 괴뢰 만주국을 세웠다. 이와 때를 같이하여 그들은 동북 지방의 민족적 저항투쟁을 종식시키고자 대대적인 토벌(?) 작전을 폈다. 이에 대항하여 한국인과 중국인들의 대일 투쟁 양상이 크게 달라졌다. 그 이전 별개로 이루어진 한·중 두 민족의 대일 전투가 합작 형태가 되면서 동북항일연군이 발족했다. 동북항일연군의 편성과 함께 만주지방의 항일무장투쟁은 일원화되었고 그 총지휘관을 양정우(楊靖宇)가 맡았다. 이와 때를 같이하여 동북 지방의 항일 전선은 크게 세 개의 방면군으로 나뉘어졌다. 그 가운데 1로군을 양정우가, 2로군은 주보중(周保中)이 사령관을 맡고 3로군은 이조린(李兆麟)이 맡았다. 이때부터 이조린 부대의 담당 전구가 바로 광동군과 만주국군이 전면적으로 봉쇄, 섬멸(?) 작전을 벌인 소흥안령 북쪽이었다.

이 단계에서 특히 주목되는 것이 1936년 초에 나온 만주국 군정부의 반정부 무장세력 활동 보고서다. 그에 따르면 3로군 담당 전구에서 활동한 전투 인원 숫자가 항일 무장부대(이것을 관동군은 반만비(反滿匪)라고 했음), 7월 39명, 8월 52명, 9월 27명임에 반해서, 토비(土匪) 7월 81명, 8월 88명, 9월 105명으로 나타난다.[3] 이것은 동북항일연군이 그 나름대로 작전 능력을 가졌던 1930년대 중반기경에 이미 그 세력이 단순 약탈 행위 집단인 마적이나 일반 비적보다 열세에 있었음을 가리킨다.

동북 삼성의 항일연군 활동은 1940년 3월 마에다(前田) 부대를 기습, 그

---

3 만주국 군정부고문부 편, 『滿洲共産匪の硏究』, 極東硏究所出版會, 1969, 695쪽.

대원 120명을 사살한 전투를 벌인 것이 분수령이 되었다. 엄청난 전력을 바탕으로 한 일본군의 공격에 봉착하자 제3로군, 곧 이조린 부대는 각 지역에서 포위, 공격을 당하였고 그 나머지 도처에서 그 대오가 촌단되어버렸다. 1940년 2월에 이르자 항일연군은 총사령관 양정우까지가 산야를 헤매다가 시체로 발견되었다.

거듭 드러난 바와 같이 유치환이 만주에 간 것은 1941년 봄이다. 「수」의 배경이 된 계절이 12월이므로 위의 시가 쓰인 것은 그해의 한겨울일 수밖에 없다. 이것은 유치환의 「수」에 나오는 비적의 머리가 항일 저항자, 곧 우리 독립군의 것이라는 가정의 논거가 성립 가능성이 매우 희박한 것임을 뜻한다. 그렇다면 이 시의 중요 소재가 되어 있는 '머리'는 어떻게 해석되어야 하는가. 여기서 우리는 「수」의 무대 배경이 '12월의 북만주'이며, 그곳이 '오직 만물을 가각(苛刻)하는 흑룡강 말라빠진 바람에 헐벗은' '적은 거리'임을 다시 새길 필요가 있다. 이때 시인이 가진 이런 의식 상태는 바로 같은 시인의 또 다른 작품인 「생명(生命)의 서(書)」를 불러일으킨다.

> 나의 지식이 독한 회의를 구하지 못하고
> 내 또한 삶의 愛憎을 다 짐지지 못하여
> 병든 나무처럼 생명이 부대낄 때
> 저 머나먼 亞喇比亞의 사막으로 가자.
>
> 거기는 한 번 뜬 白日이 불사신 같이 균열하고
> 일체가 모래 속에 사멸한 永劫의 虛寂에
> 오직 알라의 神만이
> 밤마다 고민하고 방황하는 熱沙의 끝.

그 열렬한 고독 가운데

옷자락을 나부끼고 호올로 서면

운명처럼 반드시 〈나〉와 대면케 될지니.

하여 〈나〉란 나의 생명이랑

그 原始의 本然한 자태를 다시 배우지 못하거든

차라리 나는 어느 沙丘에 회한 없는 白骨을 쪼이리라.

—「생명(生命)의 서(書)」 전문

　　이 작품의 그 무대 배경은 「수」와 아주 흡사하게 아라비아의 사막, 곧 극지(極地)로 되어 있다. 두 작품 사이에 차이가 있다면 하나가 만물이 얼어붙은 12월의 북만주임에 반해서 다른 하나가 일체의 생명이 모래톱 속에 파묻혀버린 아라비아의 사막인 점이다. 피상적으로 보면 두 작품은 주제격이 다르기는 하다. 「수」의 임자가 비적임에 반해 「생명의 서」의 주체는 "병든 나무처럼 생명이 부대끼는" 화자 자신이다. 그럼에도 두 작품의 바탕이 된 시인의 의식은 한 가지 점에서 공통분모를 가진다. 그것이 바로 일체의 생명이 폐칩, 부정당하는 극지에 그가 서 있는 점이다. 그런 여건 속에서 화자는 절체절명의 명제로 '죽음'을 의식한다. 극한 상황에서 그것도 매우 절실하게 죽음을 의식한다는 것은 말을 바꾸면 그 주체가 무엇보다도 생(生) 자체를 열망하고 있다는 이야기를 성립시킨다. 이렇게 보면 두 작품의 주제의식은 바로 생명에 대한 의지라고 할 수 있다. 여기서 우리는 「생명의 서」에 나오는 백골(白骨)이나 알라의 신이 시인의 생에 대한 의지를 강조하기 위한 객관적 상관물임을 알 수 있다.

　　이 이야기는 「수」에도 그대로 적용될 수 있다. 유치환이 「수」에서 부각시키기를 기한 것은 아무리 되새겨보아도 사전적인 의미에 그치는 비적의 머리가 아니다. 여기서 시인이 의도한 것은 명백히 시인 스스로가 품은 생을 향한 의지이다. 비적의 머리나 12월의 산하는 그것을 강조해서 제시하고자 한 매체들일 뿐이다. 이제 이 항목에서 우리가 내릴 결론이 명백해진다. 이제까지 우리가 말해온 「수」=친일시식 해석은 현대시의 한 요소인 비유와 그 표현 형태인 객관적 상관물을 그것으로 파악하지 못한 데서 빚어진 오독의 결과다. 이런 이유에서 「수」는 친일시가 아니며 그 반대의 입장을 택한 저항시인 것도 아니다. 앞에서 확인한 바와 같이 시인에게는 조국이 있다. 그러나 그들이 쓴 작품 모두가 그런 의식을 바닥에 깔고 있어야 되는 것은 아니다. 일제 식민지 체제하의 시를 읽는 자리에서도 이것은 변할 수가 없는 진실이다. 이것이 친일문학론을 통해서 우리가 확인할 수 있는 시와 문학의 근본 속성이며 본질이다.

분단시대 문학의 해석

1. 분단 상황의 인식

8 · 15 이후 우리는 국토 분단의 아픈 시대를 살고 있는 중이다. 8 · 15
와 함께 국경 아닌 국경이 되어버린 38선으로 하여 남쪽과 북쪽이 전혀
상반되는 체제와 이념을 신봉하면서 강하게 반목, 질시, 적대시하는 상황
에서 살게 되었다. 그동안 우리는 6 · 25 동란을 거쳤으며 최근에도 민간
인 피격 사망과 연평도 사태까지를 겪었다. 이에서 야기되는 문제는 군사
적인 것만이 아니라 정치, 사회, 경제, 문화 등에 걸치는 것으로 실로 복
잡하며 심각하다.

화제가 문학 분야로 옮기는 경우 우리는 남과 북쪽 문단에서 빚어진 이
질성과 격차는 그 정도가 상당히 심각하다. 이 작업에서는 그 사례를 가
려 뽑아 기능적인 지양, 극복의 길을 모색하려고 한다. 이런 노력이 우리
가 지향하는바 대민족문학의 건설에 기초 작업이 되기를 바라고 기대하
는 것이다.

2. 이상은 반전시인인가

이상(李箱)의 「오감도(烏瞰圖)」는 1934년 『조선중앙일보』를 통해서 발표된 작품이다. 그 무렵 우리 주변의 통념으로 볼 때 애초부터 그의 시는 이단에 속했고 파격적이었다. 그의 작품 가운데에는 기하나 대수의 기호를 삽입한 것이 있었고 숫자를 거꾸로 박은 것이 포함되었다. 극단적 실험시라고 밖에 말할 수 없는 그의 작품이 발표되자 신문 독자들의 거센 반발이 일어났다. '무슨 개수작이냐', '미친놈의 잠꼬대냐'. 당시 『조선중앙일보』의 문화부장은 이상과 같이 구인회(九人會)의 동인인 이태준(李泰俊)이었다. 그의 적극적인 옹호가 있었음에도 당초 30편 발표가 예정된 「오감도」는 15회로 중단되었다. 한마디로 이상의 시작 활동은 비난과 오해 속에서 시작된 셈이다.

지금 우리 주변의 독자들은 1930년대의 그들이 아니다. 그들은 IT시대를 살며 컴퓨터 게임을 즐기는 세대다. 그런 10대와 20대들도 이상의 「산촌여정(山村餘情)」이나 「권태(倦怠)」을 즐겨 읽는다. 이런 추세를 타서 이상의 작품은 오늘 우리 주변의 비평가들이 빠지지 않고 언급하는 인기 상품이 되어 있다. 이렇게 우리는 이상이 부활한 시대를 살고 있는 셈이다. 그러나 이런 특수 경기 속에서도 이상 문학의 주변에는 한 가닥 그림자 같은 것이 어른거린다. 그 보기가 되는 것이 「시제십이호(詩第十二號)」의 경우에 나타나는 오독 현상이다.

때묻은빨래조각이한뭉텅이空中으로날라떨어진다. 그것은흰비둘기의떼다. 이손바닥만한하늘저편에전쟁이끝나고평화가왔다는宣傳이다. 한무더기비둘기떼가깃에묻은떼를씻는다. 이손바닥만한하늘이

편에방맹이로흰비둘기의떼를때려죽이는不潔한전쟁이시작된다. 空
氣에숯검정이가지저분하게묻으면흰비둘기의떼는또한번이손바닥만
한하늘저편으로날아간다.

— 이상,「시제십이호(詩第十二號)」전문

8·15 직후 우리 평단을 주도한 어느 비평가는 이 시를 반전(反戰), 저
항시라고 보았다. 그 논거가 된 것이 "비둘기를 때려 죽이는 불결한 전쟁"
이다. 일상적인 차원에서 "비둘기"는 평화의 상징이다. 전쟁은 그에 맞서
는 개념인데 그것을 "비둘기를 때려 죽이는"이라고 하고 다시 그 위에 "불
결한"이란 관형어까지를 붙였으니까「시제12호」=반전시의 도식화가 이
루어진 것이다.

이 시가 발표되었을 무렵 일제는 대륙 제패의 야욕에 들떠 있었다. 그
들은 중국에서 침략전쟁을 일으켰고 이어 전선을 태평양 전역으로 확산
시키는 음모를 짜기에 급급했다. 일제는 그런 침략 행위를 대동아공영권
(大東亞共榮圈)의 건설이며 세계 신질서 수립을 위한 전략이라고 선전했다.
그런 전쟁을 "불결한 전쟁"이라고 한 것은 일제의 침략 행위를 배제, 반대
한 것이다. 이런 논리를 전제로 하여 이 시가 항일저항시로 확대 해석된
것이다.

얼핏 일리가 있을 듯 생각되는 위와 같은 작품 읽기에는 논리화의 과정
에 심한 비약 현상이 나타난다. 여기서 비둘기는 문자 그대로의 비둘기가
아니다. "때묻은 빨래 조각"의 비유가 그렇게 쓰여진 것이다. 그 사이의
사정은 둘째 줄 허두에 나오는 대명사 "그것"을 통해 너무도 명쾌하게 드
러난다. 이것을 침략 행위의 수렴 형태인 전쟁으로 풀이한 것은 단순 작

품 읽기라고 보아도 너무 어처구니가 없는 오독이다.

3. 조기천의『백두산』, 사회주의적 사실주의 문학의 압권인가

남쪽의 작품 읽기에서 예상을 뛰어넘는 오류가 발견되는 것과 꼭 같이 북쪽의 창작 해석에도 아주 비슷한 사례가 나타난다. 조기천(趙基天)의『백두산』은 1947년『로동신문』을 통해서 발표된 장편서사시이다. 그 분량은 3천여 행에 7장 57절에 이른다. 우리 현대문학사에서『백두산』이전에 발표된 장편서사시에는 김동환(金東煥)의『국경의 밤』이나『승천(昇天)하는 청춘(靑春)』이 있었다. 이들 작품은 둘 다 그 길이가 1천 행 안팎에 그친다. 그에 대비시켜 보면『백두산』은 그 부피에서부터 우리 현대문학사상 초유의 장편서사시가 되는 셈이다.

우리가 장편서사시라고 할 때 그 보기가 되는 것이 이규보(李奎報)의「동명왕편(東明王篇)」이거나 호메로스의『일리아드』,『오디세이』등이다. 이들 작품에는 반드시 그 주인공으로 초인이 등장한다. 위기에 처해서 그들은 비상한 능력을 발휘한다. 그가 수많은 시련을 거쳐가면서 크고 뚜렷한 발자취를 남기는 것으로 서사시의 줄거리가 이루어진다. 그러므로 이 유형의 시를 우리는 영웅서사시라고 한다.

영웅서사시의 관점에서 보면 김동환의『국경의 밤』이나『승천하는 청춘』에는 한 가지 아쉬움이 생긴다. 거기에는 뚜렷하게 영웅으로 부각된 인물이 없다. 그에 곁들인 사건과 줄거리 또한 읽는 사람들에게 박진감을 느끼게 하며 듬직한 공감대를 형성해줄 정도로 크거나 묵직하지 못하다.

이에 반해서 조기천의 『백두산』에는 서사시 구성의 기본 요건이 어느 정도 포함되어 있다. 이 작품의 주인공은 항일 유격전의 지휘자인 김 대장이다. 그는 당시 북한의 인민정권에서 제일인자로 부상하기 시작한 김일성이었다. 백두산을 조기천은 그런 김일성의 항일 유격 활동의 근거지이며 혈전장으로 부각시키고자 했다. 이것으로 『백두산』은 적어도 영웅서사시의 기본 요건 가운데 하나를 지니게 된 것이다.

조기천의 『백두산』이 나오자 북한의 당과 문예조직은 이례적이라고 할 정도로 상찬 일변도의 말을 쏟아내었다. 여러 정부기관과 사회단체, 각급 학교에서는 이 작품을 교재로 택해 독서회를 벌였다. 그 결과로 초판 20만 부가 불과 몇 달 만에 팔려나갔다. 『백두산』이 나오기까지 우리 문단에서 그것도 시집이 해를 거듭하지 않은 채 여섯 자리 숫자로 판매 성적을 올린 예는 없었다. 해외에서도 아마 그런 사례는 흔하지 않았을 것이다. 그렇다면 조기천의 『백두산』이 일으킨 당시 북쪽의 반응은 과연 합리 타당한 논리적 근거를 가진 현상이었던가. 이제 우리는 이렇게 제기되는 의문에 대한 해답을 얻어보기 위해 실제 작품을 검토하지 않을 수 없다.

이미 드러난 바와 같이 서사시 『백두산』은 항일 유격 활동의 주역인 김 대장의 영웅적 활동을 정점으로 한 작품이다. 영웅서사시였으므로 『백두산』은 김 대장의 상상을 절한 전투 능력을 부각, 묘사하는 각도에서 형상화할 필요가 있었다. 그것으로 김 대장의 모습이 초인으로 부각되어야 『백두산』이 영웅서사시의 1차적 자격을 얻어낼 것이다. 이 사이의 사정이 이렇게 명백함에도 불구하고 실제 『백두산』에서 김 대장이 유격 활동의 현장에서 펼치는 활약상은 잘 나타나지 않는다. 이 경우 예외격으로 지적될 부분이 제2장의 3절과 4절 일부다. 3절에는 일제의 토벌대가 들이닥친 홍산골에서 항일 유격대가 반격을 가하는 장면이 노래되어 있다. "바윗돌이 골짜기를 쳐부신다/"만세" "만세" 골 안을 떨치며/산비탈에 숨었던 흰 두루마기들/나는듯이 달려 내렸다." 여기에 이르기까지 김 대장은 전투 현장에 나타나지 않았다. 같은 장 4절에 이르러 비로소 그가 전투 현장에 나타난다.

산비탈 바위 위에
청년 하나이 번쩍 올라선다
후리후리한 키꼴에
흰 두루마기 자락이
대공으로 솟아오르며는
거센 나래 같이 퍼득이는데
온 몸과 팔과 다리―
모두 다 약진의 서슬에 불붙고
서릿발 칼날의 시선으로
싸움터를 단번에 쪽― 가르며
"한 놈도 남기지 말라!"
그는 부르짖었다.
바른 손 싸창을
바위 아래로 번쩍이자
마지막 발악 쓰던 원쑤 두 놈이
미끄러지듯 허적여 뒤진다―

여기 나타나는 바와 같이 전투 현장에서 김 대장은 처음부터 승리를 약속받은 사람으로 행동한다. 본래 서사시에서 영웅은 반드시 위기에 처한다. 결정적인 사건이 일어날 때마다 그는 적어도 죽음의 위협 아래 놓이며 목숨을 빼앗길 순간과도 되풀이 맞닥뜨린다. 그것을 무릅쓴 그의 활약이 곧 서사시의 요체가 되는 극적 활약상의 바탕이 되는 것이다. 이런 서사시의 교의에 따르면 김 대장은 적어도 피를 흘리며 싸우는 전투 현장에 서 있어야 한다. 『백두산』의 그 어디에도 그런 장면은 나타나지 않는다. 이것은 아무리 양보해도 『백두산』이 영웅서사시의 창작 원칙과 거리를 가진 것임을 뜻한다.

서사시 『백두산』이 발표되었을 무렵 북쪽의 긍정 비평가들이 금과옥조로 휘두른 창작 원칙이 사회주의적 사실주의 이론이다. 사회주의적이란 단서가 붙지 않은 사실주의란 그저 일반 대중이 일상생활에서 부딪치는 여러 상황을 작품화시키면 그만이었다. 이에 대해 사회주의 창작 원리에는 작가에게 무산계급의 이익에 부응하며 계급혁명의 원칙에 충실한 선에서 작품을 쓰라는 요구가 부가된다. 이런 사회주의 창작 원칙으로 보아 조기천의 『백두산』에는 명백하게 보완이 요구되는 부분이 있다. 그 구체적 보기가 되는 것이 제2장 6절의 한 부분이다.

아 이것도 천운이라 할까
사나이 부르짖으며
휘익 손만으로 돌아서더니
난데 없는 뻐꾹소리 높았다
뻐꾹– 뻐꾹–
잠잠하던 솔밭도 기쁘게 화답한다
뻐꾹– 뻐꾹–
또 솔밭에서 나오는 두 사나이

여기서 뻐꾹새 소리를 내는 사나이는 항일유격대의 정찰원인 철호다. 그는 김 대장의 지시에 따라 유격대의 국내 침공 작전을 위한 전초 공작원이 된다. 그는 국내 조직과의 연락을 위해 신분을 감춘 채 접선 장소로 잠입했다. 이때 그가 이용한 것이 유격대가 만든 암호 사용이었다. 그 방법으로 철호는 뻐꾹새 소리를 흉내내었다. 이 장면의 앞부분을 보면 철호가 유격대의 근거지에서 공작지인 마을로 내려간 시기는 이른 봄이다. 그렇다면 그사이 걸린 시간을 감안해보아도 철호가 마을에 도착한 시기는 봄철을 벗어나지 못했을 때다.

철호가 뻐꾹새 소리를 내자 그에 응해서 마을 지하공작조에 속한 사람들도 뻐꾹새 소리를 내고 나타났다. 그것으로 철호는 유격대의 국내 거주조와의 접선을 이루어내었다. 이것을 조기천은 일제의 국경경비대의 번득이는 감시망을 따돌린 교묘한 접선 수단으로 생각한 것 같다. 그러나 이런 행동 설정이야 말로 서툴기 그지없는 것이었다.

본래 뻐꾹새는 우리나라의 텃새가 아니라 남쪽에서 날아와 여름을 지내는 철새다. 이 새가 우는 시기는 나뭇잎이 무성하게 피어나는 여름철이다. 그런데 속잎도 피어나기 전인 봄에 유격대가 뻐꾹새 소리로 암호를 삼았다면 어떻게 되는가. 일제의 국경수비대나 정찰은 곧바로 그것을 수상쩍게 생각할 것이다. 그 결과는 명백하다. 철도 아닌 뻐꾹새 소리에 긴장한 일제의 경비대와 경찰은 즉각 수색망을 펼 것이며 그 결과는 유격대 정찰조와 국내 조직의 색출, 검거로 연결될 것이다.

한마디로 조기천의 『백두산』은 사회주의적 사실주의 창작원칙에 비추어보아 세부 사건 처리에서 하자가 있는 작품이다. 뿐만 아니라 단순 사실주의 시각으로 보아도 『백두산』은 감출 길이 없는 결함이 내포된 작품이다.

이런 작품을 전 문예조직과 평단이 총출동한 상태에서 불후의 고전적 명작이라고 칭예한 것이 북한이다. 이 한 가지 사실만으로도 우리는 북한에서 이루어지고 있는 창작 해석과 평가 수준을 의심하지 않을 수 없다.

4. 혼동될 수 없는 근대와 현대

우리와 동시대 비평이 지닌 바 결함의 하나에 실제 작품의 분석, 검토를 거치지 않은 채로 성급하게 결론을 내리는 경향이 있다. 그 보기가 되는 것이 이광수(李光洙)와 임화(林和)를 다 같은 근대주의자로 보고 있는 경우다. 뿐만 아니라 『무정』이나 『흙』이 『날개』나 『지주회시(鼅鼄會豕)』와 구분되지 않고 근대문학 작품으로 판정되기도 한다. 우리와 동시대 문학사에는 이와 전혀 다른 근대와 현대 해석의 사례도 나타난다.

백철(白鐵)의 『신문학사조사』는 전편과 후편 등 두 권으로 되어 있다. 전편은 1920년대 중반기까지를 그 하한선(下限線)으로 한다. 거기서 논의된 것은 『창조』, 『폐허』, 『백조』 동인들까지의 문학이다. 『신문학사조사』 제2권에는 별도로 현대편이란 제호가 붙어 있다. 그 상한선은 신경향파가 형성된 1920년대 중반경이다. 이때에 대두된 계급주의 문학을 백철은 『신문학사조사』 현대편의 기점으로 잡았다. 새삼스레 밝힐 것도 없이 신경향파는 그다음 단계에서 카프로 확대 개편된 계급문학의 유파를 가리킨다. 임화는 소장파의 일원으로 카프에 참가하여 곧 그 지도분자가 된 시인 겸 비평가였다. 백철은 이런 임화를 근대주의자가 아닌 현대주의로 잡은 것이다. 먼저 백철의 문학사는 문예사조사의 기본원칙의 절대기준인 의식이나 사상, 철학의 바탕을 몰각한 상태에서 작성된 것이다.

두루 알려진 것처럼 계급문학의 바탕이 된 것은 마르크스주의다. 마르크스를 우리는 헤겔 좌파라고 한다. 헤겔의 갈래에 마르크스를 넣는 까닭은 그가 사회의 개혁을 통한 역사의 진보를 믿었기 때문이다. 두 철학자가 의거한 것이 다 같은 진보사관이었다. 단 마르크스가 헤겔과 근본적으로 다른 점이 있었다. 헤겔 철학의 바탕이 된 것은 이성을 통한 세계 인식을 전제로 한 인간 생활의 통대적 파악이었다. 그런 시각에서 그는 변증법의 논리에 따라 역사를 정, 반, 합의 궤적으로 설명하고자 했다. 마르크스는 애초부터 그 극복을 시도했다. 그에게 헤겔류의 역사철학은 관념론의 부류에 드는 것이었다. 그는 계급적 모순 타파를 뜻하는 혁명으로 달성되는 세계의 개조를 기도했다.

이렇게 차이점이 있다고 하더라도 개념의 연속성을 전제로 헤겔과 마르크스의 세계 인식은 다 같이 근대적인 시간 개념의 연속성을 전제로 했다. 그런 의미에서 그들은 역사의 진보를 믿은 근대주의자였다. 따라서 백철이 임화를 포함한 신경향파와 카프의 문학에 대해 현대의 판정을 내린 것은 정당하지 못하다.

임화의 경우와 달리 이광수의 소설과 이상(李箱)의 창작에 다 같이 근대적이라는 관형어를 붙이는 견해에는 문제가 있다. 이야기를 다시 헤겔로 돌려보겠다. 그의 독특한 역사철학을 바탕으로 한 미학은 근대소설의 기본 요소 가운데 하나인 플롯 개념 정립에 적지 않은 자극제가 되었다. 널리 알려진 대로 근대소설에서 문제되는 플롯은 사건과 사건을 원인과 결과 관계로 엮어냄으로써 이루어지는 구조화의 개념이다. 그 이전 소설은 사건과 사건을 평면적으로 나열하는 데 그쳤다. 그것을 우리는 이야기 소설이라고 한다. 이야기 소설에서 플롯 소설로의 변형이 바로 근대소설이 얻어낸 특징적 단면이다. 그렇다면 이야기와 플롯의 차이는 무엇인가가 검토되어야 한다.

E. M. 포스터는 이것을 '왕의 죽음'이라는 사건과 '왕비의 죽음'이라는 사건을 들어 설명했다. 왕이 죽고 왕비도 죽었다. 이것은 이야기 곧 story다. 왕이 죽자 슬퍼한 나머지 왕비도 죽었다. 이것은 플롯이다. E. M. 포스터에 따르면 전자에는 인과감이 전혀 개입하지 않는다. 그러나 후자의 경우 왕비의 죽음은 왕의 죽음에 원인이 있다. 왕비의 죽음은 왕의 죽음이 결과인 것이다. 두 개의 사건 사이에는 원인 결과의 관계가 성립된다.

화제의 초점을 이광수와 이상 소설의 차이로 돌리기로 한다. 『무정』에는 이형식, 선영, 영채 등 등장인물의 성격화가 이루어져 있다. 그들은 각자가 서로 개체로서 생활하는 가운데 우리 사회의 개혁을 지향한다. 이런 의식들이 원인이라면 이 소설 결말 부분에서 뚜렷한 선으로 나타나는 사건은 삼랑진 수해 현장에서 작품의 주인공들이 우리 사회의 개혁을 외치는 장면이다. 이광수가 나오기 전에 이런 사건에 대한 동기 부여, 또는 원인으로 지적될 등장인물의 행동은 없었다. 이런 의미에서 이광수의 소설은 근대적이다.

『무정』에 반해 「날개」나 「지주회시」에는 근대적인 의미의 인간이 등장하지 않는다. 「날개」의 '나'는 지식계층 출신임에도 근대적인 의미의 자아나 생활 의식을 제대로 갖고 있지 않다. 「지주회시」에는 아예 제몫이라고 내세울 행동을 하는 인간이 등장하지 않는다. 주인공인 '그'는 뚜렷한 선으로 나타나는 행동을 하지 않은 상태에서 독백하듯 그의 생각을 중얼거린다. 그리하여 그의 행동은 근대소설에서 문제되는 사건을 이루지 못한다. 이것을 우리는 '의식의 흐름'을 기술한 마르셀 프루스트나 제임스 조이스

류의 소설이라고 한다. 이상을 근대주의자로 보는 견해는 이런 사실을 망각한 상태에서 작성된 것이다.

여기서 우리는 이상의 시에 나타나는바 근대적이 아닌 매우 강한 현대성도 지적해둘 필요가 있다. 널리 알려진 대로 이상의 시에는 숫자를 거꾸로 쓰고 수학기호에 지나지 않는 표기로 이루어진 구절이나 행들이 나타난다. 이것은 이상의 시가 DADA와 초현실주의적 기법에 의거했음을 뜻한다.

앞에서 이미 밝힌 바와 같이 근대시와 소설의 미학은 이성의 역할을 믿는 진보사관에 바탕을 둔 것이다. 그런데 인간의 현실은 언제나 각박하고 고통스럽다. 특히 20세기에 접어들자 그 초두부터 세계의 곳곳에는 놀라울 정도로 파괴적인 집단 폭력 사태가 야기되고 대량학살이 자행되었다. 이런 상황에서 이성에 바탕을 둔 인간 해석이나 세계정신을 전제로 정반합(正反合)의 개념을 뼈대로 한 역사 해석은 아무런 의미가 없었다. 20세기 초에 남달리 예민한 신경을 가진 문학도들이 이런 상황을 놓치지 않았다. 전위적인 문학과 시 운동을 시도한 DADA는 기성세대의 일체 철학을 거부, 부정할 수밖에 없었다. 그것이 반근대 운동으로 나타나고 격렬한 전위예술 경향을 탄생시켰다. 반근대운동으로 시작한 DADA와 입체파, 표현파 등은 헤겔 철학의 갈래에 드는 세계정신을 전면적으로 부정, 배제했다. 그들은 그 무렵까지의 시와 문학이 언어를 매체로 한 사실에 유의했다. 그 나머지 시의 밤을 표방한 모임에서 그들은 발을 구르고 개 짖는 소리만을 내었다. 전혀 의미가 없는 고함도 질렀다.

이런 사실을 통해서 현대문학의 명백한 특징을 지적할 수 있다. DADA에서 시작된 전위 시는 애초부터 작품의 표현매체로서 말이 의미를 가지는 것을 거부했다. 이런 전위예술의 흐름을 이은 이상의 「오감도」가 근대문학의 갈래에 들 수는 없을 것이다. 근대문학 작품을 쓰지 않는 이상을 굳이 근대문학자의 범주에 넣을 이유는 어디에도 없다. 이제 우리가 가질 말도 그 테두리가 드러났다. 이상의 시와 소설은 이성에 바탕을 둔 세계를 전면적으로 거부한 의식의 결과다. 그런 문학을 근대적이라고 보는 생각에는 이제 종지부가 찍혀야 한다.

시문학파와 박용철
― 그 문학사적 의의를 중심으로

1. 오만한 선언 : 살로 새기고 피로 쓰는 시

여기서 문제되는 시문학파란 순수시 전문지 『시문학(詩文學)』을 통해 작품 활동을 한 일군의 시인들을 아우르는 명칭이다. 시문학파의 구성원은 정지용, 김영랑을 비롯하여 신석정, 김현구, 정인보, 허보, 변영로 등이 었으며 그 구심점이 된 것이 용아(龍兒) 박용철(朴龍喆)이었다. 박용철은 그 자신이 시를 쓰는 시인이면서 『시문학』을 기획, 발간한 다음 그에 이어 『문예월간』, 『문학』과 우리 예술계 초유의 연극 전문지 『극예술』도 발행했다. 『시문학』 창간호에는 그가 쓴 오기까지를 느끼게 하는 선언 문투의 편집 후기가 있다.

> 우리는 시를 살로 새기고 피로 쓰듯 쓰고야 만다. 우리의 시는 우리 살과 피의 맺힘이다. 그럼으로 우리의 시는 지나는 걸음에 슬쩍 읽어치워지기를 바라지 못하고 우리의 시는 열 번 스무 번 되씹어 읽고 외워지기를 바랄 뿐 가슴에 느낌이 있을 때 절로 읊어 나오고

읊으면 느낌이 일어나야만 한다.

2.『시문학』이전의 한국 현대시와 국민문학파

박용철이『시문학』창간호를 발간한 것은 1930년대의 벽두 첫해의 일이었다. 그 문학사적인 의의를 살피기 위해서 우리는 당시까지 우리 근대시, 또는 현대시가 형성 전개된 과정을 짚어볼 필요가 있다. 시문학파가 우리 시단에서 한자리를 차지하기 전에 우리 시단을 주도한 것은 창조, 폐허, 백조파에 속한 시인들이었다. 주요한, 김억 등이 그들을 대표했는데 그 문학적 경향은 한마디로 탈현실, 탐미적인 세계를 지향한 것이었다. 그 결과로 우리 시단에 근대화가 촉진된 반면 부작용도 일어났다. 그 부분 현상으로 역사를 방관하는 경향이 빚어진 것이다. 1920년 전반기 시의 현실 소외 경향에 대한 반동으로 신경향파로 대표되는 계급주의 문학 집단이 형성되었다. 카프로 이어진 계급주의 문학은 민족을 망각하고 일체의 시와 소설을 사회 혁명의 선전판으로 전락시켰다. 1920년대 후반기에 카프의 일방적인 이데올로기 우선 주의를 극복하려는 일군의 시인들이 나타났다. 그들이 최남선(崔南善), 이광수(李光洙), 박종화(朴鍾和), 양주동(梁柱東), 이병기(李秉岐), 이은상(李殷相) 등으로 대표된 국민문학파이다.

우선 그들은 우리 문학이 외래 사조에만 매달릴 것이 아니라 우리 고유의 문화전통을 계승할 것이라는 입장을 취했다. 그러기 위해서는 우리 민족의 문화적 토대가 되는 국어국자를 재정비해야 하며 그와 아울러 민족의 역사도 기능적으로 이해, 파악할 필요가 있다고 보았다. 이런 인식과 함께 국민문학파는 우리 문학의 고유 양식과 전통적인 문체에 대해서도 남다른 관심을 가가지기 시작했다. 한마디로 민족문화에 대한 관심을 뼈대로 하고 형성된 국민문학파는 그 실천 과정에서 우리 문학사에 나타난 고유 시가 양식으로서의 시조에 대해 각별한 관심을 가졌다. 그들은 시조를 새롭게 개혁함으로써 새 시대의 요구에 부응할 수 있는 예술 양식으로 탈바꿈시키기를 기했다. 이것이 "새 술은 새 부대에"로 집약된 국민문학파의 시조 부흥 운동이다.

국민문학파의 시조 부흥 운동에서 단연 타의 추종을 허락하지 않을 정도로 뚜렷한 발자취를 남기고 있는 것이 가람 이병기(李秉岐)와 노산(鷺山) 이은상(李殷相)이다. 1920년대 후반기에 가람은 "새 술은 새 부대에"의 실천 문제를 논의한 글로「시조는 혁신하자」를 썼다. 이 글은 국민문학파가 제출한 거의 유일한 본격 시조 창작론이었다.

원론적인 시조 창작론과 함께 가람은 시조를 혁신하기 위해 몇 가지 구체적 전략도 피력했다. 그 가운데 가장 주목되는 것이 고전문학기 시조가 갖는 관념성과 도식적 단면을 지양, 극복하고자 한 점이다. 그는 고전시조에 나타나는 구태의연한 창작 방법을 극복하기 위해 시조가 구체적인 정경을 노래하기를 지향했으며 그 실천 전략으로 사경(寫景)이 이루어지는 말을 써야 할 것이라고 주장했다. 이런 경우의 좋은 보기가 되는 것이 그의 작품「봄」이다.

봄날 궁궐 안은 고요도 고요하다
御苑 넓은 언덕 버들은 푸르르고
소복한 宮人은 홀로 하염없이 거닐어라

석은 고목 아래 殿閣은 비어 있고

파란 못물 우에 비오리 한 雌雄이
온종일 서로 따르며 한가로히 떠돈다

—「봄 2」전문

노산 이은상은 가람 이병기와 함께 국민문학파의 시조 부흥 운동에서
하나의 중심축을 이룬 시인이다. 본격적으로 시조를 쓰기 전 그는 자유시
를 습작했다. 무애(無涯) 양주동(梁柱東)의 회고에 따르면 이 시기의 그가
지은 시에는 발상과 기법 양면에서 별로 볼 만한 것이 없었다(양주동, 『문
주반생기(文酒半生記)』). 그런 일로 하여 한때 그는 시 쓰기를 단념하고 전
공인 사학(史學)에 전념할까도 생각한 것 같다. 그러나 타고난 문인 기질
은 어이할 길이 없었던 듯 그는 그 후 자유시를 버리고 시조 쓰기로 방향
을 바꾸었다.

노산의 시조가 본격화된 것은 1930년대 초부터로 파악된다. 이 무렵에
이르자 『신민』, 『조선문단』, 『동광』 등을 통해서 그는 잇달아 그 나름의 개
성을 가진 창작 시조를 발표했다. 이 무렵에 그가 쓴 대표작의 하나가 금
강산을 제재로 한 작품이다.

金剛이 무엇이뇨 그리운 님이로다
만날 제 눈물이러니 떠날 제도 눈물일러라
萬二千 눈물에 어리어 뵌동만동 하여라

金剛이 어떻드뇨 돌이요 물이로다
돌이요 물일러니 안개요 구름일러라
안개요 구름이어니 있고 없고 하더라

—「금강귀로(金剛歸路)」

노산의 이 작품은 적어도 두 가지 점에서 국민문학파의 창작시조에 한 새 국면을 열어낸 작품이다. 두루 알려진 것처럼 금강산은 우리나라 제일의 명산이다. 형식 논리로 보면 그런 산이 있고 없다는 것은 헛소리다. 그것을 참으로 만들기 위해서 노산은 먼저 그가 본 금강을 돌과 물이라고 표현했다.

돌로 된 산을 헤집고 흐르는 물은 때에 따라 안개로 피어나고 구름이 될 수도 있을 것이다. 구름과 안개는 수시로 변화하여 골짜기를 휘덮게 되고 봉우리에 오른다. 그 단계에서 그것들은 기체가 되어 허공으로 사라질 수도 있다. 이것을 노산은 그다운 말솜씨로 "있고 없고 하더라"라고 썼다. 이것으로 이 시조는 금강=명산식으로 도식화될 수 있는 관념을 직접적으로 토로하는 데 그치지 않고 감각적 실체로 바꾸어내었으며 다시 그것을 눈앞에 나타났다가 사라지게 하는 유무상생(有無相生)의 자연으로 탈바꿈시켰다.

3. 순수시 집단 시문학파의 형성

박용철이 주재한 『시문학』은 국민문학파의 예술성 확보라는 면에 있어 긍정적인 부분을 수용한 측면을 가진다. 그러나 그와 함께 전통에 안주(安住)하려는 의식의 단면을 지양하려는 시도도 가졌다. 우선 1933년에 발간된 창간호의 내용 목차에서 그런 자취가 뚜렷이 드러난다.

김영랑 동백 닢에 빛나는 마음, 어덕에 바로누어,
      누이의 마음아 나를 보아라, 4행 소곡 7수, 除夜,

	쓸쓸한 이마, 원망
정지용	이른 봄 아침, Dahlia, 京都鴨川, 船醉
이하윤	물레방아, 老狗의 回想曲
박용철	떠나가는 배, 이대로 가랴마는, 싸늘한 이마,
	비내리는 날, 밤기차에 그대를 보내고

〈외국시집〉

정인보	木蘭詩
이하윤	폴폴-원무, 새벽,
박용철	실레르-헥토르-이별, 괴테-미뇬의 노래

1) 김영랑

『시문학』의 창간호 목차에서 드러나는바 그 동인 구성에서 무엇보다 우리가 주목해야 할 이름이 김영랑(金永郎)과 함께 정지용(鄭芝溶)이다. 우선 김영랑은 『시문학』이 나오기 직전까지 우리 시단에서 전혀 작품 발표 실적을 가지지 않은 신인에 속했다. 그런 그가 정지용을 뒷전에 돌린 채로 『시문학』 창간호 허두에 「동백 닢에 빛나는 마음」 이하 열세 편의 작품을 수록시키고 있는 것이다. 이 이례적이라고 할 수 밖에 없는 작품 수록 순서에 대해서는 우선 김영랑과 정지용의 작품이 갖는 내용, 또는 질적인 수준이 문제되어야 한다. 거듭 언급된 바와 같이 「동백 닢에 빛나는 마음」 이하 열세 편의 김영랑 시는 『시문학』 창간호에 수록되기 전 그 어느 발표매체를 통해서든 활자화된 적이 없었다. 그에 반해서 정지용의 몇몇 작품, 가령 「갑판(甲板)우」는 『문예시대』에 「Dahlia」가 『신생』에 실렸으며 「바다」는 『근대풍경(近代風景)』(일문 시 전문지), 「선취(船醉)」는 교토 유학생 회지인 『학조(學潮)』 등에 발표된 작품들이다.

『시문학』을 창간하면서 박용철은 그가 발간하는 시 전문지를 말할 것도 없이 일급 시인들의 신작들로 메우고 싶었을 것이다. 그런 의식의 결과 당시 우리 시단에서 혹성으로 평가된 정지용의 시까지가 명백히 신인에 지나지 않은 김영랑의 작품 뒷자리에 놓이게 된 것이다.

이와 아울러 우리가 고려에 넣어야 할 것이 김영랑의 시가 지닌 말솜씨와 그 독특한 가락이다.

> 내 마음의 어딘 듯 한편에 끝없는 강물이 흐르네
> 돋혀오르는 아침 날빛이 빤질한 은결을 도도네
> 가슴엔 듯 눈엔 듯 또 핏줄엔 듯
> 마음이 도른 도른 숨어 있는 곳
> 내 마음의 어딘 듯 한편에 끝없는 강물이 흐르네
>
> ─「동백 닢에 빛나는 마음」 전문

김영랑의 이 작품에서 특징적 단면으로 지적되어야 할 것은 두 가지다. 그 하나가 말씨가 부드럽고 감미로운 가운데 내밀스러운 마음의 파장(波長)을 느끼게 하는 점이다. 얼핏 보아도 나타나는 바와 같이 여기에는 경음이나 격음의 사용이 의식적으로 회피되어 있다. "내 마음의 어딘 듯 한편에"로 시작하는 이 시는 행 전체가 거의 모두 유성음과 유음으로 이루어져 있다.

그것으로 이 시의 말들이 호음조를 이루게 되었으며 그 가락 또한 부드러운 가운데 감미로운 느낌을 준다. 그에 힘입어 이 시의 주조가 되어 있는 시인의 감정이 매우 고즈넉한 가운데 부드럽고 따뜻한 마음의 상태를 느끼게 하는 것이다. 박용철은 김영랑의 작품에 나타나는 이런 단면을 크게 주목한 것 같다. 또한 김영랑의 4행 소곡을 '미시형'으로 보고 상당한 호감을 가졌다. 다음은 『시문학』 2호를 낸 다음 그가 김영랑에게 보낸 편지글의 한 부분이다.

> 『시문학』 탈났네 지용은 사기 못나오네. 어떻든 3호는 쉽게 내놔 버리고 명년부터나 진용을 달리하지. 현구형(玄鳩兄) 어떻게 지내시는가. 가작(佳作)이 많이 밀렸을 듯싶네. 나 같은 말라붙은 뇌와 달라 정말 나는 봄 이후 한 편 없네. 묵은 것도 하나 내고 싶지 않네. 삼일 시인(三日詩人)이라는 말도 있을까. Poetic Talent의 문젤세. 3호를 얽을 셈을 잡으니 두루 빠지네 자네 四行을 두엇 더 보내게. 다른 것과 바꾸더라도 …(중략)… 자네 옛적 같은 四行이나 八行이 아니 나오나 그런 美詩形을 완성할 사람이 조선안서 자네 내놓고 누구 있나

여기에 나타나는 바와 같이 박용철은 김영랑의 『시문학』 2호에 수록된 시에 대해 각별한 호감을 가지고 있었던 것이다. 그러나 그 결과로 추가된 『시문학』 3호의 사행시(四行詩)에 대해서 그는 어느 정도 아쉽다는 생각은 가진 듯하다. 이에 대해서는 김영랑이 『시문학』 다음에 참가한 『문학』을 통해 발표한 작품들이 좋은 증거자료가 된다. 다음은 『문학』 3호를 통해 발표한 「모란이 피기까지는」의 전문이다.

> 모란이 피기까지는
> 나는 아즉 나의 봄을 기둘니고 있을테요
> 모란이 뚝뚝 떨어져버린 날
> 나는 비로소 봄을 여흰 서름에 잠길테요

五月 어느 날 그 하로 무덥든날

떠러져 누은 꽃잎마져 시드러 버리고는

천지에 모란은 자최도 없어지고

뻐쳐오르든 내보람 서운케 문허졌느니

모란이 지고 말면 그뿐 내 한해는 다가고 말아

三百예순 날 하냥 섭섭해 우옵내다

모란이 피기까지는

나는 아즉도 기둘니고 있을테요 찬란한 슬픔의 봄을

  이 작품도 그 이전의 영랑의 시와 비슷하게 시인이 마음속에 갖게 된 감정을 표출한 시에 속한다. 그러나 그 짜임새는 그 직전의 작품들과 적지 않게 다른 측면을 드러낸다. 이 작품의 성공은 시인이 지닌 마음속의 열정을 그 나름의 말씨 또는 구문을 통해 빚어내기에 성공한 데에 말미암는다. 그런데 이때 문제되는 가락, 또는 음악성이 김영랑의 앞선 작품과 어떻게 다른 것인가. 여기서 우리가 주목해야 할 것이 이에 앞서 발표된 영랑의 시에 뚜렷한 줄기로 지적될 의미 내용이 없는 점이다. 말을 바꾸면 이 이전의 영랑시는 단순 감정을 표출할 것일 뿐 그와는 성격을 달리한 체험 내용의 줄거리 같은 것을 갖지 않았다. 그러나 「모란이 피기까지는」에 이르러 그런 사정은 상당히 달라진다. 여기에는 최소한 전자와 성격을 달리하는 서정적 자아의 심지 같은 것이 느껴진다. 그에 따라 이 시에는 일종의 의미 내용에 해당되는 줄기가 바닥에 깔린 듯 생각된다. 이것은 이 작품에 이르러 김영랑의 시가 현대 서정시의 두 개 요건인 음성구조와 의미구조를 한 작품 속에 교직시키고 있음을 뜻한다.

  여기서 우리에게는 또 하나의 의문이 제기된다. 『시문학』 창간호에 등단할 때 문자 그대로 우리 시단에서 초년병으로 출발한 김영랑의 시가 이 단계에서 이렇게 고조된 가락을 얻게 된 그 힘은 어디에서 온 것인가. 물론 그 근본적인 힘은 김영랑 자신이 간직한 열정이나 재능에 말미암았을 것이다. 그러나 그 계기를 만들어내는 데 기여한 힘의 얼마에는 박용철의 역할도 있었다. 여기서 우리는 우리 1930년대의 우리 시단의 활성화에 박용철의 역할을 다시 한 번 실감하지 않을 수 없다.

2) 정지용의 경우

정지용(鄭芝溶)은 김영랑과 달리 『시문학』을 통해 한국 시단에 처음 등장한 시인은 아니었다. 그럼에도 그가 우리 시단에서 차지한 위상이 확고부동하게 된 것은 『시문학』 창간호와 2, 3호 및 『문예월간』 등을 통해서 「이른 봄」, 「경도압천(京都鴨川)」, 「피리」, 「갑판(甲板)우」, 「호수(湖水)」, 「석류(石榴)」 등의 시를 발표하고 나서부터다. 이 무렵 정지용의 시에 대해서는 양주동이 가한 한 평가가 주목된다.

> 정지용씨는 현 시단의 한 경이적인 존재다. 나는 왕년 『시문학』에 발표된 「이른봄 아침」 이하 축호시편(逐號詩篇)을 보고 예술적 수법과 감각에 경도한 적이 있거니와 금년간 발표한 것으로도 『카톨릭 청년』 소재 「해협 오전 2시」, 「임종」 등 어느 것이나 unique한 세계, unique한 감각, unique한 수법이다. 아마 현 시단의 작품으로 불어나 영어로 번역하여 저들의 초현실적 예술경향, 그 귀족적 수준에 병가(並駕)하려면 이 시인을 제하고는 달리 없을 듯하다.
>
> ── 양주동, 「1933년도 시단연평」, 『신동아』 1933. 12

이런 발언에 이어 양주동은 정지용의 시를 두고 묘한 '시경'이라는 평을 가했다. 김억의 번역시에 대해 개똥번역이라고 몰아붙인 그의 전력에 비추어보면 이때 양주동은 정지용의 시에 대해 최고의 찬사를 보낸 것이다.

『시문학』에 이어 이 무렵에 발표된 정지용의 작품에는 한때 그가 신봉한 가톨릭에 바탕을 둔, 종교시 「다른 한울」, 「또 하나의 태양(太陽)」, 「나무」 등이 있다. 이들 작품들을 초기의 지용시에 속하는 「갑판우」, 「호수」 등에 대비시켜보기로 한다.

고래가 이제 橫斷한 뒤
海峽이 天幕처럼 퍼덕이오
── 흰 물결 피어오르는 아래로 바둑돌 자꾸자꾸 내려가고

은방울 날리듯 떠오르는 바다 종달새 ──
한나절 노려보오 훔켜 잡어 고 빨간 살 뺏으려고

── 정지용, 「바다」 1부

一.
얼골 하나야
손바닥 둘로
폭 가리지만
보고 싶은 맘
湖水 만 하니
눈 감을 밖에

二.
오리 모가지는

湖水를 감는다
오리 모가지는
작고 간지러워

　　　　　　　　　　— 정지용, 「호수」 1, 2연

　정지용 이전의 우리 시는 대체로 작자가 그 나름의 생각을 독자들에 전달하려는 의도를 바탕으로 쓰여진 것이었다. 시인은 그가 가진 생각, 또는 감정을 그 나름의 말솜씨로 포장하고 그것을 시적인 가락에 실으면 한 편의 시가 되었다. 우리 개화기 시단을 대표한 육당(六堂)과 고주(孤舟)의 창가, 신체시들이 그런 수법으로 문명개화를 지향하는 내용을 노래한 것이다. 폐허와 백조파들도 그에 준하는 내용들을 세기말 사조에 영향된 시어로 바꾸어 발표했다. 특히 신경향파와 카프가 그들이 신봉한 계급의식을 선전 문구투로 포장하는 시를 양산해낸 것은 앞에서 이미 밝혀진 일이다. 정지용은 일단 시를 그런 의식이나 감정의 피사체일 수 없다는 의식으로 시를 썼다. 초기의 정지용의 시 가운데 하나인 「이른 봄 아침」이나 「갑판 우」는 시인이 사물을 대한 다음 거기서 얻어낸 감정을 직설적으로 토로한 시가 아니다. 이들 작품에서 봄날의 아침이나 갑판 위의 정경, 또는 바다의 빛과 물결들은 일단 시인의 그런 자아가 배제된 상태에서 시인 나름의 독특한 감각으로 포착, 제시한 것이다.

　우리는 흔히 순수시의 기본 요건을 시 아닌 것에서 시를 분리시켜 그것만을 노래한 시라고 정의한다. 이때 문제되는 시와 시 아닌 것의 경계선으로 하여 시는 두 유형으로 구분될 수 있다. 제재에서부터 시 아닌 것을 배제해버린 시가 그 하나다. 이것을 I. A. 리처즈는 이질적인 것의 문맥화를 거치지 못한 시라고 보고 배제의 시(Exclusive poetry)라고 명명했다.

리처즈는 이런 유형의 시와 달리 시인의 시 가운데는 시적이 아니라고 생각되는 요소들까지를 수용한 시가 있다고 보았다. 리처즈에 따르면 시인들이 좋은 시를 쓰기 위해서는 시적이 아닌 여러 요소들을 배제하지 않고 포괄해야 한다. 비시적인 것을 작품 속에 수용하여 내면세계에 깊이와 넓이를 가진 시를 만들어내어야 한다. 그리하여 시의 짜임새가 더욱 든든하게 된다고 보며 그런 시를 리처즈는 포괄적 시(Inclusive poetry)라고 정의했다.

리처즈의 기준에 입각하면 1930년대 초기에 이르기까지의 정지용이 시는 다분히 배제시의 측면을 드러내고 있다. 그렇다면 이 시기에 속하는 그의 시가 거의 모두 그 자체에 한계를 지나고 있었던 것인가. 이렇게 제기되는 질문에 대해 반성의 자료로 삼을 수 있는 것이 지용의 종교시편이다. 이미 제목이 제시된 「또 하나의 다른 태양」에서 태양은 지용이 한때 귀의한 가톨릭의 성모마리아를 가리킨다. 「불사조(不死鳥)」와 「나무」에도 그와 유형을 같이하는 종교의식이 바닥에 깔려있다. 이것은 지용이 그가 초기 시에서 배제한 사상, 철학, 종교, 신앙 등의 요소가 종교시에 수용된 것임을 뜻한다. 그렇다면 이 단계에서 정지용 시는 우리 시사에서 어떤 위상을 차지하게 되는 것인가.

> 실상 나는 또 하나의 太陽으로 살았다
> 사랑을 위하얀 입맛도 잃는다
> 외로운 사슴처럼 범어리가 되어
> 山入 길에 설지라도
> 오오! 나의 幸福은 聖母마리아

여기서 태양은 말할 것도 없이 시인이 귀의하고자 한 기독교의 하느님이다. 그런데 여기서 그의 신앙은 완전하게 심상화되었다기보다 시인이 가진 신앙의 테두리에 한 발을 걸치고 있는 느낌이 있다. 그렇다면 정지용에게는 사상 관념을 기능적으로 장미의 향기처럼 느끼게 하는 시가 없는 것인가. 이렇게 제기되는 의문에 대해 우리가 검토해볼 필요가 있는 시로 「향수」가 있다.

넓은 벌 동쪽 끝으로
옛 이야기 지즐대는 실개천이 회돌아나가고
얼룩백이 황소가
해설피 금빛 게으른 울음 우는곳
— 그곳이 참하 꿈엔들 잊힐리야.
질화로에 재가 식어지면
뷔인 밭에 밤바람 소리 말을 달리고,
엷은 조름에 겨운 늙으신 아버지가
짚벼개를 돋아 고이시는 곳.
— 그곳이 참하 꿈엔들 잊힐리야.

흙에서 자란 내 마음
파아란 하늘 빛이 그립어
함부로 쏜 화살을 찾으러
풀섶 이슬에 함추름 휘적시든 곳
— 그곳이 참하 꿈엔들 잊힐리야.

—「향수」1, 2, 3연

여기서 드러나는 바와 같이 이 작품의 전체 주지, 내지 주제가 되고 있는 것은 화자의 고향을 그리는 마음, 곧 향수다. 향수는 심의현상(心意現象)의 범주에 속하는 것으로 단순 사물이 아닌 관념의 한 유형이다.

구체적으로 「향수」에서 정지용은 그가 그리는 고향을 '그곳'이라고 했다. 그러니까 「향수」의 정신적 기조는 고향이라는 물리적 공간에 그치지 않고 고향을 그리는 마음이다. 이 자품의 첫 연에서 정지용은 그런 향수의 정을 얼룩백이 황소나 짚벼개를 돋아 고이는 노인의 심상으로 대체시키고자 했다. 그런데 이때에 제시된 심상은 시인의 고향이기는 하지만 그것이 곧 향수라는 심의현상과 등가물이 되지는 않는다. 단적으로 말하여 여기서 고향이 지닌 심상과 향수 사이에는 약간의 등차가 생긴다. 이 결극을 메우기 위해 지용은 각 연의 마지막에 "— 참하 그곳이 꿈엔들 잊힐리야"라는 진술 형태의 문장을 되풀이시켰다. 다시 확인하면 이시의 제1연에서 시인의 고향은 "얼룩백이 황소"가 "금빛 게으른 울음을 우는 곳"으로 표현되었다. 이어 2연에서는 그것이 "뷔인 밭에" 말을 달리는 양 소란스레 들린 "밤바람 소리", 또는 "늙으신 아버지가/짚벼개를 돋아 고이시는 곳"으로 제시되었으며 3연에서는 "화살을 찾으러/풀섶 이슬을 함추름 휘적시든 곳"으로 대체된 것이다. 이것으로 정지용이 가진 고향이 선명한 그림, 또는 소리로 탈바꿈하여 감각적 실체가 된 것은 사실이다. 그런데 이것으로 시인이 그의 고향에 대해 품은 정 자체가 객체화되고 감각적 실체로 탈바꿈한 것은 아니다. 이 시를 쓰면서 정지용도 이에 대한 의식을 가졌던 것 같다. 그러니까 이 시에 후렴구를 만들어 "그곳이 참아 꿈엔들 잊힐리야"를 붙인 것이다.

4. 서정주와 시문학파

　몇 편의 종교시편에서 정지용이 그의 시가 갖는 사유 공간 부재를 보완하고자 한 시도를 가진 것은 이미 살핀 바와 같다. 그러나 그것이 사상, 관념을 기능적으로 정서화시키기에 성공한 것인가. 이런 의문에 대해 우리는 자신 있게 그렇다는 단언을 할 수가 없다. 그의 성공작의 하나인 「향수」에 관념을 그 자체로 객체화시키지 못한 자취가 드러나고 있기 때문이다. 그렇다면 정지용의 다음 세대에 속하는 시인 가운데 그의 한계를 극복해낸 예는 없었던 것인가. 이렇게 제기되는 의문에 대해 좋은 응답자의 자격을 띠고 나타나는 것이 서정주다.

　　　歷史여 歷史여 韓國歷史여.
　　　흙 속에 파묻힌 李朝白磁 빛깔의
　　　새벽 두 시 흙 속의 李朝白磁 빛깔의
　　　歷史여 歷史여 韓國歷史여.

　　　새벽 비가 개이어 아침 해가 뜨거든
　　　가야금 소리로 걸어 나와서
　　　춘향이 걸음으로 걸어 나와서
　　　全羅道 石榴꽃이라도 한번 돼 바라.

　　　시집을 가든지, 안 上客을 가든지,
　　　해 뜨건 꽃가마나 한번 타 봐라.
　　　내 이제는 차라리 네 婚行 뒤를 따르는
　　　한 마리 나무 기러기가 되려 하노니.

歷史여 歷史여 韓國歷史여

외씨버선 신고

다홍치마 입고 나와서

울타리가 石榴가 꽃이라도 한번 돼 바라.

　　　　　　　　　　——「역사(歷史)여 한국역사(韓國歷史)여」 전문

　발표 당시 이 작품의 제목은 '한국역사여'가 아니라 '조선역사여'였다. 한국 역사든, 조선 역사든 이들 말이 갖는 내포의 성격은 「향수」의 경우와 아주 비슷하다. 향수가 물질적 차원의 제재가 아닌 것과 꼭 같이 한국 역사 또한 그런 유형에 속하는 것이다. 한마디로 양자는 다 같이 사유 과정을 거쳐야 제대로 의미 내용이 파악될 수 있는 관념어에 속한다. 선이나 한국의 역사라고 하면 우리는 흔히 까마득한 상고시대로 생각을 소급시킨다. 거기에는 신시(神市)라든가 태백산, 개천(開天)의 심상을 떠올리게 만드는 여러 사실들이 있다. 그런가 하면 고려와 조선왕조를 거치는 가운데 치른 정치, 사회적 문제, 문화적 성과가 떠오르며 또한 민족사의 갈피에서 겪은 외침의 소용돌이 속에서 겪은 수난과 희생의 기억도 거기에는 섞여들어 있다. 그런데 그들 사실과 사건들은 소재 상태의 단계에서는 단순 기록으로 남아 전할 뿐이다. 그렇다면 이들 소재는 어떤 과정을 거쳐서야 시가 된 것인가!

　위의 보기로 나타나는 바와 같이 서정주는 정지용과 달리 관념성이 짙은 한국 역사를 제재로 택한 가운데 그것을 테두리가 선명한 감각적 실체로 제시해내었다. 이 시의 첫 연에서 추상적인 제재인 우리 역사가 "흙 속에 파묻힌 이조백자(李朝白磁)"와 일체화되었다. 그런가 하면 다음 연에서 그것은 춘향이의 심상을 곁들인 전라도의 석류꽃이 되어 있는 것이다. 뿐만 아니라 3연에서 다시 한국 역사는 의심의 여지가 없을 정도로 어엿한 여인의 모습을 하고 나타난다. 화자인 시인은 그 자신을 그 여인의 혼행길을 따르는 "한 마리 나무 기러기"로 만들어버렸다. 이것은 서정주의 작품이 보여준 관계 설정이며 기상천외의 심상 제시다. 그럼에도 이 시는 거기서 일어날 수 있는 엉뚱함이나 그 터무니없음이 도무지 그렇게 느껴지지 않도록 말들을 쓰고 있다. 다시 되풀이하면 우리에게 국어사전에나 나오는 개념적 사실들이 이 시에서는 천연색 동영상의 한 부분이 되어 선명한 심상을 지닌 감각적 실체로 나타나는 것이다.

여기서 서정주가 빚어낸 가락 또한 일품이다. 여기서 우리는 이 시가 우리 역사를 바탕으로 하면서 거기서 유래한 그리우며 애틋하게 생각되는 민족사의 흐름에 그 제작 동기를 둔 것으로 파악할 수 있다. 그런데 이 작품에서는 그것은 남도와 그 하늘을 배경으로 떠오르는 성춘향의 심상, 그에 겹친 신행길의 여인, 그 변신으로 생각되는 석류꽃 등으로 탈바꿈이 되어 있는 것이다.

문학사의 기술에서 이제까지 우리는 흔히 작품 자체가 아니라 그 주변 여건인 외재적 연구를 시도해왔다. 거기서는 시인과 시인의 교류 관계도 적지 않게 검토되었는데 그러나 그것은 작품 자체의 조직이나 구조를 파헤치는 각도에서가 아니라 주변, 여건만을 문제 삼은 느낌과 함께 시도되었다. 이때의 시 읽기가 치밀한 사실 검토를 통해서 구체화되지 못한 것이다. 정지용의 시문학파 시대를 말하는 가운데 이런 말을 하는 것은 그 뜻이 다른 데 있지 않다. 이제까지 우리 주변에서는 서정주와 정지용은 문단활동을 통해서 교류가 없었던 것으로 생각되어왔다. 그러나 뜻밖에도 두 시인은 어느 시점에서 상당히 진하게 교유의 실적을 가진 자취를 드러낸다.

서정주가 그의 처녀시집『화사집(花蛇集)』을 발간했을 때 정지용이 '궁발거사(窮髮居士) 화사집(花蛇集)'이란 제자를 써주었다. 이런 사실을 미당은『화사집』복각판을 낼 때 그 권말에 써서 밝혔다.

> …『花蛇集』의 초판 발행 반세기가 되는 해를 맞이하여 …(중략)…
> 1938년에 오장환군의 남만서고에서 발행 예정이었다가 그곳의 不
> 振으로 1941년 봄에야 나오게 된 이 책 100부 한정판 중의 특제본
> 들에는 등때기에만 누군가가 붉은 실로 화사집 세글자를 자수했었
> 고 표지에는 아무것도 표현하지 않았으며 나머지의 並製本에만 정
> 지용 선배께서「窮髮居士 花蛇集」이라고 멋드러진 붓글씨로 휘호해
> 주셨기에 이걸 이 복간본들의 안 표지에 넣기로 했다. (강조―필자)

여기서 또 하나 밝혀둘 것은 서정주 이전에 정지용이 우리 문단 초유의 반항아인 이상(李箱)과도 각별한 인간관계를 가진 점이다. 이제까지 우리는 이상의 우리말 시가 이태준(李泰俊)의 소개로『조선중앙일보』에 발표된「오감도」에서 시발된 것으로 알아왔다. 그러나 그 이전 이상에게는「꽃나무」,「이런 시(詩)」,「1933」과「정식(正式)」등 대표작들을『카톨릭 청년』을 통해 발표한 경력이 있다. 이때『카톨릭 청년』의 문예란을 주재한 것이 정지용이었다. 그러니까『조선중앙일보』를 통한 등단 이전에 이상은 정지용의 추천으로 이미 우리 시단에 등록을 마친 것이다.『카톨릭 청년』은 말할 것도 없이 보수 종교단체의 기관지격인 잡지였다. 거기에 정통 신학과는 거리가 있는 이단의 시인 이상의 작품이 실리게 되었다는 것은 무엇을 뜻하는가. 이것은 서정주의 경우 못지않게 정지용과 이상 사이에 굵은 선으

로 이야기될 수 있는 교유 관계가 있었음을 말해준다. 여기서는 「정식」 발표가 『시문학』과 『문예월간』, 『문학』이 발간된 다음인 1933년도에 이루어진 점도 주목되어야 한다. 정지용을 중간 항으로 잡아보면 우리 현대시단에 끼친 시문학파의 영향은 이와 같이 뚜렷하게 굵은 선으로 나타난다.

5. 박용철과 한국 현대시사 : 끝자리 요약을 대신하여

여기에 이르기까지 우리는 우리 문학사에 끼친 박용철의 위상을 「떠나가는 배」, 「고향」 등 창작시 활동과, 해외시 번역, 『시문학』, 『문학』 등 문예지 발행을 통한 순수 시인들의 세력화 활동 등을 중심으로 살펴보았다. 서른다섯 해에 그친 그의 생애를 돌이켜보면 이와 같은 박용철 문학의 자리매김이 사실에 크게 위배되는 것은 아니다. 그러나 좀 더 기능적으로 그의 문단 활동을 조감하려면 이것만으로는 충분하지 않다. 『시문학』, 『문예월간』, 『문학』을 발행해가면서 그는 잇달아 그 주변에 시인들을 결집시켜 그들을 우리 문단의 순수문학자 집단으로 세력화시켰다. 그와 함께 그는 실제 문단 활동을 통하여 비순수의 범주에 든 시인과 소설, 희곡, 평론가들과도 끊임없이 교유 관계를 가졌다. 『문예월간』 창간호에는 이은상, 유진오와 함께 김진섭, 장기제, 조희순, 함대훈 등의 이름이 올라 있다. 그 2호에는 유치진의 『토막』이 발표되었으며 유치환의 「정적」도 실려 있다. 그 3호에는 정인섭, 심훈이 등록되어 있고 이어 4호에는 서항석, 주요한, 이광수, 최정우의 이름이 추가되어 나타난다.

『문학』 창간호를 보면 거기에는 김진섭, 김광섭의 수필과 평론이 허두를 차지했으며 2호에는 김영랑, 신석정, 김현구, 허보 등 시문학 동인들의 작품과 함께 김상용, 임학수 등의 시가 수록되어 있다.

박용철의 문단활동에서 또 하나 특기할 것은 그가 비평 활동을 하는 가운데 시문학파에 속한 시인들을 끊임없이 옹호, 고무한 점이다. 이에 대해서는 『박용철 전집』 2권에 수록된 「신미시단(辛未詩壇)의 회고와 비판」이 그 좋은 증거가 될 수 있다. 1931년 12월 『조선중앙일보』 학예면에 실린 이 글에서 박용철은 김영랑, 정지용, 신석정, 김현구의 작품을 차례로 거론했다. 거기서 그는 김영랑의 4행시를 "천하(天下)의 일품(一品)"이라고 평가했으며 그에 이어 "미(美)란 우리의 가슴에 자릿자릿한 기쁨을 일으키는 것", "그(김영랑을 가리킴―필자주)의 시는 한 개의 표준으로 우리 앞에 설 것"이라는 호평을 아끼지 않았다. 같은 자리에서 박용철은 지용을 가리켜 "시인의 시인"이라고 칭예했으며, 신석정에게는 "이 시인의 고요한 명상을 나는 사랑합니다"라고 호평을 아끼지 않았다.

박용철의 여러 시론 가운데 이색적으로 생각되는 것이 그가 김기림(金起林)의 「기상도(氣象圖)」에 대해 비판적인 발언을 한 점이다. 1932년 우리 시단의 성과를 총평하는 자리에서 박용철은 김기림의 장시에 대해 다음과 같이 썼다.

> 이 시(「기상도」를 가리킴―필자주)의 인상은 한 개의 모티브에 완전히 통일된 樂曲이기보다 필름의 다수한 단편을 몽타주한 것 같은 것이다. …(중략)… 시인의 敬服할만한 노력과 계획에도 불구하고 시인의 정신의 연소가 이 거대한 소재를 화합시키는 高熱에 달하지 못하고 이것을 겨우 접합시키는 데 그쳤든 것 같다. 이중에서도 필자의 가장 불만인 점은 이 詩가 명랑한 아침 폭풍경보에서 시작해서 다시 명랑한 아침 폭풍경보 해제에 끝나는 이 완전한 左右同形的 구성이다.

여기서 우리가 지나쳐 볼 수 없는 것이 박용철 시론의 근본 전제다. 다른 자리에서 그는 "시가 감정의 자연스러운 발로"라는 워즈워스류의 소박한 낭만주의 시론을 비판했다. 그러나 그 다음 자리에서 박용철이 그대로 곧바로 신고전주의나 주지주의의 입장을 취한 것은 아니다. 일찍 그는 그가 생각하는 좋은 시를 "절정의 순간이나 그 상태의 확보"로 보았다. 어느 의미에서 이것은 감정의 방류＝좋은 시라는 낭만파와 비슷한 생각으로 시를 여전히 시인의 몫으로 돌리고 있음을 뜻한다. 박용철은 여기에서 빚어지는 오해의 소지를 해소하기 위해 다른 시론에서 시＝절정의 순간을 포착하여 완전 연소시키는 것이란 중간항을 가졌다. 그런데 시를 소박한 감정의 표출 이상의 것이라고 보기 위해서 그는 '시＝생리적 필연'이라는 개념을 내세웠다. 여기서 문제되는 생리를 박용철은 다시 전생리(全生理)라고 재해석한 다음, 그 뜻이 "육체·지성·감정·감각·기타의 총합을 의미한다"고 밝히고 있는 것이다. 박용철이 「기상도」를 호되게 비판한 까닭도 바로 이런 그의 시론에 근거를 두고 있다.

박용철이 김기림이 주장하는 주지주의 또는 지성의 시를 비판한 것은 거기에 육체, 지성, 감정을 통합하고 그것을 연소시킨 열정이 잘 나타나지 않은 채 기교 또는 기법에만 의거하려는 경향이 포착되기 때문이었다. 박용철의 생각에 따르면 「기상도」는 내용 또는 주제가 되는 의미나 감정이 뒷전으로 물러서고 새로우려는 고안(考案)만이 문제가 된 시다. 박용철의 판단에 따르면 그것은 유행에 편승하는 디자이너의 길일 뿐이다. "선인(先人)과 같은 시를 쓸 우려가 있으니 우리는 새로운 고안을 해야 한다는 데서 출발하면 거기는 의상사(衣裳師)에로의 길이 있을 뿐이다." 물론 이와 같은 박용철의 김기림 비판은 그대로 전면적 진실일 수 있는 것이 아니다. 널리 알려진 바와 같이 김기림은 신고전주의계에 속한 비평가로 T. E. 흄이나 I. A. 리처즈의 수용자였다. 그런 그는 낭만주의 미학의 중심개념에 속하는 시인의 의도나 사상·관념을 지양·극복하지 않을 수 없었다. 그리고 그에 대체하는 개념으로 지성과 기법에 의거하는 시를 지향했던 것이다. 그것을 박용철은 그 나름의 지론으로 재해석하여 「기상도」를 손끝으로 쓴 시로 판정한 것이다. 그럼에도 박용철의 김기림 비판은 처음부터 갈래를 달리하는, 곧 낭만파의 시각에서 이루어진 느낌이 있다. 그러나 이런 사실을 시인하더라도 박용철의 「기상도」 분석은 당시 우리 평단의 수준으로 보아 주목에 값하는 작품론이었다. 이 역시 박용철이 우리 문학사에 끼친 중요한 성과로 등록되어야 한다.

제3부

현대문학자의
고전문학 읽기

『한중록』: 재해석 시론(試論)

― 그 바닥에 깔린 비극성의 원인 읽기

1.

『한중록(閑中錄)』은 필사본으로 전해 내려온 여섯 권 한 질의 전기체 궁정비록(宮廷秘錄)이다. 저자인 혜경궁(惠慶宮) 홍씨(洪氏)는 영풍부원군(永豊府院君) 홍봉한(洪鳳漢)의 따님이었다. 영조 11년(1735) 한성 반송방(盤松坊) 거평동(居平洞)에서 태어나 열 살 때 세자빈으로 간택되어 입궐하였다. 그로부터 그는 위로 주상(主上)인 영조를 모시고 내전에서 대비와 중궁전(中宮殿), 세자의 생모인 선희궁(宣禧宮) 이하 여러 궁인들을 섬기며 거느리는 바쁜 일과를 치러나가야 했다. 그러나 그런 틈서리에서도 후에 사도세자(思悼世子)가 된 국본(國本)과의 사이는 나쁘지 않았다고 한다. 그런 그가 스물여덟 살이 된 해 세자가 뒤주에 갇혀 비명횡사하는 끔찍한 참변을 겪게 되었다. 당시의 일을 혜경궁 홍씨는 "천지합벽(天地闔闢)하고 일월(日月)이 회색(晦塞)하니 내 어찌 일시(一時)나 세상에 머물 마음이 있으리오. 칼을 들어 명(命)을 그치려 하니 방인(傍人)이 앗음을 인(因)하여 뜻같이 못하고 다시 죽고자 하되 촌철(寸鐵)이 없으니 못하고⋯⋯"라고 적었다. 『한중록』은 이와 같이 엄청난 참변을 겪은 혜경궁 홍씨의 비극적 체험이 줄거리가 된 작품이다.

2.

『한중록』 이외에도 궁정비록으로 비극적인 내용을 줄거리로 한 내간체 작품으로는 『계축일기(癸丑日記)』, 『인현왕후전(仁顯王后傳)』 등이 있다. 『계축일기』는 선조(宣祖)의 후궁으로 광해군(光海君)의 집권과 함께 폐비가 되어 서궁(西宮)에 유폐당한 인목대비의 기록이다. 그는 다섯 살에 지나지 않은 영창(永昌)이 역모에 몰리어 죽는 참변을 겪었다. 그런데 그 작자는 작품의 주인공인 인목대비가 아니라 측근 나인으로 추정된다.

『인현왕후전』의 주인공은 여양부원군(驪陽府院君) 민유중(閔維重)의 따님으로 태어나 조선왕조 후기의 개혁 군주인 숙종(肅宗)의 계비가 된 인현왕후 민씨. 그는 숙종의 탕평책에 힘입어 새로운 정치세력으로 부상한 남인(南人) 계통의 희빈(禧嬪) 장씨(張氏)와의 사이가 원만하지 못하였다. 그 틈서리에서 한때 사가(私家)로 퇴출되고 희빈 장씨가 그를 대신하여 정비(正妃)의 자리에 오르기까지 했다. 이와 함께 장씨는 인현왕후에게 소생이 없는 것을 기화로 그의 소생을 세자로 책봉시키기에 성공한다. 『인현왕후전』의 줄거리는 이런 상황에서 폐비가 겪고 맛본 낙탁, 비감의 정경을 줄거리로 한 작품이다. 그런데 이 작품 역시 그 작자는 인현왕후 자신이 아니라 그를 모신 나인이거나 아니면 친정 쪽의 사람으로 추정된다.

『한중록』도 『계축일기』, 『인현왕후전』과 비슷하게 궁정 내에서 벌어진 권력 투쟁으로 작품의 주인공들이 축출, 처형되는 비극이 줄거리가 되어 있는 왕조비사(王朝秘史)이다. 그러나 그 내용으로 유추되는 바 비극적 체험의 정도에 있어서 『한중록』은 『계축일기』나 『인현왕후전』을 크게 앞지른다. 『계축일기』의 주인공은 분명히 인목대비다. 그런데 그는 광해군에 의해 사사당한 것이 아니라 유폐가 되었다. 이때 목숨을 잃은 것은 광해군의 이복동생인 영창대군(永昌大君)이다. 『인현왕후전』에도 이와 비슷한 상황이 나타난다. 숙종의 정비인 인현왕후를 폐출하여 사가로 내쫓은 것은 장희빈을 앞세운 남인들이었다. 그들의 주장에 휘말린 숙종은 인현왕후를 한때 서인(庶人)으로 격하시켰으나 목숨을 빼앗지는 않았다. 그 후 숙종은 폐비의 일을 뉘우쳐 다시 중궁으로 복위시켰다. 그에 따라 민비는 다시 내전의 주인이 되는 것이다. 이에 반해서 『한중록』의 주인공은 왕자로 태어나 국본의 자리에 오른 사도세자였다. 한때 그는 부왕인 영조의 사랑을 받아 조정 정사를 관장하는 섭정의 자리에까지 올랐다. 그런 그가 하루아침에 부왕의 진노를 사서 뒤주에 갇힌 다음 목숨까지를 잃게 되는 것이다.

우리 왕조사에는 형제간의 권력다툼으로 골육상잔(骨肉相殘)의 참극이 벌어진 일이 아주 없지가 않았다. 이런 경우의 한 보기가 되는 것이 조선왕조 초기에 일어난 왕자의 난이다. 조선왕조 건국에 남다른 공을 세운 것은 후에 태종이 된 방원(芳遠)이었다. 역성혁명(易姓革命)에 성공한 태조 이성계(李成桂)는 개국의 대업이 이루어져 등극하자 그런 그를 제껴두고 강씨의 소생인 방석(芳碩)을 세자로 책봉했다. 이에 분개한 방원이 부왕에게 반기를 들어 이복동생의 목을 벤 것이 왕자의 난이었다. 그러나 다 같은 골육상쟁의 비극이라 하더라도 조선 개국 초 왕자의 난과 사도세자의 죽음 사이에는 근본적인 차이가 있다. 한 왕조의 역사를 보면 형제 사이에 왕위를 두고 서로 죽이고 죽는 비극은 반드시 없지 않았다. 하지만 봉건왕조, 특히 조선왕조와 같이 유학을 국시로 한 나라에서 부왕(父王)이 아들 목숨을 빼앗아 죽게 한 사건은 상상하기 어려운 일이다. 『한중록』을 궁정문학으로 전제하고 읽을 때 우리는 또 하나 감안해야 할 것이 이 작품과 『계축일기』의 차이점이다.

두루 알려진 것처럼 『인현왕후전』은 왕실 내에서 빚어진 처첩 사이의 알력 마찰을 내용으로 한다. 거듭 지적된 바 조선왕조는 그 국시(國是)를 유교, 또는 유학적 이념에 의거했다. 유교, 또는 유학이 지배하는 사회에서 선비들은 수신제가(修身齊家)의 다음 단계에서 경세치민(經世治民)의 자리에 나가야 했다. 그 과정에서 그들은 정실(正室) 이외의 여자를 거느려도 무방하게 된다. 이런 사회제도 속에서 주상인 숙종이 장씨를 희빈으로 둔 것은 유학적 질서를 크게 어지럽히는 일이 아니었다. 다만 그가 정쟁의 회오리에 휘말린 나머지 반대파의 무고를 믿고 정실인 민비를 한때나마 내친 것은 잘못된 것이다. 숙종은 그 후에 곧 그 자신의 잘못을 깨닫고 인현왕후를 다시 복권시켰다. 이렇게 보면 『인현왕후전』의 줄거리에는 비극의 정석인 주인공의 비참한 죽음이 제대로 나타나지 않은 셈이다.

그런데 『한중록』에는 주인공인 사도세자가 비참한 최후를 맞는다. 그것도 세자의 몸으로 정상적인 절차를 거쳐 처형된 것이 아니라 뒤주에 갇힌 가운데 목숨이 끊긴다. 이것은 다른 두 작품에 비해 『한중록』이 한층 비극적 요소를 짙게 가졌음을 뜻한다. 유교국가에서는 위로 왕후장상에서 아래로 농상공에 종사하는 서민, 백성들 모두가 철칙으로 삼아야 할 행동강목이 있었다. 그것이 삼강오륜(三綱五倫)이다. 삼강오륜의 허두에 부자유친(父子有親)과 군신유의(君臣有義)가 있음은 우리 모두가 알고 있는 바와 같다. 그런 유교국가에서 그것도 국정의 방향을 성학(聖學)이 가리키는 바에 따라 지치정치(至治政治)를 지향한 영조가 그의 아들인 세자를 뒤주에 가두어 죽게 했다. 이것은 『한중록』의 비극성이 우리 고전문학기의 그 어느 작품보다도 강하게 내포되어 있음을 뜻한다.

3.

우리가 『한중록』의 내용을 기능적으로 파악하려면 사도세자와 영조의 관계를 재검토해볼 필요가 있다. 이미 확인된 바와 같이 뒤주 유폐 사건이 있기 전까지 세자와 부왕인 영조의 사이는 유별나게 나쁜 편이 아니었다. 그 단적인 증거가 되는 것이 영조가 한때 세자에게 조정 정사를 맡긴 사실이다. 영조가 세자에 대해 조금이라도 못마땅하게 생각한 점이 있었다면 막중한 국사를 그에게 맡겼을 리가 없다. 그런 영조가 세자에게 이례적이라고 할 수밖에 없을 정도로 격렬한 증오를 품게 되어 그를 뒤주에 가두어 치사케 한 까닭이 무엇이었던가? 이에 대해서는 그간 우리 주변에서 조금씩 편차를 가진 몇 가지 원인 규명과 그에 따른 지적이 있었다.

그 하나가 나경언(羅景彦)이 세자 반역 행위 획책을 알린 것이라는 고변설(告變說)이며, 두 번째가 세자의 생모인 영빈(暎嬪) 이씨(李氏)가 영조를 충동하여 그렇게 끔찍한 일을 벌였다는 견해다. 이와 함께 영의정 홍봉한(洪鳳漢 : 사도세자의 장인)이 영조에게 참소하는 말을 올린 결과라는 주장과 영조의 후궁인 문녀(文女) 난애의 이간책이 작용한 나머지 뒤주 감금과 같은 끔찍한 사건이 벌어진 것이라는 해석이 가해진 바 있다. 이들 견해에 대해서는 이미 고전문학기의 여류문학을 전공한 김용숙(金用淑) 교수의 사실 해석이 있었다.

그는 김동욱(金東旭) 교수가 교주한 『한중록』의 권두에 실린 해설을 통해 "이상과 같은 세 가지 설이 전하여 내려오기는 하지만 하나하나 검토해보면 어느 설도 그 대화변(大禍變)의 절대적인 이유는 안 되는 것이다"라고 지적했다. 그에 따르면 나경언의 고변이 영조의 사태 결정에 얼마간의 영향을 줄 수는 있었다. 그러나 『한중록』의 본문에도 이미 나타나고 있는 바와 같이 이때의 고변은 그 직후 금부의 국문을 통해 사실무근인 무고임이 드러났다. 그렇다면 부왕인 영조가 이미 근거 없는 모함으로 드러난 말을 믿고 하나밖에 없는 아들을 뒤주에 가두어 명줄을 끊어버리는 대화변을 감행했을 리가 없다. 영빈 이씨 무고설과 영풍부원군 참소설에 대해서도 첫 번째 경우와 거의 같은 논리가 성립된다. 이에 대해서는 『한중록』 본문에도 혜경궁 홍씨의 충정 어린 의견이 제시되어 있다.

세상에 어떤 어머니가 그가 낳아 기른 아들의 목숨을 빼앗도록 아버지인 영조에게 간청할 것인가. 또한 제정신을 가진 어느 장인(丈人)이 딸이 평생을 바쳐 따르고 섬기기로 한 사위(사도세자)를 죽음의 구렁텅이에 몰아넣고자 음해를 할 것인가. 이렇게 제기되는 물음의 답은 명백히 '아니다'가 된다. 그렇다면 『한중록』의 뼈대가 되는 사도세자의 비극적 죽음은 그 원인이 어디에 있는 것인가. 김용숙 교수는 이에 대한 해답을 사도세자의 정신질환에서 구하고 있다.

> 이 병환은 작자가(사도세자의 정신질환을 가리키며 작자는 혜경궁 홍씨 – 필자주) 화증(火症)이라고도 말하고 의대증이라고 말하

고 있으나 이는 일종의 강박증과 우울증이라고도 할 것이다. 시초는 아버지가 아들을 미워하는 본능(本能), 즉 오이디푸스 콤플렉스(Oedipus Complex)로 말미암아 부왕(父王)의 사랑을 받지 못하는 욕구불만(Frustration)이 차츰 강박관념을 조성하고 이것이 의복에 대한 공포로 이행하고 의복 하나를 입는 데 수십 벌씩 소화(燒火)하지 않으면 안 되었다. 이러한 어두운 그림자로 다시 마음이 우울해져 이를 풀기 위하여 궁중 밖에 미행(微行)을 하고 우울한 심정을 유흥으로 발산하고 이것이 악화되어 평양을 갔다오는 등 탈선 행동까지 이르렀다. 또 기녀(妓女)나 니승(尼僧)을 데려오고 궁녀(宮女)를 보되 학대하고 피를 보고 다시 이를 가까이하는 등 사디즘적인 행동도 있었다. 또 궁중에서 움을 파서 광중(壙中)같이 하고 그 위를 떼로 덮어 등까지 달아 놓고 비밀실을 가졌으니 작자(혜경궁 홍씨–필자주) 말로는 부왕의 눈을 기이기 위하여 병기(兵器)붙이 같은 완호지물(玩好之物)을 감추는 이외 별 뜻이 없었다고 하건만 "그 일로 망극한 일이 많았으니"라 하고 있듯이 이 병의 성적착란(性的錯亂)의 통성(通性)으로 무슨 일이 있었는지 모를 일이다. 한 나라의 국본(國本)으로서의 세자가 별감(別監)들과 놀이하고 사람을 죽이고 여염(閭閻)을 출입하고 이리하여 당시 장안의 불량배들이 가짜 세자 행각을 하고 다녔다는 사회상까지 연출하였다. (한자음–필자)

이런 해석에서 우리가 지나쳐서는 안 될 사항은 두 가지다. 그 하나는 어느 시기부터 사도세자가 정신병의 일종으로 생각되는 화증(火症), 또는 의대증을 앓게 된 것인가 하는 점이다. 그 증상으로 세자는 옷을 입을 때 수십 벌을 가려내고 그들을 태우기까지 했다. 또한 궁중에서 금지가 된 기녀와 니승, 잡속배까지를 불러들였다. 특히 대궐 안에 땅굴을 파고 거기에 병장기까지 감춘 것은 정도가 심한 정신병의 증세다. 이와 함께 우리가 주목해야 할 것이 부왕인 영조가 세자를 미워하게 된 시기다. 섭정을 보게 할 때까지 영조가 세자에게 품은 감정은 명백하게 자애를 바탕으로 한 것이었다. 그러니까 세자가 미처 성년이 되기도 전에(열네 살 때－필자주) 그에게 대리집정을 시킨 것이다. 그런데 부왕의 그런 신임과 기대를 저버리고 세자의 정신착란증이 거듭되었다. 수시로 궁궐을 벗어나 시정의 잡속(雜屬)들과 어울리고 마침내는 구중심처에서 시종이나 나인을 구타, 척살할 정도의 끔찍한 일들을 저질렀다. 『한중록』에는 이때의 일 한 부분이 다음과 같이 적혀 있다.

> 신사년(辛巳年)이 되니 병환이 더욱 심하오신지라 이어(移御)하신 후는 후원(後苑)에 나가오셔 말 달리기 군기(軍器)들 붙이로나 소일(消日)할까 하시다가 칠월(七月) 후 후원도 잠가오시니 그도 신신치 않으셔 생각밖에 미행(微行)하려 하시고 처음 놀랍기 어이 없으니 어찌 다 형용하리오. 병환이 나오시면 사람을 상하고 마오시니 그 의대 시종을 현주의 어미가 들더니 병환이 점점 더하오셔 그것을 총애하신 것도 잊으신지라 신사(辛巳) 정월(正月)에 미행을 하시니 의대(衣襨)를 가오시다가 증(症)이 나셔서 그것을 죽게 치고 나가오셔 즉객에 대궐서 그릇되니 제 인생이 가련할 뿐 아니라 제 자녀가 있으니 어린 것들 정경(情境)이 더 참혹한지라. 어느 날 들어오실 줄 모르고 시체를 한때도 못 둘 것이니 그 밤을 겨우 세워 내녀고 용동궁(龍洞宮)으로 호상소임(護喪所任)을 정하여 상수(喪需)를 극진히 하여주었더니 오셔서 들으시고 어떻다 말씀을 아니하시니 정신이 다 아니 계시니 사사(事事)히 망극하도다

『한중록』에 따르면 세자의 정신이상 증후는 이미 10세 전후해서부터 나타나 그 후 점차 심해진 것으로 보인다. 처음 그것은 옷을 되풀이 갈아입는 정도에 그쳤다. 그것이 악화되어 궁궐을 벗어나 기녀나 시정의 잡배들

과 어울리고 궁중 안에 굴을 파고 그 속에 들어가 지내는가 하면 불시에 화를 내어 측근 시종과 궁녀들의 목숨을 빼앗기까지에 이르러 그 수가 한 둘에 그치지 않았다. 영조와 세자의 관계를 가늠하는 자리에서 우리는 이런 세자의 광기와 난행의 정도가 심해진 시기에 각별히 주목해야 한다. 『한중록』에 나타나는 기록으로 보면 세자의 정신착란증은 혜경궁 홍씨의 입궐이 있기 얼마 뒤 이미 발병이 된 것 같다. 뒤주 유폐 사건은 그 뒤 10 여 년이 지난 다음 일어났다. 이 기간 동안 영조는 아침저녁으로 세자를 만났으며 한때 막중 국사의 섭정까지를 맡겼다. 그랬다면 부왕인 그가 세자의 기행, 광태를 몰랐을 리가 없다. 그럼에도 그가 10여 년을 참다가 사가도 아닌 궁중에서 전례가 없는 뒤주 유폐와 같은 처벌을 세자에게 과한 까닭이 무엇이었을까. 이에 대한 해답을 마련하기 위해 우리는 다시 세자와 부왕 영조의 남다른 관계를 생각할 필요가 있다.

이미 드러난 바와 같이 영조가 등극 후 세자에게 품은 자정(慈情)은 여느 부자 간의 경우를 크게 넘어서고 남을 정도였다. 그런 세자가 정신착란증을 보이자 영조는 누구보다 크게 근심, 걱정을 하지 않을 수 없었을 것이다. 그와 함께 그는 세자의 병이 시간의 경과와 함께 치유되기를 바랐을 것이다. 그러나 금궁(禁宮)의 규범이 세자에 의해 깨어지고 그와 함께 세자의 난행이 거듭되어 마침내 그것이 인명의 살상으로까지 확대되자 조정의 중신들이 그것을 문제 삼고 나섰다. 사태가 이에 이르자 영조의 인내에도 한계가 생겼다. 그리하여 그의 진노가 표출되었는데 이 경우 역린(逆鱗)의 도화선이 된 것은 서명응(徐命膺)의 주청이었다. 『조선왕조실록』 영조 37년 5월조에는 그가 세자의 서도(西道) 잠행 사실을 문제 삼아 상소를 올렸다는 기록이 나온다. 세자는 서도 미행(微行)길에서 얻은 기녀를 궁중에 데리고 왔으며 그와 함께 시정의 유녀 잡배들까지를 들여 부왕이 금지시킨 음주가무 자리를 벌였다. 이에 대한 서명응의 주청이 있자 드디어 오래 참고 견딘 영조의 분노가 터져버렸다. 이를 계기로 그는 훈계, 신칙(申飭)의 입장을 뒤집고 강경책으로 세자의 난행을 다스리고자 했으며 그와 함께 뒤주 유폐와 같은 극약처방이 단행된 것이다.

4.

유별나게 세자를 사랑한 영조가 서도 미행 사건으로 표출된 난행에 대해 분기탱천한 사정은 짐작이 간다. 그러나 그에 대한 처벌, 단죄가 왜 뒤주 유폐 형태로 나타났을까. 이에 대해서는 일단 당시 부왕으로서의 영조가 품은 심경을 추정할 필요가 있다. 두루 알려진 바와 같이 영조는 정계(正系)·적통(嫡統) 출신이 아닌 방계·서출의 몸으로 등극한 왕이었다. 등극 직후부터 그는 자신이 정계·적통이 아님을 뼈아프게 의식한 듯 보인다. 거기서 빚어진 부채감이 보상심리로 바뀌면서 그는 남다른 열정으로 경국치민(經國治民)의 실적 쌓기를 기했다. 등극 초부터 그는 그가 맡은 왕통을 더욱 공고히 하고 그의 시대를 열성조의 전례에 비추어서 부끄럽지 않은 태평성대로 이끌어나가고자 했을 것이다. 그 표현 형태로 나타난 것이 탕평책(蕩平策)이었다. 두루 알려진 바와 같이 탕평책은 동서붕당(東西朋黨)의 폐해를 지양·극복하여 국론을 통일함으로써 국정을 쇄신하고 개혁정치를 수행하려는 의도에서 시도된 것이다. 이와 아울러 그는 안으로 대소 관원들의 기강을 바로잡고자 했으며 조정과 민간에 두루 절제와 검약의 기풍을 진작시키기를 기했다. 태종 때 시행하다가 폐기된 신문고(申

聞鼓)를 부활시켰으며 남달리 농민들의 생활을 보살피고 균역법(均役法)을 만들어 양민(良民)의 권리를 보호하고자 했다. 형정(刑政)에서 압슬과 낙형(烙刑), 난장형(亂杖刑)을 폐지했으며 농정(農政)을 강화하여 백성들의 삶을 넉넉하게 하기에 힘썼다. 왜침을 경계하고 국방을 강화하기 위해 전국의 보진(堡鎭)을 개수, 신축한 것도 그였다. 그와 함께 군사들에게 신식무기인 조총(鳥銃) 훈련을 실시하여 전투력 강화를 기한 것 역시 영조였다.

영조의 개혁정치는 조선왕조의 구태의연한 원리주의, 세계 인식의 굴레를 벗어나 경세치용(經世致用)에 기여하는 학문과 사기 진작(士氣振作)의 형태로도 나타났다. 그 결과로 이루어진 것이 『동국문헌비고(東國文獻備考)』, 『국조악장(國朝樂章)』, 『어제경세문답(御製警世問答)』 등의 여러 서적 편찬이며 양민들의 신분 인정, 균역법의 실행이라고 보아야 한다.

여기서 문제되어야 할 것이 영조의 개혁정치가 반드시 그의 뜻에 따라 순탄하게 진행, 실시되지 못한 점이다. 등극 초기에 그가 가장 힘을 기울인 탕평책은 뿌리 깊은 동서붕당의 작폐로 예기치 못한 애로사항과 부딪쳤다. 그 무렵까지 강력한 기성 정치세력을 형성한 것은 서인들이었다. 그들이 다시 노론, 소론들로 분열되어 사사건건 맞섬으로써 국론이 쪼개어지고 개혁정치에는 차질이 일어났다. 뿐만 아니라 그 가운데 일파는 다시 시파(時派)와 벽파(僻派)로 나뉘어 서로가 물고 물어뜯는 작태를 연출했다. 새롭게 등용한 남인들 또한 개혁정치의 충실한 동반자가 되어주지 않았다. 때로 올바른 길을 뒷전에 돌린 채 정권의 주도권 장악에 급급한 나머지 반대파의 견제와 거세에 매달리는 국면이 연출되었다. 이것이 영조에게는 그의 정치가 숙종조의 전철을 밟게 되지나 않을까 하는 의구심을 일으키게 했을 가능성이 있다.

새삼스럽게 밝힐 것도 없이 국정 쇄신의 일대 방책으로 탕평책을 쓴 것은 영조가 처음이 아니었다. 그 이전에 숙종이 그것을 시행한 전례가 있었다. 그런데 숙종의 이 국정 개혁 기도는 장희빈 사건으로 집약된 노론과 남인들의 갈등, 충돌로 그 효과가 거의 반 토막이 되어버렸다. 여기서 우리는 영조의 의구심을 부채질한 또 하나의 상황으로 균역법을 들어볼 필요가 있다. 이미 드러난 바와 같이 균역법은 영조가 기도한 사회개혁 시도 가운데 매우 중요한 의의를 가진 경우였다. 그 이전 나라에서 과하는 부역은 농·상·공에 종사하는 서민에게만 부과되고 양반, 사족들은 교묘하게 그것을 피해버렸다. 이것을 시정하여 모든 백성에게 부역을 고루 과하고자 한 것이 영조가 이 법을 만들어 시행한 근본 의도였다. 영조가 균역법의 기초와 실행에 어느 정도로 힘을 쏟았는가 하는 점은 임금인 그가 직접 거리에 나가 서민들에게 이 법의 취지를 말하고 그들의 의견을 듣기까지 한 사실이 뚜렷하게 증명한다.

『조선왕조실록』 영조 26년 5월조를 보면 거기에 왕이 몸소 홍화문(弘化門)에 나가 오부방민(五部坊民)을 불러 모아 양역법(良役法)에 관한 의견을 들었다는 기록이 있다. 이 법령은 물론 임금 혼자 만들어 공포한 것이 아니다. 기초 과정에서 해당 신료가 참여하였고, 그에 이어 취지와 내용이 조정 공론에 회부되어 토의, 의결의 절차도 거쳤다. 이렇게 제정, 공포된 균역법은 그러나 시행 직후부터 양반, 사족(士族)들의 비판, 공격의 과녁이 되었다. 그 구체적 표출 형태가 영조 28년(1752)년 홍계희(洪啓禧)의 수정, 보완 상소로 나타났다. 들끓는 열정과 남다른 꿈을 안고 개혁정치를 시도해간 영조는 이런 장애 상황에 부딪친 다음 상당한 의식상의 갈등을 느꼈을 것이다.

영조가 여러 가지 장애 요인을 무릅쓰고 시도한 그의 이상사회 건설이 그의 당대로 마무리되지는 못할 것이라는 예상을 하게 된 것이 바로 이 무렵이다. 이에 영조가 생각한 것이 후계자를 길러내어 그가 간 다음에라도 그의 꿈을 차질 없이 완성시킬 수 있는 보호 장치의 마련이었다. 마침 그에게는 어릴 때 영특한 자질을 가진 것으로 생각되는 세자가 있었다(어렸을 때 사도세자는 매우 영리, 총명했다고 전함). 그런 생각에서 영조는 등극 중반기부터 세자에게 치국안민(治國安民)의 감각을 익히게 했다. 그 것이 우리가 거듭 살핀 영조 24년에 이루어진 세자의 섭정이었다.

그런데 그런 세자가 뜻밖에도 정신착란의 증후를 보이기 시작했다. 여름 한낮에도 두꺼운 옷을 입고 땅굴을 파고 들어가는 기행이 연출되었다. 조금만 그의 뜻에 거슬리는 노복이 있으면 칼을 빼어 찔렀다. 그것으로 한두 사람이 아니게 금중의 이속과 궁녀가 목숨을 잃기까지 한 사실은 이미 언급된 바와 같다. 만인의 모범이 되어야 할 국본의 몸으로 궐내에 잡속배와 기녀, 니승을 불러들이는가 하면 부왕에게도 무단으로 궁궐을 벗어나 서도로 미행길을 나서기도 했다. 그것이 내각 신료에까지 포착되어 조정 공론이 들끓게 되었다. 이런 사태에 직면하자 영조 자신이 제정신을 차리기가 힘들었을 것이다. 그런데 세자가 벌이는 이들 기행, 광태의 성격이 문제였다. 세자에게 나타난 정신병은 그 중요 원인의 하나로 다분히 민간 신앙에 관계되는 무속, 주술적 요소가 들어 있었다. 이에 대해서는 『한중록』의 기록 한 부분이 특히 주목되어야 한다.

그 병환이 아니 나오신 때는 인효통달(仁孝洞達)하오셔 거룩하심
이 미진(未盡)한 곳이 없으시다가(사도세자를 가리킴 - 필자주) 병환

곧 나오시면 두 사람 같으시던 것이니 어찌 이상(異常)하고 설은 일 아니리오 매양(每樣) 경문(經文) 잡설(雜說) 붙이 보시기를 심히 하시더니 옥추경(玉樞經)을 읽고 공부하면 귀신을 부린다 하니 읽어보자 하오셔 밤이면 읽고 공부를 하시더니 과연 심야(深夜)에 정신이 어둑하오셔 '뇌성보화천존(雷聲普化天尊)이 뵌다' 하시고 무서워하시며 인(因)하여 병환이 깊이 드시니 원통고 섧도. 십여 세부터 병환이 계오셔 음식 잡숫기와 행동운용(行動運用)까지 다 예사롭지 아니하오시더니 옥추경(玉樞經) 이후로 아주 변화 기질(氣質)하듯이 되셔 무서워하오시고 옥추(玉樞) 두 자를 거들지 못하오시고 단오(端午)에 드는 옥추단(玉樞丹)을 거들지 못하여 그 옥추단이 들어도 무서워하시기 차지 못하고 그 후는 하늘을 심히 무서워하시고 우뢰 뢰(雷), 벼락 벽(霹) 그런 글자를 보지 못하오시고 이전은 천둥을 무서워하시나 그리 심하지 않으시더니 옥추경(玉樞經) 후는 천둥 때면 귀를 막고 엎디오셔다 그친 후 일어나오시더니 이러하온 줄이야 부왕(父王)과 모빈(母嬪)이 아오실까.

여기서 우리가 특히 주목해야 할 것이 세자의 정신이상이 『옥추경(玉樞經)』을 읽은 다음 크게 악화되었다는 부분이다. 『옥추경』은 유학 중심의 조정에서는 금서 목록에 든 책이었다. 이 책은 도교의 한 갈래에 드는 점박과 주술용 경전으로 그 내용 일부가 소경의 축도에 쓰였다. 조정 신료들의 주청이 있자 세자의 난행에 대해 크게 머리를 썩이게 된 영조는 이때부터 세자의 정신착란을 무속신앙에 있는 것으로 판단한 것 같다. 그 순간 영조는 세자의 정신을 바로 잡는 길로 극약처방에 속하는 방법을 택하지 않을 수 없었을 것이다. 영조는 이를 계기로 세자를 뒤주에 가두고 그 둘레에 기치창검을 든 경계 병사를 배치했다. 그것으로 아들의 정신을 어지럽히는 잡귀와 요마를 쫓아버리고자 한 것이다. 병사들의 창과 칼끝을 뒤주의 반대 방향인 하늘로 향하게 한 것도 그런 판단의 결과였을 것이다.

여기서 우리는 세자를 뒤주에 가두기까지 하여 악령, 요귀를 쫓아내고자 한 영조의 비원을 읽어야 한다. 그것으로 그는 세자를 정신착란증에서 건져내어 그가 시도한 개혁정치를 중단 없이 시행하고 싶었다. 그러나 영조의 비원과는 달리 무더운 날 풀더미까지 덮은 뒤주에 7일 동안이나 간힌 세자는 끝내 질식이 되어 목숨이 끊기었다. 그동안 우리 주변에서는 이 비극을 정파 간의 이해득실에서 빚어진 파당싸움의 결과로 해석했는가 하면 생모와 피붙이, 처족 사이의 심리적 갈등이 빚어낸 결과로 보았다. 최근의 한 연구에는 영조와 세자 사이에 벌어진 마찰과 갈등을 유학적 윤리 체계의 파탄 현상으로 잡고 구체적으로 그것을 부자유친, 군신유의의 강상(綱常) 붕괴라고 지적한 예도 나왔다. 나아가 그것을 조선왕조의 지도이념인 주자학적(朱子學的) 이데올로기가 파탄된 것이라고 지적하여 『한중록』에서 전근대의 막이 내리고 자아 각성의 국면이 열린 것이라고 하여 우리 사회의 근대화가 그로부터 시작된 것이라는 견해가 제기된 바도 있다. 그러나 이상 우리가 살핀 바에 따르면 그런 판단은 모두가 전면적 진실이 되지 못한다. 여기에 이르기까지 우리가 파악한 바 『한중록』은 부왕인 영조가 그가 추구한 왕조의 꿈을 사랑하는 아들에게 건 나머지 그를 죽음으로 몰아버린 비정의 인간 드라마이다. 부왕의 남다른 이상국가 건설의 꿈과 그와 병행 상태가 된 세자에 대한 기대와 사랑이 아들인 세자를 밀폐 공간인 뒤주에 가두어 죽음에 이르게 한 것이다. 이 단순, 명백한 사실을 밝혀두려는 것이 이 담론이 시도된 기본 동기이며 목적이었음을 이 끝자리에서 밝혀둔다.

한국학 연구의 시각과 성과

— 『이우성 저작집(李佑成 著作集)』을 읽고 나서

1.

　벽사(碧史) 이우성 선생의 노작들을 한자리에 모은 『이우성 저작집(李佑成 著作集)』(이하 저작집)이 거질(巨秩)의 책이 되어 나왔다. 여덟 권으로 된 저작집은 각 권의 부피가 350면에서 500면 안팎이다. 그러니까 대충 셈 쳐도 그 총 면수가 3,500여 면에 이른다. 일찍 우리 주변에서 이에 비견(比肩)될 만한 한국학 연구의 대부서(大部書)가 나온 예는 많지 못하다. 이 점만으로도 이 저작집은 우리 연구자들의 주목을 받아 마땅한 책이다. 이 와 함께 우리가 지나쳐버릴 수 없는 것이 있다. 그것이 이 저작집에 담긴 논고들의 내용이며 질적 수준이다.

　이 책에는 위로 상대와 중세사를 다룬 논고들이 있는가 하면 우리 문화 사상 근대에 속하는 여러 현상들에 대해서도 분석, 검토를 가한 상당량의 글들을 수록하고 있다. 그러니까 이 책의 담론 범위는 시간상 상하 2,000 여 년에 걸친다. 관련 분야 또한 정치, 경제, 문화, 교육, 문학 등에서부터 사상, 철학, 계층, 생산양식, 금석문과 향토사의 중요 유산인 개인문집에 이르기까지 걸치는 것으로 나타난다. 실로 이 책의 시야는 문(文), 사(史), 철(哲) 전 영역을 아우르고 있는 셈이다.

지난 세기 초에 우리는 강한 서구적 충격을 받았다. 그 부수 또는 제기 현상으로 빚어진 것이 여러 연구 분야가 세분화됨에 따라 각 분야 연구가 독립되면서 미시적 시각이 도입되고 그 방법이 정확하게 된 점이다. 그러나 그 결과 빚어진 부작용도 없지 않았다. 그것이 연구의 각 분야가 갖는 독자성이 강조된 나머지 그 사이에 개제하는 상관관계를 인식하는 총체적 감각이 희석화되어버린 점이다. 저작집에는 우리 시대의 학문이 가지는 그런 단선현상을 보완, 극복할 수 있는 통섭적 감각이 내포되어 있다. 이 또한 이 저작집이 가지고 있는 뚜렷한 장점이며 넉넉한 덕목으로 손꼽힐 수밖에 없다.

2.

여덟 권으로 된 『이우성 저작집』에서 첫 번째로 주목되는 것이 실학파(實學派)에 대한 연구 논고들이다. 영정시대(英正時代)에 본론화 된 실학파에 대해서는 그동안 우리 주변에서 북학(北學), 또는 실사구시(實事求是), 이용후생학파(利用厚生學派) 등의 이름으로 논의되어왔으며 주자학적(朱子學的) 이데올로기에 한계를 느낀 신진사류(新進士流)들의 개혁 시도로 일괄 처리되어왔다. 그것을 지양, 극복하여 실학파 내에서도 지향점과 행동반경을 달리한 몇 갈래의 흐름이 있었음을 지적한 것이 이번에 나온 이우성 선생의 저작집이다.

저작집의 첫째 권인 『한국의 역사상』에는 「실학연구서설(實學研究序說)」, 「실학파의 문학과 사회관」 등의 논고가 수록되어 있다. 「실학연구서설」에는 그 이전까지 뭉뚱그려 이야기되어온 실학파를 세 개의 하위개념을 가지는 것으로 분류, 구분했다. 경세치용파(經世致用派), 이용후생파(利用厚生派), 실사구시파(實事求是派) 등이 그들이다. 저작집의 시각에 따르면 경세치용파의 갈래에 속하는 사람들은 유형원(柳馨遠), 이익(李瀷), 정약용(丁若鏞), 안정복(安鼎福) 등이다. 이들은 역사의 새 지평 타개가 지도자의 개혁 의지로 결정된다고 믿은 사람들이다. 이용후생파는 연암(燕巖) 박지원(朴趾源)과 이덕무(李德懋), 박제가(朴齊家) 등으로 대표된다. 이들이 주력한 것은 농, 상, 공 분야에 속하는 산업의 진흥과 그를 통한 사회개혁이었다. 그를 통하여 우리 사회의 새 지평을 열어내고자 한 것이 이 유파에 속하는 사람들의 중요 노림수였다. 주자학적 관념론을 지양, 극복하면서 시절에 입각한 고증학의 길을 열고자 한 것이 실사구시파로 김정희(金正喜)와 이상적(李尙迪) 등이다. 이들은 조선왕조의 학풍이 경학 중심으로 흐른 나머지 공리공담(空理空談)에 떨어진 것으로 보았다. 그 지양, 극복을 자향한 것이 실사구시파다. 그 방법으로 고전(古典) 중의 고전인 경서(經書)의 재해석을 시도했으며 금석문(金石文)의 분석, 검토에도 이례적인 열정을 기울였다. 저작집의 이와 같은 분류, 구분으로 그 이전까지 미분화, 혼동 상태로 이해된 실학파의 성격이 정리, 체계화되기에 이르렀다. 이것은 이우성 교수에 의해 실학파의 개념이 재정립될 수 있었음을 뜻한다.

「실학파의 문학과 사회관」은 '박연암의 경우'를 부제로 한 논고다. 부제로 짐작되는 바와 같이 이 글은 박지원의 문학을 중점적으로 다룬 것이다. 그 가운데서도 이 글은 「호질(虎叱)」과 「양반전(兩班傳)」, 「허생전(許生

傳)」,「민옹전(閔翁傳)」 등 한문소설들을 집중적으로 검토, 분석했다. 「호질」은 봉건사회의 지배계층인 선비, 곧 '사(士)'에 대한 비판의식을 뼈대로 한다고 지적되어 있다. 실학파는 선비를 원사(原士)와 사이비 선비의 두 종류로 구분한 바 있다. 후자는 기성 체제에 기생하면서 백성들을 이용, 사역하여 그들이 속한 계층의 이익만을 도모, 추구하려는 무리들이다. 사이비 선비, 곧 '위사(僞士)'를 배제하면서 올바른 선비이기를 지향한 것이 원사다. 연암은 그 지양, 극복이 "비록 손수 노동에 종사하지는 못하더라도 지혜와 의견으로 국리민복(國利民福)에 이바지"하는 것으로 이루어질 수 있다고 생각했다.

저작집에는 연암 소설을 읽는 또 하나의 시각이 제시되어 있다. 권위주의에 대한 반발 의식과 아울러 인본주의를 향한 끈질긴 추구가 그것이다. 전자의 보기로는 「허생전」이 손꼽혔다. 이 작품에 나오는 우암(尤庵)의 북벌론(北伐論) 비판이 그에 해당된다. 또한 「호질」의 범이 북곽선생(北郭先生)을 꾸짖는 장면 역시 그 보기로 지적되어 있다.

저작집에서는 실학파 소설에 나오는 인본주의적 시각, 또는 인간성 옹호의 단면이 연암 이전에도 이루어진 예가 있다고 보았다. 「홍길동전」이 그에 해당된다. 허균의 작품에서 뼈대가 된 서얼차별 모티브를 저작집은 인간의 본성을 뒷전에 돌린 정신적 폭력 에대한 고발과 함께 비판, 배제로 해석했다. 봉건사회에서 강제된 여성들의 수절(守節) 또한 배제되어야 할 것으로 보았다. 저작집은 봉건 유습이 낳은 수절을 다룬 작품으로 「열녀함양박씨전(烈女咸陽朴氏傳)」을 들었다. 이 논고의 각주 부분에는 위 소설의 한 구절로 "大抵人之血氣 根於陰陽 情慾鍾於血氣 思想生於幽獨 …(중략)… 寡婦者 幽獨之處 而傷悲之至也 血氣有時而旺 則寧或寡婦而無情

哉"가 인용되어 있다. 저작집 이전에도 연암의 문학을 논한 그들 가운데 「허생전」을 문제 삼고 거기에 담긴 존주양이 사상의 배제, 비판을 지적한 예는 있었다. 그러나 「열녀함양박씨전」이 봉건, 윤리, 도덕에 대한 비판, 공격으로 정의된 예는 없었다. 이 역시 저작집이 이룩한 새 시야의 확보일 것이다.

저작집의 실학파 문학론에서 또 하나 지나쳐버릴 수 없는 것이 그 독특한 문체론적 시각이다. 이 논고 허두 부분에는 다산(茶山)의 시를 이룬 두 개의 측면이 지적되어 있다. 그 하나가 서민의 편에 서서 서민의 가락을 담은 농가(農歌)와 촌요(村謠), 어가(漁歌), 민가(民歌)의 흐름을 이은 작품을 다산이 쓴 것이라는 지적이다. 다른 하나가 양반, 사대부 계층이 쓰는 문어(文語)의 테두리를 벗어나 다산이 과감하게 피지배계층이 쓰는 토속어(土俗語)를 작품에 수용한 것이라는 해석이다. 저작집은 그 보기들로 맥령(麥嶺, 보릿고개), 고조풍(高鳥風, 높새바람), 지국총(至菊悤, 노젓는 소리) 등을 들었다.

연암의 작품에 나타나는 이와 같은 단면에 대해서 저작집은 신선한 구상과 평이한 사실적(寫實的) 수법으로 시와 산문을 창작했으며 우리나라의 속담(俗談) 이언(俚言)을 이용한 점과 그에 더하여 기법 면에서 풍자와 해학을 구사하여 서민적 정취를 받아들인 것이라고 평가했다. 그것으로 정통문학의 완강한 성벽을 허물고자 했으며 나아가 우리 문학에 새로운 형태의 글을 만들어내고자 한 것이라고 보았다. 여기서 문제되는 정통문학이란 중국의 당시(唐詩)와 당송고문(唐宋古文), 나아가 『시경(詩經)』과 『서경(書經)』 등의 문장을 표준으로 한 작품들을 가리킨다. 이제까지 우리는 일대(一代)의 개혁군주(改革君主)인 정조(正祖)가 선비 사회가 쓰는 문장만은 정통을 고집하고 이덕무(李德懋), 박제가(朴齊家) 등의 글에 대해 패관소품(稗官小品)으로 배제한 사실에 맹목일 수가 없었다. 그것이 정조가 주도한 문체반정(文體反正)의 골자였던 것이다. 연암은 현실정치에서는 가능한 한 왕가와 상반되는 행동 논리를 펴지 않았다. 그런 그가 실제 창작에서는 상당히 강하게 진보적 입장을 드러내고 있다. 이런 사실을 지적한 것이 저작집의 연암론이다. 여기서 우리는 또 한 번 저작집이 그동안 우리 주변에서 통용된 관용구식 문학 해석을 뒤집고 작품 해석에서 새 기틀을 마련하고자 한 자취를 확인하게 된다.

『이우성 저작집』에 수록된 실학 관계 논고는 위로 성호(星湖), 다산(茶山)에서부터 아래로 최한기(崔漢綺)에 관한 것까지 그 자체로 한 권의 책이 되고 남을 정도다. 그 가운데 가장 이색적으로 생각되는 것이 「이조말엽(李朝末葉) 중인층(中人層)의 실학사상과 그 개화사상으로의 지향」이다(제8권). 이 글의 주제가 된 것은 최성환(崔瑆煥)의 『고문비략(顧問備略)』이다. 그의 연보를 보면 최성환은 19세기 초에 나서 그 말기에 작고했다(1813~1891). 그는 초기 실학자들과 같은 사족 출신이 아니었다. 중앙관서의 서리(書吏) 후손으로 그 신분이 중인계층에 속해 있었다. 그 생몰연대가 비슷한 오경석(吳慶錫), 유대치(劉大致) 등과 함께 사족 출신이 아니면서 실학파의 일원으로 손꼽힐 수 있는 경우에 속하는 셈이다.

저작집의 요약 제시에 따르면 『고문비략(顧問備略)』은 크게 (1) 지방 행정제도의 개편, (2) 병제(兵制) 혁신과 군정(軍丁) 소집 재개혁 문제, (3) 조세개혁, 전정(田政)의 전면 검토와 (4) 기타 각종 공사 부역제 철폐, (5) 인재 등용의 공정성과 기능성 확보 문제 등을 다룬 책이다. 이 가운데 세제 개혁의 부분을 보면 오래 우리 사회에서 통용되어온 현물세 제도를 혁파하여 금납제(金納制)로 할 것이 주장되어 있다. 그것으로 지방 관리들 사이에 만연된 수탈 방지가 가능하다고 보았기 때문이다. 또한 그 역시 지방 관리들의 손에 맡겨져 폐단이 끊이지 않은 어업, 염업, 선박 운항업과 산택 자원(山澤資源)에 대한 세금도 중앙정부에서 받아야 할 것으로 보았다. 그것으로 중간 수탈이 방지될 수 있을 뿐 아니라 국부(國富)의 축적이 가능하다고 믿었기 때문이다.

그 내용의 소개로 짐작되는 바와 같이 『고문비략』은 실로 정다산(丁茶山)의 『경세유표(經世遺表)』나 『목민심서(牧民心書)』의 실천판인 동시에 개정판인 느낌이 있다. 나아가 그것은 우리 사회의 근대적 차원 개척을 위한 전략인 면으로 보아 전자보다 한 발 다가선 책이다. 이 책은 오랫동안 다른 나라(도쿄대학교 동양문고) 서고 속에 방치되어 있어 우리 학계에서는 이름조차가 생소한 터였다. 그것을 발견하여 1차적인 소개를 한 분이 이우성 선생이다.

3.

『이우성 저작집』 제2권은 제목이 『한국중세사회연구』로 되어 있다. 제목으로 짐작되는 바와 같이 이 권에서 중점적으로 검토, 논의되고 있는 것은 고려시대사다. 고려시대의 문제 가운데서도 저작집이 중점적으로 다룬 것이 전제(田制)이며 봉건사회의 산업체제 속에 갇혀서 사는 농업 인구의 해석 문제로 나타난다. 이 권 가운데 「고려의 영업전(永業田)」은 그 시각의 독창성과 논리 전개의 합리 타당성으로 발표와 함께 주목을 받은 논고다.

이 논고에 따르면 고려의 토지제도는 두 유형으로 구분될 수 있다. 그 하나는 수전자(受田者)가 죽은 뒤 그가 받은 토지를 국가에 반납하는 경우다(身沒並納之於公). 그리고 다른 하나가 같은 수전자이지만 그가 죽은 다음에도 토지를 나라에 반납하지 않고 자손 대대로 물려주게 되는 경우다(有功蔭田柴 亦轉科以給傳子孫). 저작집은 토지 소유자가 죽은 다음에도 토지가 반납됨이 없이 자손에게 물려준 것이라면 이미 그것은 국유(國有)나 공유(公有)의 개념에 해당되지 않는 토지 사유화의 형태라고 해석했다.

봉건시대의 토지 가운데 무기영대적(無期永貸的) 성격을 띤 것을 고려사에서는 영업전(永業田)이라고 했다. 저작집은 이 영업전의 일부를 국유나 공유가 아닌 사유(私有)로 본 것이다. 물론 이 영업전도 국가로부터 여러 가지 제약을 받고 있었다. 그러나 국가로부터의 여러 가지 제약은 근대 이전의 '사유'에 있어서의 특유한 부대조건이다. 이러한 부대조건은 '사유' 그것의 존재 형태, 존재 양식이며 현상적인 것이요 본질적인 것은 아니다.

저작집의 역사적 논고에서 주도적인 시각이 되는 것은 넓은 의미의 사회경제사적 방법이다. 이 방법이 우리 학계에서 처음 이용된 것은 『조선사회경제사』의 저자 백남운(白南雲)에 의해서였다. 그런데 그의 『조선봉건사회경제사』를 보면 거기에는 고려조의 토지제도가 '집권봉건제적토지국유제(集權封建制的土地國有制)'로 되어 있다. 이것은 우리에게 하나의 의문을 제기하도록 만든다. 세대가 다르다고 하나 동일한 사관(史觀)을 가진 두 연구자가 같은 현상에 대해 내린 평가, 판단에 이렇게 차이가 나는 까닭은 무엇인가. 이에 대한 해답은 어느 대담의 자리에서 벽사(碧史) 선생이 한 발언을 통해 유추될 수 있다.

일제 초기에 일본 사람들이 우리나라에 와서 토지조사사업을 통해 막대한 토지를 총독부 소유로 탈취해 갔는데, 이때 이들이 조선에서는 토지 '사유'가 거의 성립되어 있지 않다, 토지는 전부 '국유', '공유'이고 사유제도는 발달조차 되지 않았다는 논리를 폈단 말이에요. 그 논리는 무엇을 말하느냐 하면, 첫째 후진국이라는 거야. 역사가 낙후되어 있어서 토지 사유제도는 확립되지 않고 토지 공유, 국유가 그대로 내려왔다는 논거 위에서 토지 사업을 하면서 저희가 마음대로 민간의 토지를 빼앗아버렸다고. 나는 역사를 공부할 때부터 식민지 사관에 정면으로 도전하고 극복하지 않고서는 우리 민족의 사학이라는 것이 성립될 수 없다는 생각을 했지. …(중략)… 그래서 『고려사』 원전과 기타 자료들을 보니까 토지 공유, 국유로 단정할 수가 없는 근거들이 나온단 말이야.

— 제8권 말미, 부록 참조

여기에 나타나는 바와 같이 『저작집』에서 기본 전제가 되고 있는 논리는 이념이나 사관의 문제이기에 앞서 민족사의 진실이었다. 이와 아울러 『저작집』의 또다른 특징적 단면을 이루는 것이 사실의 논증과정에서 엄격하게 문헌에서 추출한 자료를 제시하는 입장, 곧 실증주의적 입장을 취하고 있는 것이다. 이것으로 우리는 『저작집』이 두 개의 기본 방향을 설정하고 진행된 것임을 알 수 있다. 그 하나가 민족사관이며 그 하나가 방법론에서 실증주의에 입각하여 사실을 차분하게 검토하고 그를 통해 필요로 하는 결론을 내린 점이다.

벽사 선생의 한국사 연구는 어느 모로 보면 가학(家學)의 성격을 띤다. 자찬연보(自撰年譜)에 따르면 어려서부터 그는 조부인 성헌(省軒) 이병희(李炳憙) 옹의 각별한 훈도를 받으면서 자랐다. 바로 이 성헌옹이 한학의 대가이면서 실학파의 학문전통을 계승하고자 한 분이었다. 특히 그는 순암(順庵) 안정복(安鼎福)의 『동사강목(東史綱目)』을 애독하고 그 선구적 업적을 본따서 한국사 연구의 맥을 이어가려는 강한 집념을 가지고 있었다. 그 구체적 결과물로 시도된 것이 우리나라의 통사로 기획, 집필이 진행된 『조선사강목(朝鮮史綱目)』이다. 불행히 이 역사서는 일제 식민지 체제하라는 시대적 질곡으로 하여 성헌옹 생전에 완성을 보지 못했다. 다만 그의 학구적 의지와 정열만은 가통(家統)이 되어 손자인 벽사 선생에게로 전승된 것이다.

조부인 성헌옹의 뜻을 이어받아 이우성 교수의 한국사 연구도 그 뿌리가 실학파에 닿아 있다. 그 단적인 보기로 들 수 있는 논고가 「이조 후기 근기학파(近畿學派)에 있어서 사학(史學)의 형성과 『동사강목』」이다. 『저작집』 제8권 제1부에 수록된 이 논문에 따르면 조선조 말기에 우리나라 통사를 쓰고자 한 시도가 반계(磻溪) 유형원(柳馨遠)을 선두주자로 하고 이루어졌다.

앞에서 이미 제시된 바와 같이 반계는 실학파 가운데 경세치용파의 제일진을 담당한 분이다. 그의 학문은 대저(大著) 『반계수록(磻溪隨錄)』으로 대표된다. 이 책은 다방면에 걸친 제도 개혁을 통해 국리민복을 증진시키고자 한 저자의 의지를 담은 것으로 일찍 26권 13책으로 출간되었다. 그런데 그의 저작 가운데 거기에 포함되지 않은 채 초고 상태로 남아 전하는 것이 있었다. 이것을 순암이 이어받아 일부를 친필 초록으로 남겼다. 그 내용은 역사, 지리에 관계되는 것이 주류를 이루고 있었다. 이 희귀 자료를 발견, 수습하여 『반계잡고(磻溪雜藁)』라는 제목을 붙여 공간한 것이 이우성 교수다. 이 잡록의 일부에 바로 「동사강목범례(東史綱目凡例)」가 나온다. 미완성으로 끝났으므로 지금 우리는 반계가 구상한 『동사강목』의 전모를 파악할 수는 없다. 그러나 그 허두에 나오는 범례 제1조를 통해서 그가 구상한 동국통사(東國通史)의 윤곽을 짐작해볼 수 있다.

"범례는 한결같이 주자(朱子)의 『자치통감강목(資治通鑑綱目)』을 따른다(凡例一依朱子綱目)." 이런 전제와 함께 반계는 그의 역사서의 몇 가지 원칙에 따라 진행될 것임을 밝혔다. 그 첫째가 주자의 역사체계를 따르는 것이므로 정통과 이단을 구별하여 정계(正系)에 속하는 사료로 역사를 엮고자 한 점이다. 이런 철학에 따라 그는 삼국시대 이전은 문헌의 증빙이 불가능함으로 편년체(編年體) 역사 쓰기를 삼가야 할 것이라는 입장을 취했다. 단군(檀君)에서 비롯되어 삼국 이전까지에 걸치는 사실을 따로 한 편에 묶어야 한다고 주장한 바 있다.

반계의 동국통사 구상은 그의 후진인 성호(星湖) 이익(李瀷)에 의해 뚜렷이 계승되었다. 『저작집』의 시각에 따르면 성호는 그 나름의 동국통사 쓰기를 지향하고 그에 상응하는 사론(史論)도 펼친 것으로 나타난다. 그에 따르면 단군조선 다음의 국가 형태인 기자조선과 삼한(三韓)의 승계에 대한 해석에서 그의 입장이 뚜렷이 드러난다. 성호는 단군에 이은 기자조선 다음을 기준의 시대라고 보았다. 그것이 마한(馬韓)을 이루었으므로 동국(東國)의 역사는 단군－기자－마한에 의해 계승, 전개된 것으로 볼 것이라는 생각이다.

성호의 동국역사 구상은 『저작집』이 성호우파(星湖右派)라고 정의한 순암 안정복에 의해 승계·발전되었다. 이제까지 우리는 『동사강목』이 순암의 혼자만의 구상과 노력에 의해 이루어진 역사서라고 생각해왔으며 그와 반계나 성호 사이에 이루어진 유기적 상관관계 파악에 소홀했다. 그런데 저작집이 지적하고 있는바 동사(東史)의 범례를 만든 반계는 물론 성호 또한 순암의 『동사강목』 저작에 뚜렷한 동기 부여를 한 것이다. 『동사강목』 작성에 임해서 순암은 거듭 성호에게 문제점에 대한 질의, 토론을 가진 자취도 남긴다. 그 질문 내용은 크게 세 가지 문항으로 나누어볼 수 있다. 저작집의 요약에 따르면 (1) 역사 기술의 전제가 되는 여러 나라들의 강역고(疆域考), (2) 각 시대의 중심인물에 대한 기술에서 제기되는 내용과 분량의 문제, (3) 삼국시대 이후 역사 기술 담당자들의 태도가 성실하지 못한 데서 생긴 문자상의 누락과 착오의 처리 문제 등이 그들이다. 첫째 항목에서 제기되는 문제의 예로 순암은 개마산(蓋馬山)과 비류수(沸流水)를 들었다. 개마대산은 서북도(西北道)의 경계에 솟아 있는 산이다. 그것을 『여지승람』이 평양 고적으로 기록했으니 문제라는 것이다. 또한 비류수는 고구려가 초기에 도읍을 정한 곳이니 요동 지방으로 비정되어야 마땅하다. 그것을 시대가 흐르면서 성천강(成川江)으로 비정된 것 또한 문제로 보았다.

두 번째 경우에 대해서 순암은 강감찬(姜邯贊), 최충(崔沖)과 금의(琴儀)나 이규보(李奎報)를 보기로 들었다. 우리 역사서에서 전자는 긍정적으로 평가되어왔으나 후자는 강하게 비판, 배제되었다. 그 나머지 강감찬과 최충 등은 생몰연도가 명기되어 있으나 후자 등은 몰년(沒年)만이 기재되어왔다는 것이다.

세 번째 경우로 순암은 역사적 사실 기술의 태도를 물었다. 그 무렵까지 나온 동국사는 대체로 문장이 황잡, 소략하다는 것이 그의 판단이었다. 그렇다고 그 반대 입장을 취해 인물과 사실들을 지나치게 윤색하는 경우에도 부작용이 일어나 인물과 정파, 왕조의 실상이 왜곡될 가능성이 생긴다. 이 문제를 어떻게 해결할까 역시 순암이 성호에게 물은 내용이다. 어떻게 생각하면 성가시다고 생각되기도 할 순암의 문제 제기에 대해 성호는 일일이 그 나름의 의견을 말했다. 그 실상의 대강이 『성호문집(星湖文集)』의 한 부분인 「답안백순문목(答安百順問目)」에 수록되어 있다. 이것을 자세히 밝혀낸 것이 이우성 교수의 논고다. 이것으로 우리는 순암의 단독 구상과 노력으로 이루어진 줄 안 『동사강목』이 그 실에 있어서 실학파 중, 경세치용파의 끈끈한 학문상 유대의식과 상관관계 속에서 이루어졌음을 알게 된다.

참고로 밝히면 스승인 성호의 자상한 가르침을 받고 이루어진 『동사강목』에도 순암만의 몫으로 평가될 독창적 생각이 여기저기에 나타난다. 그 보기 가운데 하나가 신라 정통설이다. 성호는 그의 역사 체제의 기준을 『자치통감(資治通鑑)』으로 했다. 그 나머지 기준(箕準)과 마한(馬韓)의 정통설을 내세우고 우리 국사상 신라가 차지하는 위상에 대해서는 회의적이었다. 그렇게 되면 우리나라 역사에서 신라, 고려, 조선조로 이어지는 편사(編史) 체계에 문제가 생긴다. 순암은 이렇게 제기되는 문제에 의문을 품었다. 그는 역사 기술의 대전제가 개인과 집단, 국가의 흥망성쇠를 기록하지 않고는 해결될 수 없다고 본 것 같다. 그런 생각에서 그는 마한이 멸망한 다음 백제가 그 자리를 이었다고 보는 것이 옳겠다는 생각을 했다. 백제가 동국 역사의 적통(嫡統) 정계(正系)로 해석되면 자연스럽게 신라와 고려의 문제도 한국사의 본류(本流)가 된다. 순암이 성호에게 보낸 서찰에는 그런 생각을 담은 것이 있다.

기자의 후손이 마한으로 되었으니 …(중략)… 그 정통은 분명하니다. 저의 생각으로 온조왕(溫祚王) 27년에 마한이 멸망한 후부터 삼국(三國)의 기년(紀年)을 기록해야 하지 않을까 합니다. …(중략)… 삼국은 신라 문무왕(文武王)이 통일한 이후 정통을 지을 수 있으며 고려는 태조(太祖) 19년 견훤이 멸망한 이후부터 정통을 인정할 수 있습니다.

사학사의 시각으로 보아 『동사강목』의 위상이 정립된 것은 비교적 근년의 일이다. 그 무렵까지 이 역사서의 토대가 된 제작 동기나 서술 경위에 대해서는 우리 학계가 별로 관심을 기울이지 않았다. 저작집의 일부를 이룬 자료, 발굴과 그에 대한 분석, 고찰로 그 빈터가 메워질 수 있었다. 이것은 『이우성 저작집』이 우리나라 사학사(史學史)에서 차지하는 비중이 상당히 크고 듬직한 것일 수 있음을 뜻한다.

4.

우리가 고전 연구를 시도할 때 그 과정에서 반드시 선행시켜야 할 계율이 있다. 사실과 현상, 곧 자료를 다루는 자리에서 그들을 아주 미세한 부분까지 소홀하지 않고 검토하는 마음을 가지는 것들이 그것이다. 기록문화가 형성된 후의 1차적 고전이란 문헌자료를 가리킨다. 문헌자료 가운데 시간의 흐름을 넘어 그 존재 의의가 인정되는 것을 우리는 고전이라고 하는 것이다. 이렇게 보면 고전 연구란 일찍부터 전해 내려오는 가운데 유의성이 크다고 생각되는 문헌자료를 1자 1획도 소홀히 하지 않고 다루는 것을 뜻한다.

『이우성 저작집』에는 위와 같은 고전 연구의 기본 전제에 잘 부합되는 논고가 포함되어 있다. 저작집 제7권『신라사산비명교역(新羅四山碑銘校譯)』에 수록된 네 편의 주석, 교감 논고가 그것이다. 여기서 신라사산비(新羅四山碑)란 최치원(崔致遠)의 손으로 된 지리산 쌍계사(雙溪寺) 진감선사비(眞鑑禪師碑), 만수산(萬壽山) 성주사(聖住寺) 낭혜화상비(朗慧和尙碑), 희양산(曦陽山) 봉암사(鳳巖寺) 지증대사비(智證大師碑), 초월산(初月山) 숭복사비명(崇福寺碑銘) 등을 가리킨다. 지리산 쌍계사비는 그 꼬리에 광계(光啓) 3년(887) 승환영각(僧奐瑩刻)이라고 창건 연도를 밝힌 것이 있다. 다른 비의 건립 시기 역시 이에 준한다. 그러니까. 신라 사산비 는 적어도 1,500년 가까이의 세월을 거치면서 비바람을 견디어 오늘에 전하는 고전 연구의 소중한 자료들이다. 당연히 그 원형에는 금이 가고 마모, 파손이 있어 오늘 우리가 읽을 수 없는 부분이 생겼다. 이들 비문(碑文)의 주석, 교감과 그를 통한 원문 확정이 시도된 이유가『저작집』7권 허두에 실린 서문 일부에 적혀 있다.

신라 최치원(崔致遠)이 지은 사산비명(四山碑銘)은 우리나라 금석학(金石學)의 최고인 보전(寶典)이다. 역사 연구에 있어서 금석학이 보조과학으로 중요한 의미를 가지고 있는 것은 새삼 이야기할 필요가 없거니와 사산비명은 문헌적으로도『삼국사기(三國史記)』,『삼국유사(三國遺事)』에 비해 시대가 훨씬 앞서는 귀중한 자료이다. 뿐만 아니라『사기』와『유사』에서 볼 수 없는 역사 사실이 여러 가지로 나타나 일반 역사 연구자 특히 불교사, 문학사, 사상사 등 전문분야의 학도들 사이에 널리 필요하게 되었다.

이우성 교수는 그가 사산비에 대해 관심을 가지게 된 까닭이 고대 전제

(田制) 연구의 과정에서 생긴 것으로 밝혔다. 「신라시대(新羅時代)의 왕토사상(王土思想)과 공전(公田)」의 제목으로 이루어진 논고가 바로 거기서 얻어낸 보고서 격이 된 것이다. 이에 발단된 것이 사산비 교감, 주석 작업인데 그 이전 그는 불교사와 전혀 무관했고 신라 말기의 문화사나 일반사에 대해서도 거리를 두고 있었다. 그런데도 일단 사산비에 관심이 기울어지자 이례적인 열정으로 기존의 탑본과 간본, 사본을 모두 입수, 검토했다. 그 결과 간본, 사본에 오자와 탈자를 찾아낸 것은 물론, 비면에 새겨진 원문 자체에 오기와 오각이 있음을 발견하고는 놀랐다고 한다. 저작집 서문에는 그 사이의 사실을 밝힌 다음과 같은 부분이 있다.

> 다 알다시피 이 비명들은 사륙변려체(四六騈儷體)로서 대구(對句)로 엮어나가는 문장인데 대구는 양쪽의 자수가 서로 같아야 한다. 그런데 비면에 새겨진 글에 한쪽의 자수가 많거나 모자라는 경우가 종종 나온다. 이것은 분명히 잘못된 것이다. …(중략)… 원작자가 그렇게 했을 리는 만무하고 다만 비면에 새기는 과정에 착오가 생긴 것이다. 이런 경우에 대하여 간본, 사본에서는 대체로 모두 시정되었다. 그것은 간본, 사본의 작성자들이 한문 문장을 읽을 줄 아는 분들이기 때문이다.
>
> 금석학에 있어서는 일자일획도 소중히 다루어야 하지만 이미 그것을 하나의 문헌으로 정리할 때에 문장을 바로잡아야 하는 것이다. 물론 원문은 우선적으로 탑본을 따라야 하지만 이와 같이 잘못된 경우에는 탑본을 따르지 않고 간본, 사본을 취하지 않을 수 없었다. 다만 주석에서 그것을 밝혀놓았다.

여기 나타나는 것은 교감학의 전제가 되고 있는 원문 우선, 그러나 그

것조차를 면밀하게 검토하여 시정하기를 기하는 근대 본문 비평의 감각
이며 시각이다. 이런 원칙과 함께 시도된 저작집의 사산비 주석, 교감 작
업은 문자 그대로 1자, 1획의 미묘한 차이와 1자 1획의 오기도 놓치지 않
은 철저한 교감 의식이다. 그 예를 우리는 쌍계사 진감선사비 허두를 이
룬 몇 행을 통해서도 읽을 수 있다. "道不遠人. 人無異國. 是以東人之子.
爲釋爲儒. 必也西浮大洋. 重譯從學. 命寄刳木. 心懸寶洲. 虛往實歸. 先難
後獲. 亦猶采玉者." 탑본을 보면 인용된 부분은 쌍계사 비의 첫줄에서 한
줄이 못 되는 길이다. 그런데 그 일부인 "必也 西浮大洋"까지에 저작집은
다섯 개의 교감, 주석을 달았다.

> 1) 遠 → 运(고대본Ⅱ), 2) 釋 → 儒(서울대 규장각 소장본)
> 3) 氣 → 爲(동국대학중앙도서관본), 4) 釋 → 儒(규장각본)
> 5) 必也 → 탑본에는 두 글자의 판독이 불가능한데 다른 사본과
> 더불어 쌍계사 장목 판본에는 必也 두 글자가 분명하다.(쌍계사 장
> 목판본은 1725(영조1)년 乙巳 六月 쌍계사에서 眞鑑禪師碑의 탑본
> 을 木版에 새겨 印出한 것이다. 표지에 「眞鑑禪師碑」이라는 제목 아
> 래 「雙溪寺藏板」이라고 附記되어 있다. 이 板本은 碑가 마모되기 전
> 에 搨印한 것으로 지금의 탑본에서 판독되지 않는 부분을 살피는 데
> 유용하다.

신라 사산비 연구로 대표되는 원전 제일주의와 함께 저작집에는 이우
성 교수만의 몫으로 생각되는 연구 의식의 줄기가 검출된다. 그것이 연
구가 연구에 그치고 역사, 상황에 괴리되는 것을 경계한 반관념론 의식이
작용하고 있는 자취다. 『이우성 저작집』 여기저기에는 한국학, 또는 우리
와 동시대의 인문학이 시대나 현실과 무관하게 존재할 것이 아니라 현실

과 상황의 개조 개혁의 편에 서야 할 것이라는 생각이 피력되었다.

그 대표적인 보기가 되는 것이 저작집 제1권의 「이퇴계(李退溪)의 서원 창설운동(書院創設運動)」, 제2권의 「16세기 이조 사회에 있어서 퇴계(退溪) 이황(李滉)의 당시 시대관과 제세이념(濟世理念)」 등이다. 이제까지 우리는 퇴계를 수기안분(守己安分) 보수적인 주자학자로 복 그의 행동철학의 기본이 수기 안분 테두리에 드는 것으로 믿어왔다. 주자학(朱子學)을 궁구한 그는 유학이 이상적 통치형태로 가리킨 성학지치주의(聖學至治主義)에 입각한 정치를 실현시키고자 했다. 그러나 그런 정치적 이상을 펴기 위해서 당시의 조정은 너무 어지럽고 인심(人心) 또한 바닥을 헤매고 있었다. 그런 현실의 벽이 퇴계를 중앙정치 무대에 머물지 못하도록 만들었다. 그 대신 그는 고향으로 물러나 도산서당(陶山書堂)을 짓고 그가 생각한 바른 길을 걸을 줄 아는 후진을 양성하기에 힘썼다. 그것이 퇴계의 서원창설운동이 된 것이다. 이런 생각이 그동안 우리 주변에서 형성된 퇴계의 거듭된 사직과 은퇴, 후진 교육에 대한 해석이었던 것이다.

저작집은 퇴계의 서원 창설 사유를 종래 우리 주변에서 이루어진 해석과 다른 시각에서 논했다. 저작집은 퇴계의 거듭된 사직이 조정정치의 남맥상, 인심 타락에 실망한 나머지인 점은 인정했다. 퇴계가 그것을 '말세(末世)'의 현상으로 본 것이다. 그러나 퇴계의 귀향이 오로지 그런 현상에 절망한 나머지 이루어진 것이 아니라고 본 것이 저작집이다. 저작집에는 퇴계의 서원 창설은 교육을 통한 후진의 양성으로 말세 현상을 극복하고자 한 그 나름의 시도의 일단으로 파악되어 있다.

「퇴계 이황의 당시 시대관과 제세이념」은 전자의 보완편이다. 여기에는 퇴계가 시도한 사회개혁이 인재 양성으로 표출된 것이라는 생각이 제시되었다. 또한 그것이 어떤 각도에서 시도되려 한 것인가를 지적한 것이었다.

> 퇴계 선생은 말세적 현상으로 무엇보다 당시 인심의 타락을 개탄하였습니다. 중앙 정계를 떠나면서 국왕에게 올린 「무진육조소(戊辰六條疏)」에서 "오늘날의 인심은 부정(不正)이 매우 심하다"고 하여 당시 각계 각층의 인심의 개선을, 즉 정신풍토의 시정이 실현되어야 한다고 생각하였습니다. …(중략)… 퇴계 선생은 여기에서 자기 사명을 알았습니다. 말세를 극복하고 조국을 이상국화하려고 한 그의 문명지향적 의욕은 그러나 성급한 미봉책으로서가 아니고 근본적 방책으로서 인심의 개선, 즉 정신풍토의 시정 작업에 착수했던 것입니다. 그러기 위해 사림파 철학, 성리학의 올바른 교육이 절실히 요구되었습니다. 퇴계 선생에 있어서 성리학은 존심양성(存心養性)의 수양을 통한 참다운 인간 형성의 학문이었습니다.

퇴계의 서원 설립 해석으로 대표되는 저작집의 유학, 또는 도학(道學) 논의에는 물론 문제점이 없는 바 아니다. 성리학자로서 퇴계가 평생 심혈을 기울여 궁구한 것은 인의예지(仁義禮智)의 참뜻을 밝히는 일이었고 그 근본에 해당되는 본체론(本體論), 제1원리의 경지 탐구였다. 유학은 그 개념을 일반화하여 천도(天道) 또는 원도(原道)라고 했다. 천도 또는 원도를 정치에 적용시키는 형태가 성학(聖學)의 실현이며 지치(至治)의 개념에 수렴되는 왕도정치(王道政治)였다. 그런데 그 이상을 현실 정치로 달성코자 하는 경우 그 사이에는 너무 많은 장벽이 있었다. 이 경우 우리는 달리 그런 예를 찾을 것까지 없다. 바로 퇴계 자신이 조정 정치에서 지향한 것이 성학을 뼈대로 한 지치주의(至治主義)에 있었다. 그럼에도 그의 정치적 이상은 반드시 암우(暗愚)하다고만 볼 수 없는 명종(明宗)이나 선조(宣祖) 중심의 조정에서조차 용인되지 않았다. 그 나머지 그는 향리로 물러나 후진 양성을 기도한 것이다. 그렇다면 인재 양성을 통한 그의 국가, 사회 개조 시도와 그를 전제로 한 서원창설＝국가의 기간요원 양성 시도는 아무래도 이상론이며 우회론이 아닐 수 없다. 다만 여기서 우리가 꼭 하나 유의할 점이 있다. 『저작집』의 퇴계론은 크게 보아 한국 유학의 형성, 전개를 분석, 기술하는 과정에서 이루어진 것이다. 그 본론이 정치제도나 사회개조가 아님은 물론이다. 그렇다면 저작집의 근본 의도는 제1원리 지향성이 강한 도학에서조차 현실정치를 외면, 배제한 것만이 아니라 그것과 상관관계를 가지고자 한 단면이 나타남을 지적한 데 있었을 것이다. 그러니까 이 경우 우리는 『저작집』의 정신적 줄기를 이루는 것 가운데 하나가 반상아탑, 반관념론임을 확인할 수 있는 셈이다.

5.

『이우성 저작집』의 또다른 특징 가운데 하나가 여러 편의 창작에 속하는 글들을 수록하고 있는 점이다. 그 구체적 보기가 되는 것이 『실시학사산고(實是學舍散藁)』(4권)과 『벽사관문존(碧史館文存)』상, 하(5권, 6권), 『고양만록(高陽漫錄)』(8권) 등이다. 이들 권에는 수상류에 속하는 다수의 국문 문장과 함께 한문을 표현매체로 한 절구(絕句)와 율시(律詩), 고시(古詩)와 함께 서(序), 발(跋), 기문(記文), 간찰(簡札), 제문(祭文), 행장(行狀), 논설들이 포함되어 있다. 나는 그 가운데서 특히 벽사 선생이 득의로 하는 절구와 율시들을 좋아한다.

허물어진 성터는 천년의 자취일 뿐
찬 가람 흘러흘러 만년이 지났구나
가을 바람 일어남에 생각은 그지 없어
내가 홀로 올라섰다 영남루 높은 다락
廢郭千年跡
寒江萬古流
秋風無恨意
獨上嶺南樓

—「영남루에 올라(登嶺南樓)」(의역 필자 이하 동)

머나먼 선성(宣城) 땅은 낙동강 기슭인데
옛적 관아 문밖에는 티끌이 잦아 있다
어여뻐라 동헌(東軒) 옆의 매화꽃 나무등걸
싸늘한 비 해를 도와 홀로 봄을 맞았구나
遠過宣城洛水濱
舊衙門外暗行塵
最憐東閣官梅樹
冷雨年年獨放春

—「예안현 아문을 지나며(過宣城縣衙門)」

푸른 산 겹겹으로 감아 도는 산길임에
가꾼 숲 시원하고 다락집 깨끗하다
새 무덤이 지척인데 찾아보지 못하다니
느껴운 마음 가람 되어 목이 메는 소리 낸다
重疊靑山幾曲程
園林高爽机軒淸
新墳咫尺難相過

恨人江流嗚咽聲

—「지례예술촌(知禮藝術村)」

「등영남루(登嶺南樓)」의 제목 다음 자리에는 기묘 1939년 9월(己卯
一九三九年 九月)이라고 작품 제작 시기가 명기되어 있다. 이것으로 우리는
이 작품이 벽사 선생이 열네 살 때 쓴 것임을 알 수 있다. 열네 살이라면
여느 사람의 경우 미처 소년기를 벗어나지 못한 때이다. 더욱이나 이우
성 교수는 일제시대에 태어난 세대에 속하고 있어 서당(書堂) 교육 연배도
아니었다. 다른 많은 사람은 그 나이에 『동몽선습』이나 『명심보감』을 읽
은 데 그치고 이어 일제가 주재한 초등학교에 들어갔을 것이다. 그런 성
장 과정을 거친 세대가 제대로 운자(韻字)를 골라 금체시(今體詩)를 짓는 일
은 쉬운 것이 아니었다. 그럼에도 소년기에 만든 벽사 선생의 이 시는 측
기 오언절구(仄起 五言絶句)의 격식에 어김이 없는 솜씨가 나타난다. 그와
함께 좋은 작품만이 가질 수 있는 사경(寫景)이 이루어져 있으며 의경(意
境)을 통한 가락도 느껴지는 것이다. 나는 몇 해 전에 선생의 고향인 밀양
을 지나면서 영남루에 올라본 적이 있다. 그때 거기서 받은 느낌 가운데
하나가 영남루 벽상에 붙은 시판(詩板)들의 수준이 고르지 못한 점이었다.
내가 본 몇 개의 작품은 그 수준에 문제가 있었다. 그에 비하면 이 작품은
그 자리에 걸어두어도 단연 영남루에 빛을 더할 수 있으리라 생각이 되는
수준이다.

「과선성현아문(過宣城縣衙門)」은 벽사 선생의 두 번째 한시집인 『계남감
구집(溪南感舊集)』의 허두에 놓여 있는 작품이다. 계남(溪南)은 퇴계 선생의
후손이 사는 고장으로 일찍 이우성 교수가 출입을 하게 된 연하각(煙霞閣)

이 있는 곳이다. 연보에 따르면 그는 열여섯 살이 되는 해 안동 도산(陶山)의 한 마을인 계남으로 장가를 들었다. 그 길에 구호의 하나를 선성(宣城)으로 하는 예안현(禮安縣)의 옛터를 지나갔다. 이 작품은 그때 얻은 것이다. 앞의 작품이 그랬던 것처럼 이 시 역시 측기식 칠언절구의 틀을 정확하게 지키고 있다.

새삼스럽게 밝힐 것도 없이 절구의 요체는 기승전결(起承轉結)의 묘를 잘 살리는 데 있다. 특히 1, 2행의 맥락을 3행이 이어받아 의미 맥락상 층절을 만들어 결정적인 국면을 제시하는 것으로 작품의 성패가 결정되는 것이 이 양식의 특성이다. 이 작품은 그런 작시 원리에 잘 들어맞는 절구다. 우선 1, 2행으로 선성현아문(宣城縣衙門) 주변의 사경(寫景)이 넉넉하게 이루어졌다. 이어 등장한 것이 동헌(東軒) 옆에 있는 매화나무다. 그 매화나무에 '최련(最憐)'이란 말을 붙인 것은 제작자 나름의 계산이 있었음을 말해준다. 본래 나무는 자연의 일부임으로 희로애오의 감정을 갖지 못한다. 그런 나무에 '련(憐)' 자를 씀으로써 매화가 인격적 실체로 바뀐 것이다. 이것으로 비바람을 맞으며 싸늘한 대기 속에서 피어나 봄을 알리는 매화나무가 유정물로 탈바꿈할 수 있었다. 그리하여 그 향기가 그림처럼 감각적 실체로 떠오를 수 있게 된 것이다.

작품 제목 다음에 붙은 기록에 따르면 이 작품이 쓰인 것은 1940년 겨울이다. 1940년은 그해 봄에 내가 예안초등학교에 입학한 해다. 내가 다닌 소학교는 공립학교였는데 그 교사와 담을 하나 두고 옛 선성현(宣城縣) 자리를 그대로 사용한 면사무소가 있었다. 면사무소 자체는 일제가 개조한 새 건물을 썼으나 그 입구에 서 있는 대문은 옛날 그대로 남아 있었다. 그 현판이 바로 퇴계(退溪)가 굵은 붓으로 써서 남긴 선성현아문(宣城縣衙

門) 다섯 글자였다. 내가 벽사 선생에게 인사를 드린 것은 학부를 마치고 난 다음이다. 그러나 그 이전에 우리는 문화유산을 매개체로 하여 역사적 사실의 한 부분에 대하여 공통된 체험의 장을 가지고 있었다. 내가 선생의 여러 한시 가운데 특히 이 작품을 좋아하는 까닭이 여기에 있다.

「지례예술촌(知禮藝術村)」에도 선생과 내가 공유하게 된 기억의 공간이 있다. 여기서 지례(知禮)는 안동군 길안면에 속한 한 부락이다. 이 마을이 한때 포항공과대학의 총장으로 재직하다가 작고한 지헌(芝軒) 김호길(金浩吉) 군의 고향이었다. 이 마을은 지난 세기 말경에 이루어진 임하댐 공사로 수몰지구가 되었다. 그러자 마을의 큰 집 중 하나인 지촌종가(芝村宗家)가 문화재급 건물을 산 중턱으로 이건(移建)했다. 그것을 창작촌으로 만든 것이 지례예술촌이다.

김호길 군의 작고는 예술촌이 생기고 난 다음의 일이었다. 그런 까닭으로 그의 유해는 예술촌 동북쪽에 조성된 가족묘지에 수장되었다. 1994년 초에 이우성 선생은 지례예술촌에서 며칠을 묵었다. 전공자들과 함께 다산문집(茶山文集) 중에서 경학(經學) 관계 부분을 번역하기 위한 의견을 교환하기 위해서였다고 한다. 당시 이우성 선생은 다리가 불편하여 남의 도움을 받아도 산의 비탈길을 오르내릴 수가 없었다. 그리하여 가까이 김호길 군의 무덤이 있다는 것을 알고서도 그 앞에 서지 못했다. 그 사이의 사정이 이 작품 제목 다음에 첨가된 것이 있다. "甲戌八月初 余爲茶山經學譯稿 與諸少友 往留數日 主人 爲余言芝軒墓 在墻外數弓許岡麓之上 余病脚 不能躬往一哭 於歸也 不禁首頻回而心恨黯也 爲題一絶."

돌이켜보면 돌아간 김호길 군은 나와 청소년기부터 흉허물이 없는 사이로 오고갔다. 부산 피난 때 인생의 방향타를 놓치고 헤맨 나를 격려하여 대학에 원서를 내게 한 것이 그였다. 1980년대 초반에 귀국하여서는 사흘이 멀다 하고 서로 내왕하는 것을 잊지 않았다. 우리가 벽사를 좌장으로 하고 한시(漢詩) 동호인 모임인 난사(蘭社)를 만들 때도 그는 결정적인 역할을 했다. 그해 가을 개천절이 끼인 연휴를 이용해서 그는 벽사(碧史), 현주(玄洲), 소천(少泉), 모하(慕何) 등 가까운 친지들과 연락하여 영남과 충청도 일부 지방의 사림(士林) 유적지 답사 여행을 기획, 실행에 옮겼다. 이제 20주년을 훌쩍 넘긴 난사가 그 과정에서 탄생한 것이다. 지헌은 우리 모임이 열릴 때마다 멀리 진주에서 그리고 그 후에는 포항에서 어김없이 작품을 들고 시회(詩會)에 나타났다. 그러다가 어느 날 불의의 사고로 어처구니없게도 이 세상을 하직했다. 이 작품에서 '신분(新墳)'이란 작고 후 얼마 되지 않았을 때 이루어진 그의 묘를 말한다. 그것을 얼마 안 되는 거리에 두고 올라보지 못한 애통한 마음이 강물 소리로 대체된 것이 이 시의 마지막 구절이다. 이런 구절을 읽게 되면 나도 또한 작자와 같은 심경이 되어버린다. 이렇게 적고 보니 이상 내 글은 한두 곳이 아니게 서평의 틀을 벗어난 것이 된 것 같다. 근래에 보기 드문 대부서이며 그 갈피마다 주목되는 생각이 펼쳐진 『이우성 저작집』에 대한 내 소감이 이렇게 짜임새가 부족한 말들이 된 것을 부끄러워한다.

주승택(朱昇澤) 교수의 인간과 학문

1. 흉허물이 없었던 친구, 후배

나이로 치면 주승택(朱昇澤) 교수와 나 사이에는 열세 살의 상거가 있다. 우리는 일찍 10년 정도의 상거를 가지고 같은 대학의 같은 학과를 다닌 경력을 가진다. 그러니까 단순하게 시간상의 선후 관계로 손꼽으면 우리는 흔히 말하는 선후배일 뿐이다. 그러나 평소 나는 그를 단순하게 후배의 한 사람으로 생각한 적은 한 번도 없다. 살아생전 그는 만나기만 하면 흉허물이 없이 이야기를 나눌 수 있는 친구였다. 그리고 헤어져 있어도 안부를 주고받는 것만으로도 마음의 울타리를 느끼게 하는 평생 지기(知己) 가운데 한 사람이었다.

2. 학위과정의 만남

교수가 되기 전 주승택 교수는 내 연구실의 소속원인 적이 있었다. 내

기억이 틀림없다면 그것은 1980년대 중반경이었다. 그 무렵 같은 학과의 학과장이었던 정한모 교수가 방송통신대학 학장의 발령을 받았다. 그 후임을 나에게 넘기셨는데 그때 교수 아닌 대학원 학생인 주승택 군의 지도도 내 차례가 되었다. 정한모 선생과 함께 내 방으로 찾아온 주 군을 만나자 나는 의례적인 몇 마디 말을 건네 보았다. 장차 학문에만 전념할 생각인가 아닌가와 지금 생활 여건이 어떻게 되어 있는가 등 그런 내용의 말이었다.

그 무렵 그의 나이는 이미 40대에 접어들었을 때다. 나도 역시 이러저러한 사연이 있는 학구(學究)의 전력을 가진 터였지만 그도 나 못지않은 사연을 가지고 있었다. 그 자리에서 나는 그가 학부를 나온 다음 곧 대학원 과정 이수와 함께 집안 살림도 도맡아온 사실을 알게 되었다. 당시 그는 두어 개의 고등학교를 거쳐 대학입시 예비 과정인 학원으로 직장을 옮긴 처지였다. 그동안의 노력으로 동생을 성가시키고 누이도 직장을 갖게 되어 가족 부양의 의무에서 벗어났다는 것과 이제부터는 마음의 부담 없이 전공에 힘쓰겠다는 포부를 피력했다.

한편 그가 말한 전공의 방향에 대해서는 나를 망설이게 하는 것이 있었다. 첫 면담 자리에서 교수 아닌 주승택 군은 그가 마음먹고 있는 학위논문의 제목을 분명히 근대 한문학(漢文學)이라고 말했다. 지금이라고 크게 개선된 바가 없지만 당시에 나는 한국 현대문학 전공자로 한문학에 대해서는 거의 초보적 지식밖에 갖지 못한 상태였다. 그 자리에서 나는 그런 사정을 정한모 선생에게 말씀드리지 않을 수 없었다. 그러자 정한모 선생이 주승택 군의 전공도 크게 보면 한국 근대시, 근대문학의 테두리에 드는 것이니 너무 신경을 쓸 것이 없다는 해석을 내렸다. 그런 과정을 거쳐서 나는 억지춘향격으로 주승택 교수의 논문을 지도하게 되었다. 말하자면 두 사람의 사제 관계는 처음부터 스승과 제자라는 수직 관계가 아니라 상호작용하는 수평 감각과 함께 시작된 셈이다.

3. 『한한대사전』 편찬과 학위논문 제출

주승택 교수가 박사 논문 쓰기에 전력투구를 시작할 무렵만 해도 우리 주변에서 종합입시학원에서 근무하는 교사의 인기는 상당했다. 그것을 고인은 내 연구실에 다녀간 직후 미련 없이 벗어버렸다. 그 결단성에 나는 적지 않게 매력을 느끼면서도 다른 한편으로는 앞으로 몇 해 동안 그가 생활을 어떻게 꾸려나갈 것인지 걱정하지 않을 수 없었다. 그 무렵 마침 단국대학교 동양학연구소장이 된 나손(羅孫) 김동욱(金東旭) 선생을 뵐 기회가 있었다. 그때 내 용건은 얼마 동안 개점 휴업 상태가 된 서울대학교 국문과의 동창회 활성화 문제였다. 그날 내가 드린 말씀은 김동욱 선생에게 동창회장을 맡아달라는 것이었다. 내 이야기를 듣고 나손은 별 망설임 없이 회장직 맡는 일을 수락해주셨다. 본 용건이 끝나고 나서 나는 여담으로 주승택 교수의 이야기를 꺼내 보았다. 전공이 한문학이며 실력이 단단하니 혹 『한한대사전』 편찬 작업에 주승택을 참여시킬 여지가 있는지를 알아보았다. 그러자 나손이 그렇지 않아도 사전 편찬 사업이 본격화되어 연구원을 보충해야 하는데 일단 사람을 보내보라는 말씀을 하셨다.

나손의 이야기를 들은 다음 날 곧 나는 그를 불렀다. 그리고 전후 사정을 말한 다음 생각이 내키거든 단국대학교로 나손을 찾아가보라고 일렀다. 이 일은 그 후 순조롭게 되어 동양학연구소의 『한한대사전』 편찬 요원으로 그의 근무가 이루어졌다. 이 일로 나는 한동안 주 교수에게 도움이 된 것 같아 기분이 좋았다. 그러나 지금 돌이켜보면 반드시 그랬을까 의문부를 달지 않을 수가 없다. 전공이 관계되는 것이라고는 하나 연구소의 근무는 날마다 짜인 일과를 소화할 수밖에 없는 일이었을 것이다. 그런 일과와 병행해서 주 교수는 대학원의 세미나에 참석하고 중간 발표와 기말 리포트도 제출해야 하는 신분이었다. 그것은 학구와 직장 근무의 1인 2역을 감당하는 것을 뜻했다. 그런 생활이 그의 건강에 다소라도 장애여건이 되었을지 모를 일이다. 이런 생각이 그의 생전 모습을 더듬어보는 나에게는 일말의 안개처럼 마음의 창을 흐리게 한다.

언제였던가 주 교수와 내가 나손 댁을 찾아가 뵌 적이 있다. 그때 선생님 댁은 서울교대 남쪽 예술의전당 건너편에 있었다. 나로서는 동창회 일을 상의할 겸 주 교수의 근무 상황도 얻어듣기 위한 방문이었다. 그 자리에서 나손은 주 교수의 성실성에 대해 크게 만족하는 것 같았다. 다만 지병인 고혈압으로 동창회 회장은 그만두는 것이 좋겠다는 말씀이 있었다. 선생님 댁을 물러나면서 나는 주 교수와 함께 선생의 건강을 걱정하지 않을 수 없었다. 그랬던 것이 그 얼마 뒤 우리 앞에 나손의 작고 소식이 날아들었다. 눈이 내린 아침 주 교수와 함께 나손의 영결식에 참석한 일이 지금도 흑백 영화의 필름처럼 떠오른다.

나손 선생이 타계한 다음에도 주 교수의 동양학연구소 근무는 얼마간 더 계속되었다. 그리고 1990년도에 학위논문 준비를 마치고 「추금(秋琴) 강위(姜瑋) 연구」를 서울대학교 대학원 학위논문 심사위원회에 제출했다. 지도교수인 내가 그 과정에서 한 역할은 별로 없었다. 주 교수는 처음부터 논문의 테두리를 짜임새 있게 잡았고 사실들의 제시와 작품 분석을 치밀하게 잘 해내었다. 다만 논문 작성 초기 단계에서 그가 강위의 문집 원본을 보았으면 한 적이 있다. 문제의 추금 문집은 후손이 되는 서울대학교 독문학과의 강두식(姜斗植) 선생이 갖고 있었다. 그것을 얻어보게 하려고 나는 선생을 찾아뵈었고, 며칠 뒤 필사 원본인『강추금문집(姜秋琴文集)』을 빌리는 데 성공했다. 주 교수는 그것을 중앙도서관의 복사실에 의뢰해서 깨끗이 전사한 다음 곧 원본을 다시 돌려드렸다.

4. 학위과정 이수, 안동대학 한문학과 교수 부임

논문이 통과되어 학위를 받은 다음 주승택 교수는 안동대학교의 한문학 교수로 부임했다. 1992년도의 일이었다. 그 무렵에는 국문과 주변에서 박사 학위는 40대 초반에 받는 것이 통례였다. 그런 전례를 깨고 그는 50세를 바라보는 나이에 학위를 한 것이다. 그의 학위 수여식에는 나도 참석했다. 지금 기억나는 것이 그가 늦게 학위를 하게 되어 쑥스럽다는 말을 한 일이다. 주 교수의 그런 말에 대해 나도 학위를 40대 중반에 한 사실을 들었다. 그와 함께 학위논문이 좋은 평가를 받았으니 곧 알맞은 자리가 날 것이라고 격려의 말도 곁들였다.

그 무렵 우리 과의 학위 이수자 대학 진출은 비교적 순탄하게 이루어졌다. 당시 주 교수의 동기는 거의 모두가 대학에 자리를 얻고 있었다. 그런 일에 힘입어 나는 두어 군데 대학에 그의 자리를 알아보았으나 별로 뚜렷한 결과가 나오지 않았다. 그러다가 주 교수가 학위논문을 낸 다음 해, 곧 1992년에 안동대학의 한문학과에 자리를 얻을 수 있었다. 주 교수가 안동대학으로 가면서 인사를 온 자리에 나는 몇 마디의 당부를 했다. 그 하나가 안동대학이 갖는 지역적 여건을 감안한 것이었다. 연구 활동이란 하루 이틀이 아니라 평생을 거는 작업이었다. 그것이 차질 없이 이루어지려면 본인의 꾸준한 정진은 물론 주변에서 얻는 연구 여건의 자극도 필요한 것이었다. 그런데 지방에 안주해버리면 아무래도 연구자의 정신세계에 정체성이 생기지 않을까 염려가 되었다. 나는 그에게 지역적 한계를 극복할 것과, 끝없이 시야를 넓혀 가면서 새 차원 개척에 힘쓰도록 하라는 의견을 말했다.

또 하나 주승택 교수의 안동대학 부임에 즈음하여 내가 걱정한 것이 안동 사람들의 고집스러운 자기 방어벽 같은 것이었다. 지역적 특성으로 안동 사람들은 남인(南人) 기질이라고 할 수 있는 것을 가지고 있었다. 그쪽 사람들은 그런 잣대로 사람들을 재단, 평가해버리고 그 테두리 밖에 속하는 행동 양태를 이단으로 몰아버리는 성향이 강했다.

주승택 교수는 고향이 함경도로 관북 지방 출생이었고 또한 성장 과정에서도 철원, 전북과 서울을 거쳤을 뿐 한 번도 영남 북부 지방의 문화전통에 접할 기회가 없었다. 그래 그가 안동으로 떠난다고 하는 자리에서 나는 노파심이 발동되지 않을 수 없었다. 안동 지방 사람들의 기질을 말하면서 행동거지에 신중을 기하도록 부탁했다. 다른 한편 나는 그가 시도할 전공의 방향에 대해서도 이야기를 나누었다. 안동 지방은 고려 말의 우역동(禹易東)을 비롯하여 이현보(李賢輔), 퇴계(退溪), 유성룡(柳成龍), 김성일(金誠一) 등, 명인 석학이 태어나 입지(立志), 수학(修學)하고 그들 나름의 정신세계를 구축해낸 고장이다. 나는 주승택 교수가 그 전공인 한문학을 통해 이른바 영남학파(嶺南學派)의 뼈대를 이룬 도학(道學)의 흐름도 읽고 파악해주기를 바랐다. 그리하여 자칫 우리 세대에 이르러 단순화 과정을 거치지 않는가 생각한 한국문학 연구의 순문학 지향, 곧 탈사상, 문화 경향을 지양, 극복하고 그의 연구가 사상과 정신사의 차원에도 이를 수 있었으면 하는 의견도 말했다. 어떻든 나는 주 교수를 안동대학에 보내면서 나는 딸을 출가시키는 애비와 비슷한 심정을 가졌다. 그런데 그는 그런 내 걱정이 전혀 기우임을 그 뒤의 생활을 통해 실증해 보여주었다.

안동대학에 부임할 때까지 주승택 교수는 아직 노총각 신세를 면하지 못했다. 한번은 내가 배우자감을 물색하여 자리를 만들어 서로 인사를 시킨 적이 있었다. 그 며칠 뒤에 주 교수가 그 일을 없었던 것으로 해달라는 말을 했다. 이유로 그때 그가 이유로 말한 것이 내가 소개한 상대자가 배우자로 생각하기에는 너무 중량급이라는 의견이었다. 나는 그 자리에서 혼기가 너무 늦어지는 것을 걱정했으나 그는 자신의 생각을 철회하지 않았다. 그런데 뜻밖에도 안동대학에 부임한 다음 주승택 교수를 신랑감으로 점찍은 혼처가 나타났다. 상대방은 안동 지방에 세거해온 명문 출신이었다. 정혼(定婚)을 하기 전에 주승택 교수는 서울로 올라와 색시감을 나에게 선을 보이기까지 했다. 그의 결혼식은 유서가 있는 안동의 목성동 천주교성당에서 거행되었다. 그날 나는 아내와 함께 주승택 교수의 결혼식에 참석했다. 혼배미사가 끝난 자리에서 내가 적지 않게 들뜬 기분으로 축사를 한 기억이 새롭다,

5. 활성화된 연구 활동, 깊이와 폭을 가진 학문의 세계

안동은 주승택 교수가 신접살림을 차리고 신혼의 꿈을 펼친 곳인 동시에 내가 태어나 잔뼈가 굵은 고장이기도 했다. 그가 안동에 자리를 잡게

되자 내가 고향을 찾는 일이 그 이전의 배수로 불어났다. 그때마다 나는 고인의 연구실을 찾았고 때로는 그의 아파트에 초대되어 느긋한 마음으로 세상사를 두루 화제로 삼은 자리도 가졌다. 언젠가 들른 그의 집에는 거동이 여의치 않은 그의 어른이 계셨다. 주승택 교수의 안내로 그분에게 인사드리면서 나는 마음 가득히 인생의 온기를 느꼈다. 80년대 이후 우리 사회도 아주 급격하게 서구화되어갔다. 그런 추세 속에서 젊은 세대는 결혼을 하여도 어른들과 떨어져 사는 것을 선호하는 경향이 생겼다. 그럼에도 꽃다운 나이로 시집 온 주승택 교수의 부인은 결혼과 함께 건강이 여의치 않은 시아버지를 자진해서 모시겠다고 나선 것이다. 그런 일은 그 무렵 안동 지방에서도 흔한 것이 아니었다. 주승택 교수 내외의 그런 모습을 보면서 나는 주승택 교수의 가정이 한 폭의 아름다운 풍경화 같다고 생각했다.

안동대학에 부임하고 난 다음 주승택 교수의 연구 활동은 곧 봇물이 터진 듯 활성화의 길을 걷기 시작했다. 어느 대학이고 신임자에게는 치러 나아갈 사무 절차가 따르는 법이었다. 그 위에 주 교수는 처음 서보는 대학 강단이었으므로 담당 과목 강의와 학생 지도에도 선임 교수보다 배 이상의 신경을 쓰지 않을 수 없는 입장이었다. 뿐만 아니라 안동 지방에는 그 무렵부터 여러 문중에서 앞을 다투어 조상 현창 사업, 곧 위선사업(爲先事業)을 벌이고 있었다. 주 교수는 한문 해독 능력 보유자여서 안성맞춤의 위선사업 유자격자였다. 안동 지방의 문중들은 거의 모두가 500~600년의 전통을 가지는 터였다. 그런 문중에서 일단 조상에 대한 글을 써달라는 청탁이 오면 상당한 사유가 있기 전에는 거절을 할 수가 없었다. 이런 추세 때문에 주승택 교수는 부임과 함께 2중 3중으로 일거리를 맡지 않으면 안 되었다.

혼자 몸으로 1인 4역, 5역을 하게 된 것이 안동대학 부임 후 얼마 동안 주승택 교수가 치러낸 일과였다. 그런데 이 분주다사 자체인 생활을 무릅쓰고 그는 정력적으로 전공 논문을 발표했다. 지금 그 가운데 중요한 것을 들어보면 「백대진문학연구서설(白大鎭文學研究敍說)」, 「전후세대와 4·19세대의 소설」, 「북방계건국신화의 문헌적 고찰」(이상 1993년도 발표), 「고구려 건국신화의 재검토」, 「황현(黃玹)의 시세계(詩世界)」, 「전통문화의 단절과 지속이 갖는 의미」, 「16세기 안동 선비의 향토관과 국가관」(이상 1994년), 「선구적 농악자 학천(鶴川) 박승(朴承)」(1995년), 「불운했던 목민관 배삼익」, 「백대진연구(白大鎭研究)」, 「조선후기 도학파(朝鮮後期 道學派)와 사장파(詞章派)의 대립양상(對立樣相)」(이상 1996년), 「난세를 살아간 비판적 지신인 동리 김윤안」, 「퇴계학 총서 해제, 6종」, 「강위(姜瑋)의 현실의식(現實意識)과 애국시(愛國詩)」(이상 1997년), 「조선말기 당시풍(唐詩風)과 송시풍(宋詩風)의 갈등양상」, 「안동의 선비문화는 어떻게 계승할 것인가」, 「개화기 한문학의 변이양상」(이상 1998년), 「조선 후기 영남 문인의 문학과 연구」(1999년) 등인데, 이들 논문의 내용은 주 교수의 전공인 한문학에서부터 민속학, 유학과 그 사상 체계, 근대소설, 일반 문화론에 걸치는 것으로 그 관심 영역부터가 매우 다양하다. 이들 작업의 사이사이에 그는 영남 북부 지방을 중심으로 한 여러 문중의 문집 번역 사업에도 관계했다. 뿐만 아니라 자연 부락의 답사, 평가에도 단단히 한몫을 한 자취를 남긴다. 이와 아울러 1996년도에 주승택 교수는 한 해 동안 안식 기간을 가졌다. 그해에 그는 중국 절강대학교로 가서 방문교수로 그쪽의 연구 동향을 살피고 전공 관계의 자료들도 모았다. 동시에 중국의 몇 개 대학과 연구소를 방문하여 그쪽 연구자들과 의견 교환을 할 기회도 얻었다.

2000년대에 접어들자 주승택 교수의 연구 활동은 더욱 정력적으로 전개되었다. 2000년도에 그가 발표한 중요 논문은 「서원 한국사상의 숨결을 찾아서」, 「안동금계마을」, 「청량산의 문학적 위상」 등이다. 또한 그 후 발표한 중요 논문은 「안동문화권 유교문화의 현황과 진로 모색」, 「국문학 교체기의 언어생활과 문학활동」, 「안동지역 동성마을의 역사문화적 전통」, 「의암박인석한시연구(義菴朴寅錫漢詩研究)」, 「한국유교문화의 최후거점 안동의 유교문화」, 「퇴계문학(退溪文學)이 후손들의 작품에 끼친 영향」 등으로 불어났다.

6. 연구발표장에서 자리를 같이한 시간들

안동대학으로 내려가기 전까지 주승택 교수의 주된 관심은 한문학을 통한 한국문학의 근대화 과정 추적이었다. 그 보고서 격으로 제출된 것이 「한국 근대문학의 성격」, 「단절된 문학사의 극복을 위하여」, 「개화기한문학(開化期漢文學)의 변이양상(變異樣相)」, 「국문학 교체기의 언어생활과 문학활동」, 「조선문예고(朝鮮文藝考)」, 「백대진(白大鎭)과 근대문학」 등이다. 안동대학에 자리를 잡게 되면서 주승택 교수의 위와 같은 연구 방향은 크게 시야가 넓어지고 내용에도 지각 변동 양상까지가 나타나게 되었다. 그 하나로 지적될 수 있는 것이 영남학파, 또는 퇴계학파(退溪學派) 줄기로 한 유학사상, 특히 성리학(性理學)에 탐색의 손길을 뻗친 점이며 다른 하나가 그 무렵까지 아직 테두리가 결정되지 않은 안동 지역의 문화를 핵으로 한 안동학(安東學) 정립(定立)의 시도였다.

전자에 대해서 주 교수는 문학과 문화의 중요 요소가 전통이라는 것과 한국 문학과 문화의 전통에서 큰 갈래가 되는 것이 유학이라는 생각을 가지고 있었다. 언젠가는 그에 곁들여 성리학, 특히 이기철학(理氣哲學)의 흐름을 파악하여 한국문학의 깊이와 넓이를 크게 확충하는 것이 어떨까 하는 생각을 나에게 피력한 적이 있다. 그 자리에서 나는 주승택 교수의 생각을 적극 지지했다. 그와 함께 앞으로 우리 연구 과제에 유학과 아울러 불교, 특히 유식철학의 갈래가 포함되어야 할 것이라는 의견을 말했다. 무엇이든지 관심을 갖게 되면 착실하게 그것을 파고드는 것이 그의 사람 됨이었다. 이런 경우에도 주 교수의 그런 체질이 그 나름대로 작동하였다, 2000년도 이후 그는 끈질기게 퇴계를 정점으로 한 영남학파의 인간과 학문을 검토, 파악하려는 시도를 가졌다.

이와 아울러 안동 지역은 일찍부터 독특한 문화권을 형성한 고장이다. 요즘 우리는 안동이라고 하면 곧바로 유교문화권만을 머리에 떠올리게 된다. 그러나 유교문화 이전에 안동 지역은 무속신앙으로 대표되는 고대 문화의 자취가 곳곳에 뿌리를 내린 고장이다. 뿐만 아니라 안동 지역은 고구려를 거쳐 불교가 신라로 전파되는 과정에서도 매우 요긴한 길목 구실을 했다. 한때 이 지역을 지배한 불교신앙의 열기는 지금 백 곳을 넘게 헤아리는 폐사의 자취로 미루어보아도 넉넉하게 짐작이 된다. 안동 지역의 불교는 의상(義湘)이 주도한 선불교로 화엄종의 갈래에 드는 것이었다. 의상의 고제인 오진(悟眞), 능인(能仁) 등이 한때 이 지역의 화엄불교를 주도했다. 이런 사실은 『삼국유사(三國遺事)』의 「의상전교(義湘傳敎)」항을 통해서 의심의 여지가 없는 것으로 추론이 가능하다. 나는 그와 함께 이런 사실들을 되새기면서 장차의 연구 내용에 그런 감각을 곁들일 필요가 있을 것으로 보았다.

뿐만 아니라 안동 지역은 일제의 주권 침탈에 항거한 반제(反帝) 투쟁의 불길이 매우 강하게 일어난 곳이기도 하다. 이 지역에서는 을미의병(乙未義兵)으로 지칭되는 반제 구국투쟁의 대오가 전국에서 최초로 편성된 곳이다. 이후 안동 지역 출신자들에 의한 민족투쟁은 치열을 극한 형태로 전개되었다.

독립유공자로 표상된 안동 출신 인사의 숫자는 1999년도 기준으로 247명이다(김희곤(金喜坤), 『안동의 독립운동사』, 동시출판사, 1999). 2008년도까지 이 숫자는 10단위가 더 추가되었다. 위의 조사 보고에 따르면 전국 시도별 독립유공자의 평균이 340명 선으로 나타난다. 그렇다면 안동의 독립유공자는 전국의 특별시나 도의 수준을 육박하는 수준인 셈이다. 지역학을 시도하는 사람에게 이런 사실 역시 매력적인 과제가 될 수밖에 없다. 이런 제재들을 바탕으로 1990년대부터 안동대학에서는 안동학 정립의 움직임이 일어났다. 부임 직후부터 이런 분위기에 주승택 교수도 동참하게 되었다. 그의 연구 과제에 안동학에 관계되는 것이 나타나게 된 것은 이런 사태의 결과였던 것이다.

주승택 교수가 안동대학에 자리를 잡은 다음 그와 나는 서울과 안동이라는 먼 거리를 두고 살게 되었다. 그러나 이런 공간상의 거리에도 불구하고 우리는 수시로 자리를 같이하는 기회를 가졌다. 특히 전공 논문의 발표로 자리를 같이한 일이 한두 번이 아니다. 그 가운데서 지금 내 뇌리에 가장 뚜렷이 떠오르는 것에 1999년도에 이루어진 '군자리(君子里), 그 문화사적 성격(文化史的 性格)'을 큰 주제로 한 연구 토론의 자리와 2003년도에 이루어진 '안동학 정립을 위한 심포지엄' 등이 있다.

전자의 제재가 된 군자리(君子里)는 내가 그 끝자리를 차지하는 우리 일족이 세거해온 고장이다. 1970년대 중반기에 우리 일족은 안동댐 건설로 500년 세거의 땅을 하루아침에 잃었다. 그 후에 옛 마을의 문화재급 건물을 가까운 산자락으로 옮기고 나서 일단 외형상의 정비가 끝난 터였다. 그것을 계기로 하여 우리 문중에서는 지난날 우리 일족의 발자취를 재검토, 파악하자는 발의가 있었다. 학술대회로 그 가닥이 잡히자 그 실무 책임이 나에게 돌아왔다. 그 무렵까지 나는 전통문화의 분석, 검토가 어떻게 이루어져야 하는 것인지에 대해 거의 문외한이었다. 그래서 밖으로 내 주변의 여러 사람에게 자문을 요청하여 발표 제목을 선정하고 논문 발표자와 질의 토론 참가자도 물색했다. 이때 나에게 가장 손쉬운 상담역이 되어준 사람이 주승택 교수였다.

주승택 교수와 그 밖의 여러 분들의 도움을 받아가면서 나는 우리 문중의 학술행사의 내용을 편성하여 「영남학파(嶺南學派)와 군자리(君子里)의 사림정신(士林精神)」, 「군자리(君子里) 고려시대 호구문서(戶口文書)의 성격(性格)」이하 여섯 분야에 걸친 학술 발표 주제를 선정했다. 또한 서울에서 고병익(高柄翊), 이기문(李基文), 이두현(李杜鉉), 이상보(李相寶), 김채윤(金彩潤), 김재은(金在恩), 조동걸(趙東杰), 김경동(金璟東), 정진홍(鄭鎭弘), 황패강(黃浿江), 이성무(李成茂), 허남진(許南進), 조후종(趙厚鐘), 노영구(盧永九), 남풍현(南豊鉉) 등과 함께 김희곤(金喜坤), 윤숙경, 김순일(金純一), 김덕현(金德鉉), 임세권(任世權), 전수연(全秀燕), 이효걸(李孝杰), 김규희(金圭喜), 서치상(徐致祥), 김영만(金永萬) 등을 참여시키는 논문 발표 모임을 편성할 수 있었다.

이날 발표회장에서 주승택 교수는 임란 때 우리 고장에서 의병(義兵)을

일으켜 왜적 격퇴에 혁혁한 전적을 남긴 의병장 김해(金垓) 선생을 주제로
한 논문 발표에 사회 겸 토론자가 되어주었다. 그 자리에서 그가 보여준
질의 토론 내용은 나뿐 아니라 다른 여러 참가자들의 주목을 받기에 족했
다. 그의 질의 내용은 논리적으로 빈틈이 없었고 발표 내용의 요점을 찌
른 것이었다. 그러면서 그 말 가운데는 관계 문헌 섭렵의 폭과 깊이가 감
지되어서 듣는 이의 마음을 흐뭇하게 했다.

한편 주승택 교수가 주축이 되어 이루어진 안동학 정립을 위한 심포지
엄은 2003년도의 늦은 가을에 있었다. 그때의 발표 토론장이 된 곳이 바
로 일찍 내가 다닌 예안초등학교의 옛 자리가 굽어보이는 국학연구원이
었다. 당시 주승택 교수는 안동대학교 부설 안동문화연구소의 소장을 맡
고 있었다. 그의 발의와 제의로 안동학을 국제적인 과제로 자리매김하려
는 것이 그때 학술 발표대회의 첫째 목표였을 것이다. 그날의 발표대회는
안동대학 한국문화연구소와 함께, 한국국학진흥원, 하와이대학교 한국학
연구소 등 세 연구소가 공동 주최했다.

발표회는 「외국 지역학 연구 사례와 전망」, 「안동문화의 형성 과정과 안
동학의 모색」, 「안동학 연구의 전망과 방향」 등으로 이루어졌고 주제 발표
자는 미국의 하와이 대학, Edward G. Shultz, 중국 안휘대학의 란성현(欒
成顯), 유백산(劉伯山), 일본 도쿄대학의 가네다 아키히로(金田章裕), 나고야
대학 하가 쇼지(羽家祥二) 등과 함께 국내의 김희곤(金喜坤), 임재해(林在海),
김복순, 김종석 등이었다. 나는 그 자리에 참여하여 기조강연 「지방문화
연구의 방법론 성찰—안동학의 성격과 방향에 대하여」를 발표하고 마지
막 종합 토론의 사회까지 맡았다.

지금 돌이켜 생각하면 안동학 정립을 위한 학술대회에 나를 참여시킨

것은 주승택 교수의 상당한 복안에 의한 것이 아니었나 생각된다. 그 무렵까지 나는 한국 현대시의 역사 쓰기에 골몰한 문학도였을 뿐이다. 그런 나에게 종교, 철학에 사상, 민속학의 조예와 감각까지가 요구된 지역학을 주제로 한 논문을 쓰라는 것은 그 자체가 억지였다. 한두 해가 아니게 나와 내왕을 한 주승택 교수가 그것을 몰랐을 리 없다. 그럼에도 그는 지방학을 주제로 한 본격적 규모의 국제 학술대회에 나를 불러 기조 논문을 발표하도록 한 것이다. 그전에 우리는 몇 번인가 한국학이 동북아시아의 맥맥한 문화전통을 계승하는 방향에서 이루어져야 할 것은 물론 항상 시야를 세계적인 쪽으로도 열고 있어야 한다는 이야기들을 했다. 그런데 주승택 교수의 입장에서 보면 그런 내 말은 다분히 구호의 차원에 머물고 그에 연계되어 이루어져야 할 실천 능력이 부수되지 못한 것으로 생각되었을 것이다. 그런 내 근대문학 연구에 새 전기를 짓도록 하기 위해 그는 상당한 무리를 무릅쓰고 안동학 연구 발표대회에 나를 이끌어 넣은 것으로 생각된다.

지금 내 곁에는 주승택 교수와 함께 참여한 『군자리(君子里)의 문화사적 성격(文化史的 性格)』과 함께 안동학 정립을 위한 특집호 『안동학연구』 제3집이 놓여 있다. 그와 함께 그가 우리에게 남기고 간 연구 논총 『한문학과 근대문학』의 교정쇄가 쌓여 있다. 그 갈피갈피에는 고인의 부드러우면서도 듬직한 무게를 느끼게 하는 목소리가 담겨 있다. 그들을 읽으며 쓰다듬어보는 내 가슴에 한 갈래의 감회가 일어나는 것을 막을 길이 없다. 우선 나이로 치면 이런 글은 내가 그를 위해 쓸 것이 아니라 그가 나를 위해 써야 할 성격의 것이다. 뿐만 아니라 나이로 보아 그는 이제부터 연구 활동에 박차를 가하고 많은 글을 쓰며 그것을 여러 권의 책으로 보여주어야 할 사람이다. 그럼에도 지난해의 아쉬운 작고로 우리가 그에게 건 기대와 희망은 그대로 물거품이 되어버렸다. 새삼스럽게 따뜻하고 부드러운 가운데 듬직한 부피를 느끼게 해준 그의 모습이 그립지 않을 수 없다. 삼가 고인의 명복을 빌며 유족들의 앞길에 행복과 평화가 함께하기를 바란다.

제4부

문학과 역사의
조감

현대시 연구의 논리와 실제

1. 약간의 전제

한국 현대시와 그 상위 개념인 현대문학에 대한 비평적 담론의 초기 형태에 속하는 글들은 20세기 초두부터 발표되었다. 그러나 이때부터 1930년대 전반기에 이르기까지 그들 가운데 본격 문학 연구의 이름에 값하는 것들은 많지 못하다. 이 기간 우리 주변에서 발표된 것은 거의 모두가 시평(時評)이나 월평(月評), 또는 가벼운 수상 정도의 글이었던 것이다.

위와 같은 상황이 감안되는 경우 한국 현대문학 연구의 상한선은 1930년대의 전반기로 기산(起算)되어야 한다. 여기서는 그 선진(先陣)을 담당한 이들을 경성제대 문학부 출신들로 구성된 조선어문연구회의 회원들이라고 본다. 도남(陶南) 조윤제(趙潤濟)를 필두로 한 경성제대 법문학부 재학생들을 중심으로 한 조선어문연구회가 발족을 본 것은 1930년대 초두부터였다. 발족 당시 그 구성원들은 이희승(李熙昇), 김재철(金在喆), 이재욱(李在郁), 김태준(金台俊) 등이었고 그에 이어 방종현(方鍾鉉), 이숭녕(李崇

寧), 김형규(金亨奎), 손낙범(孫洛範), 구자균(具滋均) 등이 이 모임에 참여하였다.[1] 발족과 함께 조선어문연구회는 곧 기관지격인 『조선어문』을 발간했다. 이들은 또한 같은 대학 법문학부의 재학생들이 발간하는 『신흥』에도 참여하여 그 중심 세력을 이루었다.

조선어문학회 구성원들은 발족 당시부터 그들이 우리 어문학 연구의 새 지평을 열어나갈 역군이라는 자부심에 차 있었던 것 같다. 모임이 거듭되고 얼마간의 연구 결과가 축적되자 그들은 곧 단행본 체제로 연구 논저를 간행했다. 그 결과물로 나온 것이 김재철(金在喆), 『조선연극사(朝鮮演劇史)』(청진서관, 1933), 김태준의 『조선한문학사(朝鮮漢文學史)』(청진서관, 1931), 『조선소설사(朝鮮小說史)』(청진서관, 1933) 등이며 이들보다 조금 뒤에 나온 조윤제의 『조선시가사강(朝鮮詩歌史綱)』(박문서관, 1937)이다. 이들 논저들은 고전문학기의 통시적 고찰이 중심이어서 현대문학을 논술한 부분이 상대적으로 축소되었다. 그러나 우리 문학에 대한 본격적 연구 담론이라는 점에서 당연히 그에 앞선 세대의 업적들과는 다른 변별적 특질들을 지니고 있었다. 여기서 1930년대 전반기를 우리 문학과 시에 대한 본격 연구의 시발점으로 보는 것은 그런 이유에서다.

2. 연구사의 초기 양상 : 임화와 백철

1930년대 말경에 이르러 한국 현대문학 연구 분야에서 어느 정도 본격 담론의 체제를 갖춘 논고들이 나타나기 시작했다. 그 한 보기가 되는 것

---

1 이에 대한 자세한 것은 김용직, 『김태준 평전』, 일지사, 2007, 79~95쪽 참조.

이 임화(林和)의 「개설신문학사(槪說新文學史)」다. 1938년 말경부터 『조선일보』에 연재, 발표된 이 담론에서 임화는 고전문학기 다음의 우리 문학을 당시의 관례에 따라 신문학이라고 통칭했다. 이때의 신문학은 고전문학을 구문학(舊文學)이라고 한 당시의 관습에 대한 상대 개념으로 쓰인 것이다. 「개설신문학사」 허두에서 임화는 신문학, 곧 우리 현대문학의 특징적 단면을 "(1) 시문체(時文体)—즉 언문일치의 신문장, (2) 할 일 업시 소일(消日)로 소설을 쓴 것이 아니라 엄숙하고 신성한 사업으로 생각한 것, (3) 예술성—전습적(傳襲的), 교훈적(敎訓的)이 아니라 순수, 자율적(自律的), (4) 현실성—고전문학의 이상적인데 대비됨, (5) 신사상(新思想)의 맹아(萌芽)"라고 지적했다.[2]

애초 임화는 종합 문학사를 의도하면서 그의 신문학사를 시작한 듯하다. 그에 따라 그는 신문학사의 허두에서 19세기 말 문호 개방에 따른 우리 사회의 정치, 경제, 문화적 변동 상황을 길게 서술했다. 이어 개화기 문학의 대표 양식으로 신소설을 거론하였고 그다음으로 한국 근대시의 초창기 형태로 신시(新詩)를 문제 삼았다. 그에 해당되는 것이 「개설신문학사」의 제3장 제3절이다. 해당 부분에서 임화는 "조선의 신시—엄밀히 말하여 자유시(自由詩)—는 조선시가의 전통적 형식이었던 4·4조에다 신사상을 담는 데서부터 시작하였다"라고 정의했다. 이때 임화는 초창기 신시의 틀을 3·4조와 4·4조에 의거한 가사체 작품으로 보고 그 구체적 보기

---

2 이 항목 허두에 '精誠'이라는 단어가 붙어 있다. 여기서 이 말은 근대 문단에서 작자가 시와 소설을 여기로가 아니라 전공자의 입장에서 쓰는 것을 가리킴일 것이다.

가 되는 작품들로 이중원의「동심가」, 김교익의「신문가」 등을 들었다.[3]

임화의 것을 신호탄으로 삼은 한국 현대문학 논고는 본격 연구 논고가 나오기까지의 예비 작업 구실을 했다. 그 뒤에도 얼마 동안 그와 유사한 형태의 한국 현대문학의 통시적 고찰에 속하는 담론이 우리 주변에서 나온 것이다. 이 경우 우리가 한 보기로 들 수 있는 것이 백철의『조선신문학사조사』다. 백철 교수의 이 논저는 그 첫 권이 1948년 수선사(首善社)에서 나왔으며 그 '현대편'이 다음 해 백양당(白楊堂)을 통해 출간되었다. 문예사조론의 시각을 바탕으로 하고 저자가 직접 참여한 문단의 체험을 활용한 이 논저는 우리 비평계가 갖게 된 단행본 체제의 종합 현대문학사의 효시격이 되었다. 그럼에도 이 논저에는 여러 군데에 자료 해석의 한계와 함께 방법론상의 문제점이 내포되어 있다. 백철 교수는 애초부터 한국의 현대문학이 서구 문예사조의 수입 내지 복사판이라는 시각에서 한국시와 우리 문학을 검토, 파악했다. 그는 문학사의 중요 덕목 가운데 하나인 전통적 요소의 문제점이 내포되어 있다. 궤적을 파악하는 데 등한했던 것이다.[4] 이와 함께 그의 문학사는 그 시각을 지나치게 서구의 근대 문예사조사에 의거하였다. 그 나머지 우리 문학사의 근대가 개항기 직후에 시작되고『폐허』와『백조』의 시기에서 마감된 것이란 해석을 낳았다.

백철 교수의 문학사에 나타나는 시대 구분에는 명백한 걸림돌이 생긴다. 문학사의 시대 구분은 정치, 경제사나 사회사의 그것과 달라야 할 것은 물론, 철학 사상사의 그것과 혼동되어서도 안 된다. 유럽에서 전근대

---

3   林和,『개설신문학사』,『한국문학사연구총서(복사판)』1, 38~39쪽.
4   이에 대해서 자세한 것은 김용직,『시각과 해석』참조.

와 근대는 그 해석의 기본 전제가 된 것이 헤겔식인 인과사관이다. 인과
사관이란 결과에 대해서 원인을 올바르게 규명하는 역사 인식의 태도를
전제로 한다. 이때의 시대 구분, 곧 근대와 현대의 구분에서 가늠자가 되
는 것이 이성주의를 바탕으로 한 합리의 체계다. 20세기에 접어들자 전
세계는 이성이나 합리의 체계로는 설명이 불가능한 폭력과 혼돈에 휩쓸
리기 시작했다. 이런 사태에 직면하자 일부 전위예술 운동가들에 의해 반
이성, 탈합리주의 운동이 전개되었다. 그것이 대륙식인 모더니즘 운동으
로 일컬어지는 DADA와 미래파 초현실주의 운동으로 나타났으며 영미
쪽에서는 이미지즘, 모더니즘 운동으로 전개되었다. 문학사에서 근대와
현대의 분수령이 되는 것은 이들 탈이성, 반합리주의 철학을 전제로 하는
이들 사조 경향의 형성 여부다. 백철의 문학사는 이런 문학, 예술의 현실
을 외면한 채 임화식(式)인 역사＝사회 여건 반영론에 한국의 근대문학과
현대문학 해석을 내어 맡겨버린 것이다.

3. 현대시 연구의 본론화

우리 주변의 현대시 연구가 과도기적 양상을 지양, 극복하게 된 것은
1950년대가 막을 내리기 시작했을 무렵이다. 이때부터 우리 주변의 문과
대학 교실들이 그 나름의 체제를 갖추고 전문 인력들을 교육, 배출하기
시작했다.

1960년대에 물꼬가 트인 한국 현대문학과 현대시 연구는 70년대에 이
르자 뚜렷하게 새 국면을 맞이하게 되었다. 여기서 우리가 지나쳐 볼 수
없는 초기 논저들이 김춘수(金春洙)의『한국현대시형태론』과 정한모(鄭漢

模)의『한국현대시문학사』다. 먼저 그 제목으로 유추될 수 있는 것처럼 김춘수의 논저는 그 논의의 뼈대가 시의 형태 문제로 되어 있다. 이 책에서 김춘수는 우리 현대시의 상한선을 육당의 「해(海)에게서 소년(少年)에게」로 잡았다. 그에 이어 김춘수는 김소월의 시에 대한 형태적 분석, 검토를 시도했고 정지용, 김기림 등의 이름이 그다음에 나온다. 이것은 이 책이 문학사의 기본 덕목인 통시적 고찰에 의거하고 있음을 뜻한다. 이 책 이전에 우리가 단행본 체제로 우리 현대시의 역사를 기술한 논저를 가진 적은 없었다. 그런 의미에서『한국현대시형태론』은 그 이후에 나온 본격 한국현대시의 통시적 연구에 적어도 마중물 구실을 한 것이다.

정한모(鄭漢模) 교수의『한국현대시문학사』는 제1장 서론, 제2장 '근대시의 배경', 제3장 '새로운 시를 위한 태동', 제4장 '초기 시단의 형성과 그 선구' 등으로 되어 있다. 이 책의 본론에서 논의되고 있는 것은 개화기 시가와 그에 이은 1920년대 초기의 한국시와 시단의 형성, 전개 상황이다. 애초부터 본격 논문 체제를 취하고 있어 원전에 입각한 인용문들이 제시되어 있으며 그와 아울러 각 면마다 그 출처를 밝힌 각주들이 붙어 있다.

이와 함께 우리가 이 논저에서 간과할 수 없는 부분이 있다. 그것이 이 논저 말미에 제1부라는 표시가 붙어 있는 점이다. 이것은 이 책이 한국현대시사의 전 영역을 망라한 문학사로 시도되었음을 뜻한다. 그것이 미수인 채 저자가 연구 이외의 행정적 업무에 차출된 나머지 이 책은 제1부로 끝나버린 것이다. 생전에 저자는 이 책의 후속 작업이 이루어지지 못하고 방치 상태가 되어 있음을 안타까워했다. 연구사의 한 삽화가 되는 일이나 아쉬움이 뒤따른다.

1970년대부터 우리 주변에서 시론과 문학사 연구가 본격화되면서 비평 방법에 대한 탐색 작업과 함께 우리 현대시와 해외 문학의 상관관계 고찰이 시도되었다. 또한 그와 병행 상태에서 우리 근대문학의 한 갈래인 비평의 통시적 기술도 본격화되었다. 그 뚜렷한 보기가 되는 업적들이 김병철(金秉喆), 『한국근대번역문학연구』(을유문화사, 1975), 김학동(金澤東), 『한국문학의 비교문학적 연구』, 김윤식(金允植), 『한국근대문예비평사연구』 등이다.

먼저 김병철의 논저는 서장인 '한국 근대 번역문학사의 시대 구분'을 비롯하여 제1장 '선사적(先史的) 고찰', 제2장 '개화기의 번역문학', 제3장 『태서문예신보』까지의 번역문학', 제4장 '1920년대의 번역문학', 제5장 '1930년대의 번역문학', 제6장 '1945년까지의 번역문학', 제7장 '1950년까지의 번역문학'으로 되어 있다. 이런 편장 제목으로도 드러나는 바와 같이 김병철 교수는 이 책을 통해 우리 근대문학 초창기에서부터 1950년대에 이르기까지 우리 주변에서 이루어진 해외 문학의 소개, 수입상을 총망라하여 검토, 파악하기를 시도한 것이다.

김학동의 논저에는 그 무렵 한국 현대문학 연구가 지닌 외재적 여건이 뚜렷이 투영되어 있다. 당시 우리 주변의 한국문학 연구자들에는 본격 연구를 시작하기 전의 입사식(入社式) 격으로 반드시 치러야 할 두 개의 과제가 부과되어 있었다. 그 하나가 대부분 개인 소장이 되어 있거나 여기저기 도서관 서고에 정리되지 않은 채로 방치된 관계 자료들을 조사, 정리하는 일이었다. 그리고 다른 하나가 여러 자료들을 정리한 다음 그 나름대로 담론의 체계를 세우는 데 필요한 비평 방법을 터득할 절차를 거치는 일이었다. 1960년대에 이르기까지 한국 현대문학 분야에는 우리가 독자적으로 개발해낸 문예비평 이론이 나타나지 않았다. 그 나머지 우리는 본격적 연구 담론을 펴기 전에 거쳐야 할 절차로 해외의 연구 방법을 읽고 이용하는 길을 택하지 않을 수 없었다. 김학동의 논고는 그 제목으로 드러나는 바와 같이 우리 근대시를 보는 시각으로 비교문학적 방법을 이용하고자 한 경우다.

김학동의 비교문학적 연구는 크게 제1편 원론 부분과, 제2편 '한국 근대문학에 미친 외국문학의 영향, 고찰'로 이루어져 있다. 원론 부분에서 김학동은 이른바 프랑식 비교문학의 이론을 요약 제시했다. 이어 다음 편에서 그는 한국에 있어 프랑스의 자연주의, 러시아 근대문학의 영향, 중개자로서의 톨스토이, 투르게네프, 전신자(轉信者)로서의 현철(玄哲) 등을 다루었다. 이들 논고를 통해 그는 서구를 원천으로 하는 해외 문학이 한국문학에 수용된 과정과 그 결과를 문헌 중심으로 검토, 분석했다. 이 논저는 논증 과정에서 문헌 자료를 성실하게 검토, 제시하기에 힘쓴 자취를 뚜렷하게 남긴다. 이와 아울러 같은 저자의 것으로 『한국개화기시가연구』가 있다. 1981년 시문학사를 통해 간행한 이 책은 제1편이 제1장 '개화기 시가의 사적 전개', 제2장 '개화사상과 저항의 한계성', 제3장 '신체시와 그 시단의 전개', 제4장 '개화기 시가의 유형과 형태적 전개'로 되어 있다.

이 논저의 제2편은 '개화기 문학의 영향사적 배경'이다. 여기에는 서론 격으로 「서구문학의 이입과 그 영향」이 있고 그 밖에 그 자체로서 비교문학적 방법을 적용한 논문 「전신자(轉信者)로서의 최남선」이 포함되어 있다. 이 부분에서 김학동은 최남선의 해외 문학 수입 소개가 『소년』, 『청춘』지의 간행 때부터 라고 밝혔다. 이어 그의 서구 문학 수입 소개 활동을 '희랍, 로마문학' 수입과 영국—스위프트, 밀턴, 바이런, 테니슨, 스마

일스의 「자조론(自助論)」 등—에 걸치는 것으로 밝혀내었으며, 그다음이 미국 문학 이입 과정, 프랑스, 독일, 러시아 문학과 일본 문학의 이입 과정 등이다. 김학동은 최남선이 시도한 해외 문학 수입 내용을 총망라 제시하고 있다. 이것은 이 논저가 비교문학 연구 분야에서 뿐만 아니라 그 무렵에 본론화된 한국 현대문학에서 문헌 중심 연구의 전범일 수 있음을 뜻한다.

김윤식의 『한국근대문예비평사연구』는 그 초판이 1972년도 한얼문고에서 나왔다. 이 책에서는 한국 근대 문예비평의 상한선이 신경향파와 카프를 뜻하는 프로문학 운동부터로 잡혀져 있다. 그 내용이 된 장과 절의 이름은 마르크스주의 문학론과 그 자체의 논쟁, 국민문학파로 대표되는 민족주의 문학론, 해외문학파와 1930년대 한국 비평에 전개된 휴머니즘론, 지성론, 예술지상주의 비평 등으로 나타나고 있으며 부록으로 임화 연구가 첨부되어 있다. 전편을 통해서 원전을 착실하게 검토한 나음 그 나름의 해석이 이루어졌다. 거의 모든 항목에 빠짐없이 각주와 보충 설명이 붙은 것도 이 논적의 특징적 단면이 된다. 또한 권말에 개화기부터 여러 신문, 잡지에 발표된 비평들의 목록이 수록되어 이 저서가 서지 중심의 실증적 연구서임을 잘 보여준다. 김윤식의 이 논저가 나오기 전 우리 문단과 학계에서 단행본 체제로 비평사 연구서가 나온 예는 전혀 없었다. 그런 의미에서 이 논저는 발행과 동시에 우리 주변에서 한국의 현대 문예 비평의 성실한 역사서로 주목되었다.

4. 현대문학 연구의 본론화와 문학사들

1980년대에 접어들면서 우리 주변에서 국어국문학과를 가진 대학은 그 숫자가 50개 정도에 이르렀을 것이다. 이것은 이 연대에 이르러 한국 현대문학의 전공 인력이 그에 앞선 연대에 비해 세 갑절 정도로 불어났음을 뜻한다(이런 숫자는 한 전공자가 다른 대학에도 같은 교과목 강의를 담당한 사정을 감안하고 이루어진 것이다. 현대문학 강의에서 이런 중복 현상은 희곡과 같이 그 전공자가 극히 드물었던 1980년대 중반기까지 지속되었다).

1) 문화 환경의 변화

1970년대를 거쳐 80년대에 이르면 각 대학과 그 부속 연구소에 현대문학연구회, 현대시연구반, 소설연구반, 희곡과 수필, 비평연구반 등이 차례로 나타났다. 이와 아울러 이 연대에 이르면 『현대문학』, 『문학사상』, 『한국문학』, 『월간문학』 등 문예 월간지와 『창작과 비평』, 『문학과 지성』, 『세계의 문학』 등이 앞을 다투다시피 하면서 문예비평에 속하는 담론들에 지면을 할애했다. 또한 그 사이사이에는 본격 연구에 해당되는 글들이 발표되었다.

이 경우의 한 참고사항이 되는 것이 몇 개 문예지에 게재된 비평적 담론의 숫자다. 한 조사 보고에 따르면 1985년도 한 해에 문학전문 월간지와 계간지를 통해 발표된 평론의(본격 논문 포함) 숫자는 『현대문학』 59편, 『월간문학』 35편, 『문학사상』 74편, 『한국문학』 73편, 『소설문학』 75

편, 『문예중앙』 35편, 『세계의 문학』 23편으로 나타난다.[5] 여기에는 물론 빈번하게 문학 관계 시평과 월평을 실은 중앙과 지방의 일간지가 포함되지 않았다. 또한 당시 수천 부씩의 판매 실적을 가진 시와 비평, 시조, 수필, 희곡, 아동문학 전문지들에 실린 평론의 숫자가 빠져 있다. 이런 사실을 감안하면 1980년대부터 발표된 문예비평의 연간 발표 숫자는 700~800편에 이르게 될 것이다.

1970년대에 접어들면서 우리 주변의 출판사들이 앞을 다투어 한국문학전집을 내었고 분야별로 시인 전집, 수필가 전집, 비평가 전집 등이 차례로 기획, 발간되었다. 이와 함께 고급 독자 또는 전공자용으로 육당(六堂), 춘원(春園), 단재(丹齋), 만해(萬海), 위당(爲堂)을 비롯한 여러 시인, 소설가, 문필인, 사상가들의 전집이 기획, 발간된 것도 이때부터다. 이제 그 가운데서 중요하다고 생각되는 것들을 들어보면 『최남선전집』(15권)(현암사, 1975), 『이광수전집』(20권)(삼중당, 1962~1863), 『단재신채호전집』(4권)(현암사, 1951/단재기념사업회, 1977), 『박은식전집』(3권)(단국대학교 동양학연구소, 1975), 『정인보전집』(6권)(연세대학교 출판부, 1983), 『한용운전집』(6권)(신구문화사, 1973), 『김동인전집』(10권)(홍자출판사, 1964), 『정지용전집』(2권)(민음사, 1988), 『김기림전집』(3권)(심설당, 1988), 『서정주전집』(5권)(일지사, 1973), 『조지훈전집』(6권)(일지사, 1974) 등이 있다. 이런 상황에 힘입어 우리 현대시 연구 분야에서 본격 담론의 형태로 나타난 것이 개별 시인론이 있다. 그 좋은 보기가 되는

---

5   문예진흥원 편, 『1985년도판 문예연감』, 대광문화사, 1986, 215~224쪽. 이 무렵에는 『창작과 비평』, 『문학과 지성』이 당국의 조치에 따라 정간되어 있었다.

것이 인권환(印權煥)과 박노준(朴魯埻)에 의한 만해 한용운론이 있다. 제1편 「한용운의 생애와 사상, 학문」, 제2편 「불교에 관한 연구」로 시작하는 이 연구서는 일종의 전기 연구로 한국 현대 시인론으로서는 그 선진을 담당한다. 이런 전집류가 나오면서 한국 현대문학 연구는 좁은 의미의 문학 담론에 그치지 않고 그 부수 현상으로 정신문화사, 또는 사상사의 성격을 띠게 되었고 나아가 민족운동사와 지성사의 단면도 지니게 되었다.

2) 문학사 쓰기의 활성화

1980년대에 접어들면서 팽창 계수가 높아진 한국 현대문학 연구는 그 방법론으로 전기 연구, 비교문학, 일반문학, 분석 비평, 또는 신비평, 대륙식 구조주의 비평, 문예 사회학적 비평, 원형 비평의 방법에 의한 것들과 해체론의 시각을 취한 것과 함께 기호학적 이론에 의거한 것 등 다양한 갈래로 이루어졌다. 1960년대가 저물 무렵까지 만해의 시와 문학 연구는 본격화되지 못했다. 그런데 1970년대 초에 만해의 전 업적을 망라한 『만해 한용운 전집』 전6권이 신구문화사를 통해 발간되었다. 이를 계기로 만해 시의 총체적 해석, 평가를 시도한 송욱(宋稶), 『님의 침묵 전편 해설』(일조각, 1974), 김재홍(金載弘), 『한용운문학연구』(일지사, 1982), 이상섭(李尙燮), 『님의 침묵의 어휘와 그 활용 구조』(탐구당, 1984), 윤재근(尹在根), 『만해시 『님의 침묵』 연구』(민족문화사, 1984), 김광원(金光源), 『만해의 詩와 십현담주해(十玄談註解)』(바보새, 2005), 김용직(金容稷), 『『님의 침묵』, 총체적 분석 연구』(서정시학, 2010), 정효구(鄭孝九), 『한용운의 『님의 침묵』, 전편 다시 읽기』(푸른사상사, 2013) 등 만해 한용운에 대한 본격 연구서가 잇달아 나왔다. 어떻든 이 시기부터 봇물이 터진 한국 현대시 연구에서 주류가 된 것은 역사주의 비평의 한 갈래에 속하는 문학사였다. 현대시사, 또는 비평사의 관점으로 볼 때 이들은 크게 두 유형으로 구분된다. 그 하나가 개별 양식사에 속하는 문학사였고, 다른 하나가 시, 소설, 희곡, 비평 등 근대문학의 다섯 양식을 두루 아우른 종합 문학사였다.

먼저 종합 문학사에 속하는 것으로 이 시기의 선진을 담당한 것이 조연현(趙演鉉), 『한국현대문학사』(제1부)(현대문학사, 1956)이며, 그 다음을 이은 것이 이병기(李秉岐)와 공저로 된 『국문학전사』(신구문학사, 1957)의 제2부를 담당한 백철(白鐵)의 『현대문학사』였다.[6] 조연현의 경우는 제1부의 단서가 붙어 있는 바와 같이 그 하한선이 카프와 국민문학파의 단계인 1920년대 말로 나타난다. 조연현은 뒤에 이것을 보완하고 1930년대와 일제 암흑기 문학을 추가하여 『한국현대문학사 개관』(정음사, 1964)을 내었다.[7] 1970년대 이후 우리 주변에서 나온 통합 현대문학사로 주목되어야

---

6   『국문학전사』에서 '고전문학사'에는 제2부의 표시가 있고 제2부가 '신문학사'로 되어 있다. 여기서 백철은 본론에 들어서기 앞서 "전편에서 고전문학 서술이 끝났으므로 李秉岐 선생으로부터 바톤을 넘겨 받아들고 앞으로 신문학사의 코스를 서술해 가려고 한다. 문학사적 방법에 있어서는 이미 서론에서 公同提言이 된 바 있어 대개 그 기준에 따른 서술이 되리라고 생각하지만, 그러나 실제에 있어서는 여기에는 개인적인 서술방법의 차이도 있을 것이며"라고 하였다. 이것은 백철의 현대 문학사가 신문학사 조사의 답습판에 그치지 않고 그 나름의 새로움도 갖게 될 것임을 말한 것으로 보아야 한다.

7   이 조연현의 문학사는 1장에서 3장까지는 그의 전저 『한국현대문학사』(제1부)의 내용을 그대로 수록했다. 4장과 3장을 새로 써서 붙인 것인데 4장은 1. 1930년대의 문학사적 중요성, 2. 순수문학 대두의 제배경, 3. 순수문학의 형성 과정 등이었다. 여기서 백철의 신문학사 조사에는 빠진 『詩人部落』의 등장'이 한 항목으로 나타난다. 제5장 일제말의 개관은 1. 말기의 개념과 제반상황, 2. 말기의 문학적 민

할 것이 예술원의 『한국문학사』(1984)와 권영민(權寧珉)의 『한국현대문학사』(1, 2) (민음사, 2002) 등이다.

예술원이 편찬한 『한국문학사』는 현대문학만을 다룬 것이 아니라 그 허두가 원시 종합체 예술기로 시작한다. 이것은 이 문학사가 한국문학의 전체 역사서로 기획되었음을 뜻하는 것이다. 이 문학사의 현대편은 그 상한선이 개항기로 잡혀 있으며 하한선은 6ㆍ25를 거쳐서 우리 사회가 산업사회로 진입한 시기까지다. 이 문학사의 현대편은 전기와 후기로 2대분되어 있고 시, 산문, 희곡, 비평 등 양식별로 집필자가 다르게 나타난다. 이제 그 이름을 들어보면 「현대문학 전기」편에서 시가문학—정한모(鄭漢模), 산문문학—신동욱(申東旭), 희곡문학—김원중(金元重), 비평문학—김윤식(金允植)이며, 「현대문학 후기」 편에서 시가문학—정한모, 산문문학—신동욱, 희곡문학—오학영, 비평문학—김용직 등이다. 얼핏 보아도 나타나는 바와 같이 예술원의 현대문학사 세부 편장은 대체로 서구의 근대문학사 이후에 적용되어온 시, 소설, 희곡, 수필, 비평 등 양식 구분법에 따른 것이다. 다만 거기에 소설과 수필의 이름이 빠지고 그것이 산문문학으로 포괄된 것은 집필의 편의에 의한 것이 아니었나 생각된다.[8]

권영민의 『한국현대문학사』는 제목 머리에 '1945~2000'의 숫자가 붙어 있으며 상ㆍ하 2권으로 되어 있다. 첫째 권은 '한국문학사의 연구 방

족적 등대, 3. 말기 문학의 몇 가지 특성과 방향 등이 있으며 여기서 김영랑, 김동리의 문학과 함께 박목월, 박두진, 조지훈의 이름이 나온다.

8 이런 생각을 반증하는 자료로 신동욱(申東旭)은 1920년대의 산문문학을 논한 자리에서 육당의 기행문, 「백두산 근참기」와 「금강예찬」 등을 요약 제시하고 그것을 자세히 분석했다. 위의 책, 486~493쪽.

법'에 이어 제1장 '한국 근대문학사의 성립', 제2장 '근대적 주체와 문학양식의 발견', 제3장 '문학과 이념의 대립', 제4장 '문학의 정신과 방법의 전환' 등으로 되어 있다. 그 상한선은 19세기 말경의 개항기이며 하한선이 우리 민족사에서 암흑기로 지칭되는 일제 말기까지다. 이 책 둘째 권은 제1장 '한국의 해방과 민족문학의 확립'이며 그 첫째 절 제목이 '한국문학과 8·15해방'이다. 이것은 이 문학사가 제2부의 상한선을 1945년 우리가 맞은 8·15로 잡고 있음을 뜻한다. 이어 이 책은 제2장 '전후의 현실과 문학의 분열', 제3장 '산업화 과정과 문학의 사회적 확대', 제4장 '북한의 문학'으로 되어 있다. 이것으로 우리는 이 문학사의 둘째 권이 8·15와 6·25, 그리고 1970년대와 80년대에 이루어진 우리 문학과 문단의 배경, 여건과 실제를 두루 문제 삼고 있음을 짐작하게 된다.

우리 문학사에서 8·15 직후와 1950년대에 일어난 6·25 동란 등은 각별한 의미를 갖는다. 8·15와 함께 우리 민족은 일제의 기반에서 풀려났다. 그 후 남쪽에는 자유민주주의 체제에 의한 대한민국 정부가 수립되었다. 그에 반해 북쪽에는 우리와 이념을 달리하는 인민정권이 들어섰다. 인민정권은 발족과 함께 일체 문예 활동에 그들 나름의 이념을 앞세우고 그와 아울러 북쪽의 시인, 작가들에게 그에 따른 작품 활동을 요구했다. 그에 따라 남쪽과 북쪽의 문단은 부득이하게 대립 관계를 갖게 되었다. 그 하한선이 1980년대까지로 잡혀진 권영민의 문학사에는 남북 분단과 6·25 동란, 그 이후에 빚어진 우리 사회의 산업사회화 상황이 두루 문제되어 있다.

권영민의 문학사에서 우리가 또 하나 지나쳐버릴 수 없는 것이 있다. 그것이 이 문학사의 마지막 장이 '북한의 문학'으로 되어 있는 점이다. 권영민의 문학사가 나오기까지 우리 주변에서 북한 문학의 형성, 전개를 다룬 문학사가 나온 예는 전혀 없었다. 그것을 다룬 점으로만 보아도 권영민의 현대문학사는 또 하나의 덕목을 가진 것이다.[9]

이 무렵에 이루어진 한국 근대시사의 한 보기로는 송민호(宋敏鎬)의 「한국시가문학사 : 창가, 신시」, 『한국문화사대계 Ⅴ』(고려대학교 민족문화연구소, 1967)와 함께 조동일(趙東一), 『한국문학통사』(4, 5) (지식산업사, 2005)가 있다. 송민호의 논고는 국어국문학의 전 분야에 걸친 통사의 일부로 작성된 것이다. 이때에 그는 한국어문학사의 한 부분으로 19세기 말에서 20세기 초의 우리 시가를 다루었다. 여기서 그는 개화 초기의 애국가류를 우리 근대시의 선두 형태로 보았고, 이어 그 후속 양식을 개화가사 → 창가라고 규정했다. 여러 사실들을 논증하는 과정에서 문헌 자료에 의거한 고증적 입장을 취했다.

조동일의 『한국문학통사』는 여섯 권으로 된 대부서다. 이 책이 나오기 전까지 우리 주변의 문학사는 거의가 작품의 개념으로 문자에 정착된 글들이라는 개념을 적용했다. 그런데 조동일은 이 문학사에서 그런 경계를 타파하고 문학작품의 정의를 구비전승기의 것들까지로 소급시켰다. 그 결과 그의 문학사에는 고대문학 이전의 원시 문학기가 설정되었다. 이 문학기의 대표 양식이 유동문학에 속하는 민요와 민담, 설화 등이다.

조동일은 또한 그의 문학사에서 한국의 근대문학, 곧 현대문학의 상한

---

9   이 문학사와 때를 같이하여 권영민은 『한국현대문학연구』, 『한국계급문학운동사』를 간행하였고 또한 〈한국현대문학 100년〉이라는 이름의 CD-Rom도 만들었다. 『한국현대문학사』 2, 민음사, 2002, 7쪽.

선을 잡는 경우에도 그 나름의 독특한 시각에 입각했다. 그는 통사 제5권에서 한국의 근대문학의 상한선을 1919년으로 잡았다.[10] 얼핏 보면 이런 근대문학 기점 잡기는 소급설도 아니며 개항기 기점론에 속하지도 않는다. 피상적으로 보면 이런 문학사 기술로는 소급론에서 제기된 문제가 해결될 수 없다. 뿐만 아니라 명백히 우리 문학사의 일대 격변기에 해당되는 19세기 말에서 한일 합방에 이르기까지의 우리 시와 다른 문학 양식의 의의가 희석화될 가능성도 생긴다.

이때에 제기되는 문제를 해결하기 위해 조동일은 『한국문학통사』 4권에 '중세에서 근대로의 이행기 문학 제2기'라는 부제를 붙였다. 조동일의 문학사에 따르면 그 시기가 1860~1918년으로 나타난다.[11] 이것은 조동일이 우리 문학사상의 한 시기인 18세기 중반기에서 개항기까지의 반세기를 우리 역사상 근대가 본론화되기 전의 예비 단계로 보았음을 뜻한다. 논리의 전개 과정에서 생기게 되는 문제점 지적을 유보하기로 하면 이런 우리 근대문학기에서 이런 예비 단계 설정 자체는 적지 않게 이색적이며 그와 아울러 독창적인 면을 가진다.

조동일 문학사의 근대와 현대편에는 문제점으로 지적되어야 할 부분도 있다. 조동일 스스로가 근대라고 정의한 문학사의 한 부분에 원시시대와 고대문학기의 경우와 꼭 같이 구비전승문학에 속하는 민요의 장을 두었고 한문학에 속하는 글들도 포함시켰다. 이에 대한 논의는 다른 자리에서 좀 더 구체적으로 이루어져야 할 것이다. 다만 여기서는 R. G. 몰턴의 견

10　조동일, 『한국문학통사』 5, 9쪽.
11　위의 책 4권, 9쪽.

해를 적어두기로 한다. "본래, 구비전승 민요는 민요무용 다음 단계에 나타난 양식으로 문장으로 정착된 작품이 나오게 된 단계에서는 그 일부가 사멸한 것이다. 근대문학에서 이들 작품은 고정문학(Fixed Literature)의 참고자료가 되거나 화석시(Fossil Poetry)가 되어 보존된다."[12]

3) 현대시사 연구의 제2단계

소설과 희곡, 수필과 비평 분야의 문학사가 차례로 나왔음에도 불구하고 1970년대 중반기 후 우리 주변에서 현대시의 역사 쓰기는 별로 활발하게 이루어지지 못했다. 이 동면 상태가 지양, 극복된 것은 조병춘(曺秉春)의 『한국현대시사』(집문당, 1980), 박철희(朴喆熙)의 『한국시사연구』가 발간되고 나서부터였다. 조병춘의 시사는 우리 현대시의 기점을 개항기부터로 잡고 그 하한선을 박목월(朴木月), 박두진(朴斗鎭), 조지훈(趙芝薰)에서 그었다. 한국 현대시의 형성, 전개를 4기로 나누고 각 시인의 작품들을 시대 상황, 유파 경향, 형태, 양식적 변모 과정에 비추어 논했다. 그러나 시대의 단락을 1910년대, 20년대, 30년대, 40년대로 나눈 것은 우리시와 시단의 실제 상황과 거리가 있는 시대 구분이다. 언제나 문학사는 시와 소설의 독자적 존재 의의와 가치 체계를 존중하는 각도에서 시도되어야 하기 때문이다.

박철희의 『한국시사연구』는 서론에 이어 'Ⅱ. 한국시가의 방법과 인식

---

12   R. G. Moulton, *The Modern Study of Literature*, The Univ. of Chicago Press, 1915, p.21.

의 방법', 'Ⅲ. 시조의 구조와 그 배경', 'Ⅳ. 사설시조의 구조와 그 배경', 'Ⅴ. 개화기 시가의 구조와 배경', 'Ⅵ. 근대시의 구조와 그 배경', 'Ⅶ. 현대시조의 구조와 그 배경', 'Ⅷ. 시조 부흥론 재검토', 'Ⅸ. 육당과 가람의 거리', 'Ⅹ. 현대 한국시와 그 서구적(西歐的) 잔상(殘像)' 등으로 이루어져 있다. 이런 장들의 제목으로 짐작되는 것과 같이 이 책은 애초에 한국 현대시의 통사로 기획된 것은 아니다. 그럼에도 이 책의 각 장은 모두 독자적 논문의 성격을 띠고 있으며 그 갈피에는 문학적 담론의 필수 요건인 독창적 눈길이 번득인다.

2장에서 박철희는 한국 시가의 올바른 이해를 위해 그 역사성과 초역사성을 문제 삼았다. 이 경우 역사성의 개념은 말할 것도 없이 민족문학으로서의 우리 시가를 인식하는 시각에 관계된다. 그에 반해서 초역사성은 우리 시가를 인식하는 또 하나의 길로 보편성의 감각을 가짐을 뜻한다. 이런 논리의 연장선상에서 박철희는 전자를 시가의 지속적인 면으로 보고 후자를 변모 양상으로 잡았다. 그 다음 단계에서 그는 지속성 → 자설적 구조, 변화 양상 → 타설적 구조의 개념을 세웠다. 그런데 이것은 일반 문학사에서 나오는 전통, 보편 지향의 이분법이 아니다.

여기서 박철희는 한국 시가의 양식적 전개를 향가 → 고려가요 → 시조 → 개화기 시가→ 근대시로의 이행이라고 보았다. 이런 형태적 변화의 축이 된 것을 타설적 구조와 자설 구조의 상호작용, 보완 문맥화 관계로 파악한 것이다.[13] 자설적 구조, 타설적 구조의 이론을 통해 박철희는 시사와 문학사의 오랜 숙제인 문학 대 역사의 상호 모순, 충돌하는 개념이 포

---

13 박철희, 『한국시론연구』, 일조각, 1980, 6~8쪽.

괄, 문맥화될 수 있는 기틀을 마련하고자 했다. 이에 대한 저자 나름의 자부심이 "… 이 책에서 사용한 他說과 自說의 용어가 일반화되기에는 그동안 적지않이 공감 못지않게 저항을 받아온 것이 사실이다. 그러나 이 용어는 적어도 한국시가의 지속과 변화를 선입감 없이 명확하게 헤아릴 수 있는 포괄적이고 유기적인 개념이라고 생각되어 …(중략)… 따라서 이 용어만은 양보하고 싶지 않다고 스스로 자부한다"[14]와 같은 서문에 나타난다. 이 밖에도 박철희의 이 논저에는 개화기 시가와 우리 초창기 현대시, 그리고 정지용과 김기림의 시를 검토, 분석한 장에서 그 나름의 논리가 예각적으로 나타난다.

돌이켜보면 1970년대는 우리 세대가 이상 열기라고 지적할 정도로 개별 문학사 쓰기에 매달린 시기였다. 그런 분위기에 자극되어 나도 그 무렵에 문학사의 방법론을 익히고 개화기 시가의 정리 체계화를 시도했다. 그 첫 보고서 격으로 낸 것이 『한국현대시연구』(일지사, 1974)였다. 그에 이어 나는 『한국현대시사』 상권(새문사, 1985)을 내었으며 또한 장기 계획의 하나로 한국 현대시사 쓰기에 전념하기로 했다. 일단 문학사 쓰기를 결심하게 된 다음 나는 자료들의 분석 검토와 그 틀을 짜고 여러 사실들을 정리, 체계화하는 일에 매달리지 않을 수 없었다. 그 결과 얻어낸 것이 『한국근대시사』(상·하권)(학연사, 1985)과 『한국현대시사』(1·2권)(한국문연, 1996) 등이었고 이어 『해방기시문학사』(민음사, 1989), 『북한문학사』(일지사, 2008) 등도 낼 수 있었다.

애초에 본격 시사를 지향하고 내가 쓴 『한국근대시사』 상·하 두 권으

---

14 박철희, 앞의 책, iii쪽.

로 출간되었다. 그 제1권은 제1장 '서론, 근대시사의 성격과 방법', 제2장 '개화기 시가', 제3장 '본격 근대시의 등장과 전개', 제4장 '근대시의 제1국면, 『백조(白潮)』 시대', 제5장 '시 전문집단 김성파(金星派)의 등장', 제6장, '민요조 서정시의 형성과 전개', 제7장, '현실의 새 발견과 형이상의 차원', 제8장 '해외 시 수용의 본론화와 그 양상' 등으로 되어 있다. 또한 『한국근대시사』 제2권은 각 장 제목들이 제1장 '1920년대 후반기 시 이행의 길', 제2장 '신경향파의 대두와 그 활동 양상', 제3장, '프로예맹의 발족과 그들의 활동', 제4장 '목적의식기 작품들의 성향과 한계', 제5장 '민족문학파의 등장과 그들의 활동', 제6장, '민족문학파의 자아확인시도와 그 의미', 제7장, '자생적 양식에 대한 촉수, 시조부흥운동', 제8장, '아나키즘의 갈래와 해외문학파' 등으로 이루어져 있다. 이 상·하 2권으로 이루어진 문학사를 통해 나는 개항 직후부터 1920년대 말까지에 걸치는 기간 동안 한국의 현대시와 그 제작자들인 시인과 그들이 취한 활동상을 가능한 한 두루 망라하여 제시하는 시의 역사를 쓰고자 했다.

『한국근대시사』 상·하권에 이어 나는 곧 『한국현대시사』 쓰기에 착수했다. 이 문학사의 표지 띠종이 부분에는 1930~1945의 숫자가 찍혀 있다.[15] 이것은 이 책을 낸 출판사의 편집부가 안을 내어 그렇게 한 것인데 이 숫자는 말할 것도 없이 이때 내 현대시사의 상한선과 하한선을 가리킨다. 이 책 첫째 권은 제1장 '한국현대시 이해의 길', 제2장 '시문학파의 등장과 그들의 활동', 제3장 '주지주의계 모더니즘', 제4장 '극렬 시학의 세

---

15 『한국현대시사』 제1권은 4×6배판 체제로 655쪽, 제2권은 716쪽, 총 1,370여 쪽이다.

계—이상론', 제5장 '현실주의 시의 행방' 등으로 되어 있다. 근대시사의
경우와 달리 이 책의 각 장 제목은 내 나름대로 포괄적인 것이 되게 했다.
그리하여 각 장 제목만으로는 그 내용들이 어떻게 구성되었는가가 가늠
이 되지 않을지 모른다. 이에 대한 참고사항으로 전기 제2장의 각 절 제
목을 적어둔다.[16]

---

16   제2장 詩文學派의 등장과 그들의 활약
       Ⅰ. 純粹詩 集團詩文學派의 형성
          1. 유파 형성의 경위
          2. 새로운 동인들의 참여
       Ⅱ. 詩文學派의 확충과 내실화
          1. 『文藝月刊』 시기
          2. 『文學』의 단계
       Ⅲ. 남도 가락의 순수 서정—金永郞論
          1. '나'의 세계와 순정주의
          2. 순수와 낭만의 세계, 그 해석
             (1) 영랑시 해석의 관점—해외시와의 관계
             (2) 제2의 관점—성장배경, 체험 내용 등
             (3) 배경론의 극복과 하나의 해석
          3. 후기의 변신과 문학사적 의의
       Ⅳ. 높고 깊은 차원의 모색—朴龍喆論
          1. 절정의식과 서정시 추구
          2. 양질의 시 탐색—서구 근대시 수용
          3. 이론 또는 미학적 입장—비평 활동
             (1) 순수와 변용의 논리—시의 해석
             (2) 실제 비평의 경우
             (3) 기법 해석 또는 기교주의 논쟁
                ① 生理의 시론—金起林 비판
                ② 변론 이상의 시—프로 시론의 비판
       Ⅴ. 牧神의 세계—辛夕汀論
          1. 새로운 예술풍경 탄생의 논리

『한국현대시사』 둘째 권은 첫째 권에 이어 제6장 『시인부락』 시대', 제7장 '후반기의 온건파 시인들', 제8장 『시원』과 30년대 시단', 제9장 '신세대 시인들의 활동양상', 제10장 '문장파(文章派)와 그 음역(音域)'으로 이루어져 있으며 마지막 제11장이 '일제말 암흑기의 시단'으로 되어 있다.

여기서 거론된 시인이나 시단 상황을 차례로 적어본다. 이 시사의 6장에서 10장까지는 유파를 이루고 우리 사단에서 활약한 시인들의 시작 활동을 다루었다. 거기서 거론된 중요 시인들은 서정주, 오장환 등의 『시인부락』 동인들을 비롯하여 제7장에서 임학수, 김동명, 조벽암, 윤곤강 등이다. 제8장에서는 오일도, 김달진, 김광섭, 모윤숙, 노천명 등 두 여류시인의 시와 시단 활동상을 기술했으며 이어 9장을 통해서 유치환, 신석초, 장만영, 백석, 이용악 등이 거론되었다. 제10장에서는 문장파의 정신적 경사에 순수문학적인 것과 아울러 호고벽(好古癖)이 있는 것으로 보았다. 그것을 밑받침한 것이 이태준과 이병기, 조지훈, 박목월, 박두진 등이다. 제11장은 크게 두 개의 부분으로 이루어져 있다. 1절과 2절에서는 이 시기의 상황, 여건이 지닌 특수성을 지적하고 우리 문단에서 일어난 친일적 굴종 현상을 다루었다. 그것을 나는 우리 문학사에 나타난 아픈 생채기라고 지적했으며 그 주역이 된 이름을 이광수, 김문집, 김용제 등이라고 밝혔다.

그러나 일제 암흑기의 우리 문단에는 극악으로 치달린 시대 상황을 무릅쓰고 민족적 저항을 시도한 시인도 있었다. 그 이름이 한용운, 이희승이었고 이육사, 윤동주가 그 대열에 서서 암흑기의 우리 문학사를 밝힌 시인이라고 파악했다. 여기서 지적되기 전까지 이육사나 윤동주는 전기적 사실에 비추어(두 시인이 다 같이 일제에 의해 구금, 투옥된 다음 옥사했다) 저항시인이라고 해석되었다. 그러나 이 문학사에는 실제 작품을 분석, 검토하는 것으로 이육사와 윤동주가 민족적 저항시인임을 밝혀보았다. 이때에 분석, 검토의 대상으로 사용된 작품들이 이육사의 「광야(曠野)」이며 윤동주의 「서시(序詩)」, 「참회록(懺悔錄)」과 함께 특히 「십자가(十字架)」이다.

5. 다양한 방법론의 수용과 북한 문학사의 문제

1980년대에 이르면서 우리 주변의 현대시 연구는 신비평을 주축으로 한 형식주의 비평과 신화, 원형론, 프랑스에서 시도된 바슐라르 등의 상상력 이론, 영미계가 주도한 신화 원형 비평과 A. 하우저의 예술사회학으로 대표되는 문예사회학적 비평, 심리주의 비평 등의 방법을 수용하면서 다양한 형태로 전개되었다. 이 연대에 들어서기 전까지 우리 주변에서 이루어진 문학 연구에서 주류를 이룬 것은 이미 검토된 바와 같이 서지주석적인 것과 함께, 역사전기적인 방법에 의한 것이었거나 재래식 역사주의 방법에 입각한 문학사들이었다. 그런 단계를 거친 우리 주변의 현대시 연구가 1980년대에 접어든 다음 두드러지게 해외의 신개발 품목에 속하는 여러 비평 이론에 관심을 갖게 된 까닭은 무엇인가.

여기서 제기되는 물음을 해결하려면 우리는 당시 우리 주변의 연구 상황을 생각해볼 필요가 있다. 일종의 준비 기간인 1960년대와 그 다음 단계인 1970년대를 거치면서 우리 주변의 문학 연구와 시론들은 관계 자료의 정리, 체계화 작업을 일단 마치게 되었다. 그와 함께 당시 우리 비평은 넓은 의미의 인과 비평, 또는 역사주의적 문학 연구에도 어느 정도로는 성과를 올렸다. 그러자 함께 우리 주변의 현대문학 연구에는 연구사의 새 지평을 타개해야겠다는 요구가 고개를 쳐들기 시작했다. 그 지름길을 찾고자 하는 욕망이 새로운 비평 방법의 수용을 부채질한 것이다.[17]

17　이 연대에 나온 문학 연구, 또는 비평 방법의 개설서를 대표하고 있는 것이 이상섭, 『문학연구의 방법』, 탐구당, 1972 ; 이선영, 『문학비평의 방법과 실제』, 동천사, 1983 등이다. 이상섭은 그의 논저에서 비평 방법을 1. 역사주의 비평, 2. 형식주의 비평―신비평, 3. 사회윤리주의 비평, 4. 심리주의 비평, 5. N. 프라이의 이론을 주축으로 한 시화비평 등으로 나누어 요약, 제시했다. 여기에는 고려가요와 김소월, 김영랑 등의 작품이 보기가 된 부분이 있다. 이것은 해외의 비평이론이 우리 문학 연구에 어떻게 적용 가능한가를 보여준 실례가 포함되어 있다. 이선영의 것은 여섯 장으로 된 편저다. 이 책의 내용은 1. 역사, 전기적 비평, 2. 사회문화적 비평, 3. 형식주의 비평, 4. 구조주의 비평, 5. 심리주의 비평, 6. 신화비평 등으로 되어 있고 각 장 허두에 그레브스타인, 레이먼 셀든, 이선영 교수 자신에 의한 여러 유형의 비평들에 대한 요약 해설이 붙어 있다. 또한 여기에는 이상섭, 김우창, 백낙청, 염무웅, 유종호, 김치수 등의 외국 문학자들이 담당한 관계 비평이 수록되어 있다. 그 가운데서 특히 주목되는 것이 이육사의 「광야」를 신화비평의 시각으로 해석한 김열규의 논문과 함께, 유종호의 「서구소설과 한국소설의 기법」(형식주의 비평 항목), 백낙청의 「역사적 인간과 시적 인간」(사회, 문화적 비평 항목) 등이다.

1) 신비평과 프랑스 상상력 이론의 수용

1980년대에 이르러 우리 주변에 나타난 해외 비평 이론의 수용 시도에서 특히 주목되어야 할 것이 이상섭(李商燮)의 『복합성의 시학—뉴 크리티시즘 연구』(민음사, 1987)과 함께 곽광수(郭光秀)·김현의 『바슐라르 연구』(민음사, 1976)), 곽광수의 『가스통 바슐라르』(민음사, 1995) 등과 한계전(韓啓傳)의 『한국 현대시론 연구』(일지사, 1983), 이어령(李御寧)의 『공간의 기호학』(민음사, 2000) 등이다.

이상섭의 논저가 갖는 성격은 그 머리말에서 단적으로 드러난다. "한국의 문학 연구자 치고 뉴 크리티시즘을 상당 수준까지 모르는 사람은 없다. 아마 뉴 크리티시즘은 서양의 많은 비평 방법 중에서 가장 많이 알려진 것인지도 모른다. …(중략)… 특히 놀라운 것은 국문학자들이 영문학자들 못지않게 큰 관심을 가지고 그에 대하여 언급하고 논의 한다는 사실이다."[18]

여기서 우리가 지나쳐버릴 수 없이 이 책을 만든 저자의 의식 저변에 한국문학에 대한 배려가 뚜렷한 부피로 깔려 있는 점이다. 이런 사실은 그가 이 책 여기저기에서 정송강, 김삿갓, 김소월, 박두진, 김춘수 등의 작품을 보기로 들고 그것을 신비평의 이론에 대비시켜 해석한 것으로도 넉넉하게 입증이 가능하다.[19]

구체적으로 『복합성의 시학』은 1. 서론과 함께, 2. 뉴 크리티시즘의 선구, 엘리엇, 리처즈, 3. 존 크로우 랜섬, 4. 앨런 테잇, 5. 클리언스 브룩

---

18 이상섭, 『복합성의 시학—뉴 크리티시즘 연구』, 민음사, 1987, i쪽.
19 위의 책 240쪽에서 박두진의 「기」와 김춘수의 「처용단장」이 인용되어 있다.

스, 6. 브룩스, 워른, 헤일먼, 7. 로벗 펜 워런, 8. W. K. 윔셋 등으로 이루어져 있다. 따지고 본다면 신비평의 이론을 우리 주변에 수입, 소개한 비평가가 이상섭이 시초는 아니었다. 1950년대에 백철이 미국 여행에서 돌아와 그 이론을 신문, 잡지에 소개했다. 이어 영문학 쪽에서 김종길, 송욱과 김용권 등이 그에 가세했다. 그러나 이 비평에 대해 종합적이면서 체계를 세운 연구서를 낸 것은 이상섭이 처음이었다. 어떻든 우리 주변에 영미계 분석 비평의 한 갈래인 신비평의 총체적 모습을 그려 보여준 점에서 이 논저의 의의는 적지 않았다.

바슐라르의 상상력 이론은 또 다른 의미에서 우리 주변의 시론에 새로운 자극제 구실을 했다. 그가 피력한 상상력 이론의 내용으로 보아 바슐라르는 그 나름의 그 독특한 시각을 가진 경우였다. 그 이전의 시론은 거의 모두가 시의 이마주를 물질의 표면에 대응되는 것으로 파악한 느낌이 있었다. 바슐라르 자신은 그런 경향에 단서를 붙이면서 이마주와 표리의 관계에 있는 상상력을 두 가지로 나누어 생각했다. 그 하나가 새로운 것을 앞에 두고 그 본질에 파고들고자 하지 않은 채 물질의 모양이나 빛깔을 그려내고자 하는 경우다. 이것을 바슐라르는 형태 상상력이라고 했다. 그에 반해서 또 다른 유형의 상상력에는 사물의 본원적인 것, 곧 존재의 바탕에 파고드는 것이 있다. 그것은 존재 안에서 원초적인 동시에 본원적(本元的)인 것을 찾아내려고 하는 노력의 표현이다. 이것을 바슐라르는 물질적 상상력이라고 생각했다. 그에게 시적 이마쥬란 후자 쪽에 저울의 축이 기우는 경우를 뜻했다. 바슐라르의 상상력 이론이 도입되기 직전까지 우리는 다분히 시를 전자와 같은 이마주의 영역에 속하는 것으로 생각했다. 곽광수의 논고가 그런 우리 주변의 통념을 지양시키는 지렛대 구실을

했다.[20]

한계전의 『한국현대시론연구』에는 「바슐라르의 시적 상상력」이 수록되어 있다. 이것은 대륙식 상상력 이론을 한국문학 연구자들이 제대로 이해, 수용하고자 한 시도의 표현이었다. 이 논고는 『한국현대시론연구』의 제2부 '현대시론의 전개'에 수록되어 있다. 이 논문은 1. 시적 이미지의 상상력, 2. 상상력의 시간 인식의 두 장으로 구성되어 있다. 이 글에서 한계전 교수는 다 같이 현상학의 갈래에 속하면서도 바슐라르의 상상력이 사르트르의 경우와 어떻게 다른가를 지적했다.[21] 그리고 바슐라르의 상상력 이론에서 중요 단면이 되는 시간의 개념을 베르그송의 경우와 대비시키는 가운데 그 사이에 나타나는 변별적 특징이 무엇인가를 밝혀내려 했다. 이 글이 나오기까지 한국문학 전공자의 해외 비평 이론 수용은 상당수가 단편적이며 피상적인 선에 머물렀다. 그것을 지양, 극복하려고 한 시도인 점에서 한계전 교수의 연구 보고서는 주목에 값하는 경우였다.

2) 북한 문학사의 문제

내가 북한 문학사를 써야겠다고 생각한 것은 1980년대 후반기에 이르러서였다. 그 무렵에 나는 일단 근대시사 쓰기를 마친 터였고 학부의 전공과목으로 시론 강의를 맡으면서부터 숙제로 삼아온 현대시 원론도 탈고가 된 상태였다. 이때에는 북한 문학 연구를 위한 우리 주변의 상황, 여

---

20 곽광수, 『가스통 바슐라르』, 민음사, 1995, 43쪽.
21 한계전, 『한국현대시론연구』, 일지사, 1983, 191쪽.

건도 크게 호전되고 있었다. 정부 당국에서 조선문학동맹계의 월북 문인들 거의 모두에게 해금 조치를 내린 것이다. 그것으로 우리 주변에서 월북 문인들과 8 · 15 후 북한에서 현성, 전개된 시와 소설을 개방적으로 논하는 데 따른 제약 조건이 크게 완화되었다. 이 고무적인 사태를 이용하여 나는 내 나름대로 북한 문학의 총검토판인 북한 문학사를 쓰기로 작정했다.

일단 내 과제가 북한 문학사 쓰기로 결정되자 나는 관계 도서를 입수, 검토하지 않을 수 없었다. 얼마간의 수속, 절차를 거친 다음 내가 최초로 입수한 것이 북한의 사회과학원문학연구소 집필로 된 다섯 권의 문학사였다(이 문학사는 정홍교, 김하명 등의 공동 집필로 간행된 것임). 이와 함께 나는 북한의 사회과학연구원, 문학분과가 주관한 열다섯 권으로 된 『조선문학사』(과학백화사전종합출판사, 1994)도 입수했다. 당시까지 남쪽에서 나온 한국문학사는 거의 모두가 단권짜리였다. 그 내용도 고전문학기 쪽으로 기울어져 있어서 그에 대비가 된 북한 문학사는 그 분량부터가 나를 긴장케 했다.

(1) 작품평가 문제, 이찬의 경우

북한 문학사의 내용을 검토하기 전 내가 품은 기대 감정은 정작 일제 치하 시인들의 작품들이 어떻게 해석, 평가되어 있는가를 살피는 과정에서 상당히 부피가 큰 배신감으로 바뀌었다. 그 구체적인 보기가 된 것이 1978년판 『조선문학사』의 한 부분에 담긴 이찬(李燦)의 「국경의 밤」에 대한 평가였다. 다음은 1936년 2월호 『조광』에 실린 개작되기 전 원문 그대로의 「국경의 밤」이다.

준령을 넘고 또 넘어
북으로 칠백(七百)리
여기는 압록강
강안(江岸)의 일소촌(一小村)

동지(冬至)도 못됐건만 이미 적설(積雪)이 척여(尺餘)
오늘도 휩쓰러치는 눈보라에 영하(零下)로 30여도

강(江)은 첩첩히 평지(平地)인양 얼어붙고
희미한 등ㅅ불아래 간혹 나타나는 무장 삼엄한 일경(日警)들
오늘 밤은 몇이나 마적 떼가 처든다 하느냐

오오 강(江)건너 나즉히 휘연한 북만 광야(北滿 曠野)
이름 모름 촌촌(村村)에 어렴풋이 꿈벅이는 점전한 등화(燈火)여

순아 여읜지 삼(三)년 너는 오직이나 컷겠니
오늘 밤은 몇번이나 우리 고향 오리강변
꿈에 소스라쳐 깨느냐

오 어듸서 울려 오는가 애련한 호궁(胡弓)소리
산란한 내마음 더욱이나 산란쿠나

따러라 이 곂에 또 한잔을
루쥬 어여쁜 입을 갖고 짱꼬로 시악씨야
오호 나는 이 한밤을 마셔서 새이련다

— 이찬, 「국경의 밤」 전문[22]

---

22 『朝光』, 1936. 2, 114쪽.

이 작품에 대해 북쪽 문학사는 "항일 무장투쟁의 혁명적 영향과 위력에 대한 인민들의 믿음과 신뢰를 노래한 시문학"이라고 해석하여 그들의 문학사에서 대서특필하고 있다.[23]

> 날로 확대되는 항일 무장 투쟁의 위력과 그에 대한 인민들의 믿음
> 과 기대를 일제의 학정으로 말미암아 헤어진 혈육과 상봉의 그날을
> 믿는 서정적 주인공의 확고한 신념을 통하여 노래하고 있다.

이찬의 작품에 대한 북쪽의 공식적 평가는 작품 자체의 구조와 외재적 사실 양면에서 아울러 허구에 속한다. 이찬이 이 작품을 쓴 1930년대는 일제가 이미 만주를 병탄하고 중국 본토를 겨냥하는 침략전쟁 준비에 여념이 없었을 때다. 당시 일제는 한반도에 초전시체제를 선포하고 극단적 사상 통제를 의미하는 후방단족 정책을 실시했다. 그런 초전시체제하에서는 신문, 잡지와 모든 보도매체에 철자한 사전 검열이 실시되었다. 그런데 이찬의 이 작품은 앞에서 이미 제시된 바와 같이 지하 출판물을 통해서 발표된 것이 아니라 엄연히 총독부의 허락을 받은 간행물인 『조광(朝光)』(조선일보사 간행)에 게재된 것이었다. 그 외재적 여건으로 보아 북한 문학사가 내세운 바와 같은 항일 저항 의식이 담긴 작품이 활자화될 길이 아예 막혀 있었던 것이다.

위와 같은 생각은 실제 작품을 검토해보면 더욱더 그 사실성이 뚜렷하게 드러난다. 「국경의 밤」의 무대가 일제의 국경수비 지역인 한·만 국경

---

23 『조선문학사』(1926~1945), 평양, 1981, 467쪽.

을 무대배경으로 한 것은 사실이다. 이 작품의 화자가 거기서 느낀 것이 식민지 치하의 얼어붙은 현실에 대한 감정인 것도 부정되지 않는다. 그러나 그런 감정이 곧, 무장 유격대의 국내 진입을 고대하는 마음에 직결된다고 보기에는 5연의 "오늘 밤은 몇이나 마적떼가 쳐든다 하느냐"가 너무 이질적이다.

이 작품의 마지막 부분에 대해서도 똑같은 이야기가 가능하다. 여기서 이찬의 분신으로 생각되는 화자의(이것을 북쪽에서는 즐겨 서정적 화자라고 한다) 생각이 너무도 퇴영적이며 실의·낙담에 빠져 있다. "오 어디서 울려오는가 애련한 호궁(胡弓)소리/산란한 내 마음 더욱이나 산란쿠나/따러라 이 컵에 또 한잔을/루쥬 어여쁜 입을 갖은 짱꼬로 시악씨야/오호 나는 이 한밤을 마셔서 새이련다." 이것이 식민지 체제하에서 빚어진 궁핍상을 반영한 것일지는 몰라도 그 지양·극복을 전제로 한 반제, 탈식민지 의식일 수는 없다. 무장투쟁의 위력과 그에 대한 인민의 믿음을 지닌 서정적 주인공이 왜 산란한 마음으로 술만을 마셔야 하는가? 북쪽의 문학사는 이렇게 제기되는 의문에 대해 기능적인 답을 제시해낼 수가 없다. 여기서 우리는 또 하나의 물음을 던지지 않을 수 없다. 위와 같은 원문대로라면 「국경의 밤」이 무장 유격대의 국내 진공을 믿는 노래가 아님은 물론 바로 그 반대편에 선 퇴폐주의의 노래가 아닌가. 북쪽의 일급 문학사가들이 왜 이런 작품의 적개심을 담은 항일투쟁의 노래로 해석한 것인가. 이렇게 제기되는 의문은 우리가 북쪽 문학사에 인용된 제2의 「국경의 밤」을 보는 순간 곧 풀린다.

　　　준령을 넘고 또 넘어

북으로 7백리
여기는 압록강
강안의 한 마을

동지도 못되었건만
이미 적설이 자 가웃
오늘도 휩쓸어치는 눈보라에
영하로 30여도

강은 첩첩 평지마냥 얼어붙고
밤은 깊어 오가는 행인의
삐걱이는 자국소리도 그치었다
강가에 한 개 삐뚜로 선 장명등
희미한 등빛 아래 웅성거리는
오늘밤은 그 몇이나
전설의 대오가 쳐든다 하드냐

저 강 건너 아득히 뻗은
북만 광야
이름 모를 마을 마을에
어렴풋이 꿈벅이는 점점한 등화여

순아, 여읜지 3년
갈수록 그리운 순아
오늘밤도 우리 고향 오리강변 꿈에
몇 번이나 소스라쳐 깨느냐

그렇다, 그 꿈은
부풀은 네 가슴에 고이 간직코

기다려라 기다려라

이제 머잖아 충천하는 화염으로
밝아올 이 마을처럼
애끓는 고국에의 그 길은
마침내 휘연히 열리리라 열리리라

           —『조선문학사』의 「국경의 밤」[24]

    북쪽의 문학사에 수록된 이 작품과 원작을 대조해보면 곧 드러나는 바와 같이『조선문학사』의 「국경의 밤」은 아주 심하게 개작된 것이다. 얼핏 보아도 드러나는 바와 같이 원작에서 화자가 순이를 부른 것은 단순한 향수의 심경에서였고 그것으로 이 작품에는 오히려 애수의 그림자가 깃들어 있다. 그러니까 다음 연이 "오 어디서 울려오는가 애련한 호궁(胡弓) 소리/산란한 내마음 더욱이나 산란쿠나"로 되어 있는 것이다. 이것은 감상을 곁들인 세계지 역경 속에서 역사의 미래를 믿는 마음의 표현이 아니다. 북한 문학사는 여기서 빚어진 감상의 세계를 무장 유격대의 국내 진공에 대한 기대로 바꾸기 위해 「국경의 밤」마지막 두 연을 전면 개작하여 "그렇다. 그 꿈은" 이하 여섯 줄 두 연을 새롭게 만든 것이다. 너무도 명백한 사실로 문학사는 발표 당시의 원작, 곧 원전을 토대로 엮어져야 한다. 이 문학 연구의 불문율이 북쪽의 문학사에서는 전혀 지켜지지 않고 있다.

---

24 『조선문학사』, 462쪽.

(2) 형태, 양식의 인식 문제

문학사로서『북한문학사』에 나타나는 결함과 한계는 일제강점기 문학의 한 부분인 이찬의 경우로 그치지 않는다. 이 문학사의 다른 권(『조선문학사』(19세기 말~1925))에는 갑오농민전쟁 뒤에 전봉준의 희생을 가슴 아파하며 민중들이 부른 노래라고 하여「녹두새 노래」가 인용된 것이 있다.

> 새야 새야 록두새야
> 우녁새야 아래녁새야
> 전주고부 록두새야
> 함박쪽박열나무 딱딱후어
>
> 새야 해야 록두새야
> 록두꽃이 떨어지면
> 청포장사 울고간다[25]

북쪽 문학사는 이 작품에 대해서 "전봉준을 '록두새'에 비유하여(그의 어릴 때 이름이 록두였는데 몸이 작은 것과 관련하여 그렇게 불렀다고 한다) 노래한 동요는 전통적인 구전동요조로 갑오농민전쟁에 대한 당시 인민들의 지지와 성원을 잘 보여주고 있다"는 평가를 했다.[26]『조선문학사』(19세기 말~1925)에서 이 장의 제목은 "자본주의 렬강의 침략을 반대하는 투쟁과 갑오농민전쟁을 반영한 문학"이다.

---

25   위의 책, 25쪽.
26   위의 책, 26쪽.

1980년대에 접어들면서 북쪽은 주체사상을 모든 정책의 기본으로 삼고 문예 활동도 그에 의거하도록 지시했다. 그와 함께 모든 문예비평의 전제로 반드시 외세의 배제와 함께 계급의식을 부각시키라는 망국의 문예정책 요강을 시달했다.[27] 이런 기준에 따르면 위와 같은 북쪽 문학사의 평가는 별로 새삼스러운 것이 아니다. 그러나 위에 제시된 것과 같은 「녹두새 노래」의 인용에는 문제로 지적되어야 할 부분이 있다.

우리가 알고 있는 한 「녹두새 노래」 둘째 연은 세 줄이 아니라 다섯 줄이며 그 가사는 "새야 새야 녹두새야/녹두남에 앉지마라/녹두꽃이 떨어지면/녹두장사 울고 가고/청포장사 웃고 간다"로 되어 있다. 여기서 문제되는 것이 이 구전민요 한 절을 무엇 때문에 북한 문학사가들이 개작을 했을까 하는 점이다. 이 책이 기획, 집필되고 있었을 때 북한의 인민정권에게 중국은 항미 원조의 명분 아래 엄청난 지원군을 보내준 절대 우방이었다. 그런데 '청포' 속에는 비유의 형태로 '청(淸)'의 이름이 함축되어 있었다(여기서 '청'은 봉건왕조였지만 중국의 뜻이 내포된 것으로 생각한 것이다). 이때에 빚어진 기피 심리가 「녹두새 노래」의 제2절에서 '녹두장사 울고 가고'를 삭제하도록 만들고 '청포장사 웃고 간다'를 '울고 간다'로 개작케 한 것이다.[28]

북한 문학사의 원문 훼손 사례는 이에서 그치지 않고 원전이 한문으로 된 번역 시가에도 되풀이되어 나타난다. 이미 인용된 『조선문학사』(19세기

---

27   이에 대해서 자세한 것은 졸작, 『북한문학사』(일지사, 2008), Ⅴ. 유일주체사상기,
        163~167쪽 참조.
28   위의 책, 43~44쪽.

말~1925)의 제3장 제2절은 '반일의병투쟁을 반영한 문학'이다. 거기에는 유인석(柳麟錫), 최익현(崔益鉉), 전해산(全海山) 등 의병장 출신의 작품과 기타 안중근(安重根), 김택영(金澤榮), 황매천(黃梅泉) 등의 한시가 번역으로 실려 있다. 그 가운데 안중근의 「만세가(萬歲歌)」는 다음과 같이 되어 있다.[29]

사나이 세상에 타어나
큰 뜻 기르며 살아왔도다
시대가 영웅을 낳고
시대가 영웅을 만드나니
시대를 지켜선 영웅들이
어찌 나라 싸움에 나서지 않으리오
동쪽 바람 서늘하게 불어와도
나의 피는 끓고 있어라
비장한 결심 품고
우리 떠나가면
쥐같은 원쑤놈을
기어이 처단하리
나라의 독립을 이룩할 때는
이제 바로 왔구나
사랑하는 동포들이어
나라 위한 위업을 잊지 말아라
만세 만세 조선 독립만세!
만세 만세 조선 독립만세!

丈夫處世兮 蓄志當奇

---

29 위의 책, 43~44쪽, 한시 원문은 필자에 의한 것임.

時造英雄兮 英雄造時
其風其冷兮 我血則熱
慷慨一去兮 必屠鼠賊
凡我同胞兮 毋忘功業
萬歲萬歲兮 大韓獨立

안중근의 이 작품은 그가 이토 히로부미(伊藤博文)를 하얼빈 역두에서 격살하기 전날 밤에 지은 것이라고 전한다. 북한 문학사는 이 작품에 대해 "서정적 주인공—반일 애국렬사의 높은 애국적 기개와 원쑤격멸의 투지는 나라의 독립에 대한 간절한 염원 속에서 적극적이며 영웅적인 성격을 띠고 힘있게 표현되고 있다"라는 평설을 붙여놓고 있다.[30] 북한 문학사의 이런 해석은 이 장, 절의 제목이 "반일병장들과 애국시인들의 시가문학"인 점에 비추어 보면 당연하다. 문제는 그다음에 있다. 우선 북한 문학사는 한시(漢詩)인 이 작품을 제외하고 한글만으로 번역해놓았다. 뿐만 아니라 그 말미에서 또 하나의 원작 훼손 사례가 나타난다. "만세만세혜 대한독립(萬歲萬歲兮 大韓獨立)"을 "만세만세 조선독립만세"라고 한 것이 그것이다. 이런 번역으로 유추되는 바는 명백하다. 이것은 북한 문학사가 이 시를 외재적 여건론을 독주시킨 가운데 문학의 역사를 엮은 각명한 보기가 될 것이다.

(3) 시대 구분상의 혼동 현상

원전의 훼손과 그에 부수된 작품 해석상의 혼동 현상과 함께 북한 문학사에는 또 다른 문제점이 내포되어 있다. 그 하나가 작품의 형태, 구조

---

30 『북한문학사』, 44쪽.

와 양식의 속성 파악이 수준 미달인 점이다. 바로 앞에 나온 안중근의 작품은 그 형태로 보아 잡언고시(雜言古詩)다. 한문학사에서 잡언고시는 절구와 율시 등 금체시(今體詩)가 나오기 이전의 양식이다. 이것은 이 양식에 속하는 작품이 근대시가 되기에는 이중, 삼중의 한계를 가진 시임을 뜻한다. 이런 이유로 우리는 개화기 한시들을 근대시가의 한 양식에(비록 변종 장르라고 하더라도) 포함시킬 수가 없는 것이다. 이북의 문학사는 이런 한시 양식에 대한 초보적 인식도 가지지 못한 채 집필되어 있다.

북한 문학사에 나타나는 형태, 양식론상의 혼동 현상은 그에 국한된 문제로 끝나지 않는다. 본래 문학사에서 양식이란 구조의 개념인 동시에 문학의 통시적인 정리, 체계화를 밑받침해주는 결정적 표준이 된다. 새삼스럽게 밝힐 것도 없이 문학사는 초시간성을 지향하는 문학작품들을 그와 이해가 모순, 충돌하는 역사, 곧 시간의 감각에 따라 평가, 정리해야 하는 작업이다. 이때 우리가 여러 현상들을 정리, 체계화하는 기준으로 삼는 것이 작품들의 문체, 형태인 동시에 그들을 유형으로 묶어낸 문학의 양식들이다. 문학사에서 문제되는 양식은 다시 큰 덩치의 역사, 곧 지역사나, 민족사, 또는 세계사의 시대 구분에 비추어 정리되어야 한다. 그것으로 우리가 개별 작품론이나 시인론에 그치지 않은 문학예술의 또 다른 단면을 파악할 수 있는 것이다. 그럼에도 북한 문학사에는 그 체계 자체에 위와 같은 문학사의 공리를 인식한 자취가 제대로 나타나지 않는다.

열여섯 권으로 나온 『조선문학사』 1권에는 '원시~9세기'의 표시가 붙어있다. 그 차례는 머리말에 이어 다음과 같다.[31]

---

31 『조선문학사』 1, 사회과학출판사, 1991, 4쪽.

여기서 『조선문학사』가 우리 문학의 상한선을 원시사회로 잡고 있는 것은 그들 나름의 역사철학, 곧 유물변증법적 사관에 근거한 것이다. 그런데 1장 2절에서 북한 문학사는 이 시기의 문학 형태를 원시가요와 신화로 잡고 있다. 그러면서 북한 문학사는 원시가요의 예로 「구지가(龜旨歌)」를 들었다.[32] 이와 함께 같은 문학사에는 원시가요의 예로 신라의 수로부인(水路夫人)작 「해가사(海歌詞)」의 이름이 올라 있다.[33] 우리가 알고 있는 한문학사에서 원시가요란 고대문학기 이전에 속하는 원시시대의 시가를 가리킨다. 일반적으로 이 유형에 속하는 것들은 구비전승 형태로 전하는 작품들이며 민요무용 단계의 것들이다. 「구지가」는 『삼국유사』의 가락국 건국신화에 나오는 것으로 이때 군중들이 구지봉에 모여 군왕(君王)을 맞이

32　그 명칭을 「거부기노래」라고 한글화함. 위의 책, 22쪽.

33　명칭이, 「해가」 또는 바다의 노래로 되어 있다. 위의 책, 23쪽.

하기 위한 의식으로 춤과 함께 부른 노래다. 따라서 구비전승 양식에 속하며 그와 아울러 민요 무용의 요소가 내포되어 있다. 그러나 「해가사」는 명백히 수로부인이라는 개인 제작자를 가지며 그 후 곧 문자로 정착되어 신라의 향가집에 수록된 것이다. 이렇게 두 작품의 양식적 성격은 엄연히 다르다. 그럼에도 북한 문학사는 유동문학인 「구지가」와 문자로 정착된 「해가사」를 같은 유형으로 잡고 있는 것이다.

여기서 우리는 조윤제(趙潤濟) 교수의 『조선시가사강(朝鮮詩歌史綱)』을 다시 볼 필요가 있다. 일제 말기에 간행된 그의 논저를 통해 도남(陶南)은 부여의 영고, 예의 무천, 마한의 10월 행사와 변한의 민속가무를 민요무용으로 보고 그것을 신라의 사뇌가와 명백히 구분했다.[34] 북한 문학사는 이런 선행 연구를 전혀 참고하지 않은 상태에서 이루어진 것이다. 이렇게 보면 북쪽의 『조선문학사』는 시가 양식과 문학사의 기본 전제가 되는 여러 이론에 대해 별로 신경을 쓰지 않은 채 그들 나름의 논리를 휘두른 것이다.

새삼스럽게 일컬을 것도 없이 우리와 북한은 엄연히 핏줄을 같이하며 같은 말을 쓰고 적어도 4천여 년 동안 문화전통을 같이한 가운데 운명공동체로 삶을 엮어온 동포요 형제다. 그런 북한에서 나타나는 문학사의 시행착오 현상은 우리 모두에게 결코 유쾌할 수가 없다. 하루빨리 그런 상태가 지양, 극복되고 본격 연구서에 해당되는 대민족문학사가 남북이 손을 잡고 협력, 공조하는 차원에서 이루어지기를 바라는 마음과 함께 이 거친 담론을 끝맺는다.

---

34 趙潤濟,『朝鮮詩歌史綱』, 박문서관, 1937, 8~10쪽.

제1부 초창기 한국 근대시와 문화전통

초창기 한국 근대시의 양식적 전개와 문화전통의 관련 양상

김근수, 『한국잡지사』, 청록출판사, 1980.

김기현, 『韓國文學論考』, 一潮閣, 1972.

고려대학교 민족문화연구소, 『韓國文化史大系』 V(言語文學史), 고려대학교 출판부,
　　　1967.

김영철, 『한국개화기 시가연구』, 새문사, 2004.

김용직, 「開港期 文人들의 西歐文化受容과 그 意識研究」, 『震檀學報』 44호, 1978.

─── , 『한국 근대문학의 사적 이해』, 삼영사, 1977.

─── , 『韓國近代詩史』 1, 새문사, 1983(개정판, 학연사, 1988).

─── , 『님의 침묵 총체적 분석 연구』, 서정시학, 2010.

─── , 『시각과 해석』, 세창출판사, 2014.

─── 등, 『現代韓國作家研究』, 民音社, 1976.

김윤식 · 김현, 『한국문학사』, 민음사, 1973.

김학동, 『한국개화기 시가연구』, 시문학사, 1981.

백　철, 『朝鮮新文學思潮史』, 수선사, 1947.

신용하, 『獨立協會研究』, 일조각, 1976.

이기문, 『開化期의 國文硏究』, 일조각, 1970.

이능양, 『國文學槪論』, 국어국문학회, 1954.

장사훈, 『黎明의 東西音樂』, 보진재, 1974.

――――, 『國樂總論』, 정음사, 1976.

정인보, 「정송강과 국문학」, 『詹園 國文學散稿』, 문교사, 1955.

조동일, 『구비문학의 세계』, 새문사, 1980.

조지훈, 『趙芝薰全集』 3, 일지사, 1973.

최덕교, 『한국잡지백년』 1, 현암사, 2004.

최태호, 『萬海芝薰의 漢詩』, 은하출판사, 1972.

한용운, 『韓龍雲全集』, 신구문화사, 1973.

황매천, 『梅泉野錄』, 국사편찬위원회, 1955.

嘯昂生評曰 畵出眞境讀不覺長, 『大韓興學報』, 1909.

『조선문학사』, 과학백화사전출판사, 1980.

『韓國詩歌史綱』, 을유문화사, 1954.

『한국문학사연구총서』, 산문사, 1982.

Eliot, T. S., "The Metaphysical Poets", *Selected Essays of T. S. Eliot*, New York, Harcourt, Brace and Co.

Foster, E. M., *Aspects of the Novel*, Penguin Books, 1957.

Fowler, Alastair, *Kind of Literature*, Havard Univ. Press, 1982.

Henderson, G., *Korea: Politics of Vortex*, Havard Univ. Press, 1968.

Moulton, R. G., *The Modern Study of Literature*, The Univ. of Chicago Press, 1915.

Ransom, J. C., *The New Criticism*, Norfolk, 1949.

――――――――, "A Note on Ontology", *Perspectives on Poetry*, Oxford Univ. Press, 1968.

Read, Hebert, *English Prose Style*, Boston, 1957.

Warren, Austin and Wellek, René, *Theory of Literàture*, London, 1955.

Wellek, René, "Literary Theory, Criticism, and History", *Concept of Criticism*, Yale Univ. Press, 1973.

제2부 비평과 분석

시와 역사적 상황

만주국 군정부고문부 편, 『滿洲共産匪の研究』, 極東硏究所出版會, 1969.
유치환, 『구름에 그린다』, 신흥출판사, 1959.

제4부 문학과 역사의 조감

현대시 연구의 논리와 실제

조윤제, 『朝鮮詩歌史綱』, 박문서관, 1937.
곽광수, 『가스통 바슐라르』, 민음사, 1995.
김용직, 『김태준 평전』, 일지사, 2007.
─────, 『북한문학사』, 일지사, 2008.
─────, 『시각과 해석』, 세창출판사, 2014.
문예진흥원 편, 『1985년도판 문예연감』, 대광문화사, 1986.
박철희, 『한국시론연구』, 일조각, 1980.
이상섭, 『문학연구의 방법』, 탐구당, 1972.
─────, 『복합성의 시학─뉴 크리티시즘 연구』, 민음사, 1987.
이선영, 『문학비평의 방법과 실제』, 동천사, 1983.
임 화, 『개설신문학사』, 『한국문학사연구총서(복사판)』 1.
조동일, 『한국문학통사』 5.
한계전, 『한국현대시론연구』, 일지사, 1983.
『조선문학사』 1, 사회과학출판사, 1991.
『조선문학사』(1926~1945), 평양, 1981.
『한국현대문학사』 2, 민음사, 2002.
Moulton, R. G., *The Modern Study of Literáture*, The Univ. of Chicago Press, 1915.

인명, 용어

작품, 도서

◆◆◆ 김용직 金容稷

　서울대학교 국어국문학과를 졸업하고 같은 대학원에서 석사, 박사 학위를 받았다. 서울대학교 인문대학 교수, 한국비교문학회 회장, 한국문학번역원 이사장 등을 역임했다. 저서로『한국근대시사』『한국현대시사』『한국문학을 위한 담론』『북한문학사』『해방직후 한국시단의 형성 전개사』등, 한시집으로『碧天集』『松濤集』『懷鄕詩抄』『探情集』등이 있다. 현재 서울대학교 명예교수, 대한민국학술원 회원이다.

한국 현대시와 문화전통

인쇄 · 2016년 7월 12일
발행 · 2016년 7월 20일

지은이 · 김용직
펴낸이 · 한봉숙
펴낸곳 · 푸른사상사

편집 · 지순이, 김선도 | 교정 · 김수란
등록 · 1999년 7월 8일 제2-2876호
주소 · 경기도 파주시 회동길 337-16(서패동 470-6) 푸른사상사
　　　 서울시 중구 을지로 148 중앙데코플라자 803호
대표전화 · 031) 955-9111~2 | 팩시밀리 · 031) 955-9114
이메일 · prun21c@hanmail.net
홈페이지 · http://www.prun21c.com

ⓒ 김용직, 2016
ISBN 979-11-308-0967-0 93810
값 24,000원

이론과 비평 총서 19

한국 현대시와 문화전통

Korean Mordern Poetry and Cultural Traditions